Takayanagi Katsuhiro

髙柳克弘

名句を味わう

現代俳句ノート

ふらんす堂

はじめに

宮沢賢治が童話集『注文の多い料理店』の序文に掲げている言葉が好きだ。

　これらのわたくしのおはなしは、みんな林や野はらや鉄道線路やらで、虹や月あかりからもらってきたのです。

物語作りについての賢治の言葉は、俳句作りにも当てはまる。自分の発想や表現には限界があり、その枠内で作っていると、行き詰まってしまう。こんなふうに、風通しのよい外で作られた句を、詠みたいものだ。また、作られた物語について、「わたくしには、そのみわけがよくつきません」と言っているのにも、深く頷かされる。作品の価値を判断するのは、作り手ではなくて、受け手であるというところも、俳句と同じだ。もっとも、作り手としては、受け手に面白がってもらいたい、あるいは受け手のためになるものであってほしいと願うものだ。

　けれども、わたくしは、これらのちいさなものがたりの幾きれかが、おしまい、あなたのすきとおったほんとうのたべものになることを、どんなにねがうかわかりません。

賢治はここで、物語を「たべもの」にたとえる。しかも、「すきとおったほんとうのたべもの」

であってほしいと願う。きっと、俳句においても、こうしたものが名句と呼ばれるのだろう。まじりものがなくて、心にすっと染み渡っていくような句のことを。

ただ、物語と俳句で異なるのは、俳句には「食べ方」があるということ。物語は、だれに導かれなくても、味わうことができる。俳句は、そうはいかない。もちろん、すっと飲み込めるような俳句もあるが、たいていの俳句は、食べ方に迷うような、不思議な形をしていることが多い。ときには、本当に食べることができるのか、疑わしいようなものもある。

そんなとき、どうするのか。手っ取り早いのは、シェフに聞いてみることだが、それは野暮というものだろう。テーブルに仲間を呼んで、みんなであれこれ言いながら、食べ方をいろいろ試してみる。味について、議論してみる。これが、俳句の理想的な「食べ方」だろう。

現代の名句を読んでいくこの連載も、「会食」の一つの形と思ってもらえれば幸いである。はじめるにあたって、ホストである私はとりあえず、テーブルのセットを終えている。すでに、卓上には、たくさんの皿が並んで、蓋を取られるのを待っている。堅苦しい上着や帽子は、脇に置いて、テーブルの向こう側に、座ってみてほしい。私の提案する「食べ方」が、「すきとおったほんとうのたべもの」を、濁してしまわないことを祈りながら、一つずつ蓋を開けていきたい。

髙柳克弘

現代俳句ノート＊目次

現代俳句ノート——名句を味わう

髙柳克弘

水原秋櫻子

まずは、私自身の敬愛してやまない水原秋櫻子から。

二十八歳の時に高浜虚子に入門した秋櫻子は、結社「ホトトギス」で学ぶも、虚子の理念である「客観写生」に飽き足りず、四十歳を前にして「ホトトギス」を脱退、「馬酔木」というみずからの結社を打ち立てた。虚子とは相いれなかった秋櫻子の俳句観とは何か。弟子の言葉から探ってみたい。

秋櫻子門の能村登四郎は、本屋の店頭で結社誌「馬酔木」を手に取った若き日の感動を、次のように語っている。

頁を繰ってみると、今まで私がやって来た俳句とは違う新しい絵具の匂いのような俳句がならんでいた。私は「馬酔木」を買って、むさぼるように読んだ。そして、私の道を決めた。

（「我が来し方」、「俳句研究」昭和五十年十月号）

「新しい絵具の匂いのような俳句」とは、面白い比喩だ。秋櫻子率いる「馬酔木」の俳句が、西洋絵画に通じる方法論を持っていることを、言い当てている。

もちろん、絵画的な叙景句は、秋櫻子以前にもあった。

荒海や佐渡に横たふ天の川　　芭蕉

この句は、その代表的なもので、海と空から成る壮大な空間をわしづかみにしている。ただ、絵の具で描いたという印象ではない。視覚的把握を超えた、宇宙的な感覚の叙景句だ。

高浜虚子の「ホトトギス」においては、もっとわかりやすく「絵に近い俳句」が詠まれるが、

遠山に日のあたりたる枯野かな　　虚子

芋の露連山影を正うす　　飯田蛇笏

といったように、どことなく墨絵めいた、模糊とした景の捉え方だ。

それが、秋櫻子の第一句集『葛飾』においては、

高嶺星蚕飼の村は寝しづまり　　秋櫻子

金色の仏ぞおはす蕨かな

むさしの、空真青なる落葉かな

といったように、題材は日本の古寺や武蔵野でありながらも、その描き方は西洋絵画を思わせる。これは、秋櫻子の構成意識からきている。虚子の「ホトトギス」が、無造作に自然をつかみとってくるところに特色があったのに対して、秋櫻子は空間上の位置関係や色彩のバランスを、入念に考えて作っている。

「高嶺星」の句においては、天の「高嶺星」と、地上の「蚕飼の村」が対比されている。さらに、きらびやかな星と、もぞもぞと蠢いている蚕との、美醜の対比も隠されている。

「金色の」では、お堂の中の仏の金色と、外に生い茂っている蕨の地味な色とが、好対照をなしている。凜々しく屹立する仏像と、くるりとまるまった蕨の新芽とで構成される絵面がユーモラスだ。

「むさしの」の句も色彩感が鮮やかだ。空の青さとかわいた落ち葉の色がよく映発している。近景には落ち葉が降りしきり、遠景には空がひろがっているという、遠近法も意識されているだろう。

このように、遠近や上下の関係、美醜や色彩のコントラストに調和がとれているのが、秋櫻子の句の特徴だ。

同じ題材でも、虚子はこのように詠んでみせる。

逡巡として繭ごもらざる蚕かな　　虚子
早蕨を誰がもたらせし厨かな
徐々と掃く落葉箒に従へる

「蚕」や「早蕨」、「落葉」といった季語に、視点が集中されている。繭を作るのが遅い「蚕」、知らない内に台所に置かれていた「早蕨」、掃きにくかったのにだんだん簡単に箒に従うようになった「落葉」といったように、少しだけ切り口を工夫することで季語を新鮮に捉えなおすというのが虚子の写生であった。

「ホトトギス」と決別する際、秋櫻子が発表した評論「自然の真と文芸上の真」は、「鉱にすぎない『自然の真』」を、創造力と想像力でもって「文芸上の真」に「加工」するべきだという論旨だった。虚子が作者の自意識を「小主観」とみなして否定的だったのに対して、秋櫻子は作者の意識的な言葉のコントロールを、積極的に肯定したのである。作者による言葉のコントロールを極力抑えようとした虚子の方法とは、相容れるはずもなかった。

こうした構成意識によって、人間の思考や価値判断を超えた大きな存在に触れるダイナミズムが排除されてしまったと批判することはたやすい。しかし、作者の自意識を積極的に認めたことで、それまでの俳句になかった小説的、演劇的な要素を多分に持った句が生まれた。この功績は大きい。

馬酔木咲く金堂の扉《と》にわが触れぬ　（『葛飾』）

初期の代表句として、揺るぎのない地位を獲得している一句だ。

秋櫻子はのちに、自身の主宰する結社誌の名を「馬酔木」と付けている。秋櫻子にとって、特別な意味を持つ花であったようだ。

「馬酔木の花」の含む意味合いについては、『万葉集』一〇巻に見られる、次の読み人知らずの歌が参考になる。

河蝦《かはづ》鳴く吉野の川の滝《たぎ》の上《へ》の馬酔木の花ぞ末《はし》に置くなゆめ

「馬酔木」の枝葉には、有毒成分が含まれている。したがって、馬が食らうと酔ったように苦しむことから、その名がつけられた。稲の穂に似たその花から、古代人は、馬酔木の花に、霊力が宿っていると考えた。馬酔木の花は、繁栄を約束する吉兆であり、だからこそ「吉野の川の滝の上」という聖地に咲く。ゆめゆめ粗末に扱ってはならない、というのである。

そこで、あらためて秋櫻子の句を見てみたい。「金堂の扉」とは、秋櫻子が好んで訪れた大和の秋篠寺のそれを指すと考えられる。「金堂」と表現するところに、すでにして美の演出がある。そこに「馬酔木の花」が配されるということは、「金堂の扉」とその向こうに広がる世界を、聖地と認定することにつながる。金堂の華麗さに、馬酔木の花の霊性が添えられることで、重厚な美の世界が現出する。「末に置くなゆめ」と言うべき馬酔木の花の文学的伝統が、確かに引き継がれているのだ。

一句の最後において、「わが触れぬ」という強い自我が押し出されている。それは、荘厳された聖域としての「金堂の扉」に、拮抗するためであった。「触れにけり」などと流してしまっては、上五中七の光に溢れた世界観にのみこまれてしまう。「馬酔木咲く金堂の扉」という、伝統に則った重厚な美的世界に対抗するためには、「わが触れぬ」という自我の押し出しが、どうしても必要だったのである。

秋櫻子の句における対象物は、過剰なまでに美化されているが、その対象に圧倒され、ひれ伏すような態度はとらない。その美に対抗するべく、自我を押し出してくる。対象の美と自我との緊張関係が、いっそう美を高めていく。秋櫻子の美は、躍動的な美である。そしてこの初期作品には、そんな美が、早くも拍動を開始していることがうかがえるのである。

この躍動によって、一句における「われ」のありようも揺さぶられ、変容してくることに、注目したい。「馬酔木の花」の霊威を宿した「金堂の扉」の美的世界に投げ込まれることによって、「われ」もまた、この世界の住人の一人として生まれ変わる。単なる一個人の「水原秋櫻子」を超えた存在として、一句に屹立するのである。

さらにいえば、この句の「われ」が、ただ扉の前に立っているのでもなく、かといって扉を開けて入ってしまうのでもなく、扉に「触れて」いることは、重要である。哲学者の坂部恵によれば、「さわる」行為が一方的であるのに対して、「ふれる」は相互的であるという（『「ふれる」ことの哲学――人称的世界とその根底』岩波書店、一九八三年）。美の輝きに一歩引いた態度を取るのでもなく、そこに積極的にかかわっていくのでもなく、あくまで自我を保ちながら、指先でかすかにつながろうとする。そこに生じる緊張感こそが、この句の何よりの魅力なのだ。

いささか唐突な連想かもしれないが、私はこの句から、映画「２００1年宇宙の旅」の冒頭、宇宙からやってきた謎の黒い石版に、原始人類がおそるおそる近づいて、そっと指先で触れるシーンを思い出す。未知のものに対して、人間がまず行ってみるのは、すぐに〝武器〟に変化しうる指先でもって、触れてみることなのだ。

美を主題にするということは、俳句においては、実は至難の業といっていい。美は、古今の芸術の普遍的な主題であるがゆえに、使い古され、磨耗される。俳句は、そうした陳腐な美を避けるために、あえて醜いものや、価値のないものを取り上げ、そこに美を認める方法をとってきた。しかし、秋櫻子の句において、醜いものや価値のないものが顧みられることは、ほとんどない。すでに美しいと定められた自然や人工物に、秋櫻子俳句はごく素直なのである。

それでもなお、秋櫻子俳句が通り一遍の美をなぞるものに終わらないのは、対象の美と自我との緊張感が保たれているからにほかならない。美しいものを、いっそう美しくたたしめること。それは、新しい美を見出すことに、けっして劣るものではない。


蓮の中羽搏つものある良夜かな　（『葛飾』）

良夜とは、十五夜の、名月の夜のことだ。とはいえ、夜更けの闇は深く、感覚の要は自然と「目」ではなく「耳」に移る。「羽搏つもの」とはすなわち鳥であるが、鳥と言ってしまっては味気ない。このように曖昧にするからこそ、蓮の中にはばたくものが、現実以上の神秘性を帯びてくるのだ。もちろん、「蓮」からの仏教的連想も無視できるはずはない。

表現上も、完璧といっていいほどの出来だ。「ハ」の音がたたみかけるように続くことで、羽音を句の調べの上に再現している。聴覚に要を置いた句だけあって、この句の調べの玄妙さは、音楽性を指摘されている秋櫻子俳句の中でも、群を抜いている。


瑠璃沼に滝落ちきたり瑠璃となる　（『蘆刈』）

瑠璃沼は裏磐梯の五色沼の一つ。透明度が高く美しい沼であるが、実際の瑠璃沼は、この句に描かれた神秘性に及ぶものではない。

はじめに出てくる「瑠璃沼」は、固有名詞であると同時に、瑠璃色の水を湛えた沼、といった意味を含んでいる。上五を読んだ時点では、「瑠璃」は、「瑠璃沼」という語を成り立たせるための付属物にすぎず、「瑠璃色の水をたたえた沼」といったそのままの意味をなすのみである。ところが、二度目に出てくる「瑠璃」は、宝玉のラピスラズリの意味合いも孕んでいる。言うならば、上五の「瑠璃」は、中七を潜り抜けることで、水であることを超えて、美の結晶として下五に定着することになるのだ。滝から落ちてきた水が、沼と同化して瑠璃色となるように、「瑠璃」という一語を、一句の中で生まれ変わらせたところに、この句の本領がある。

薔薇喰ふ虫聖母みたまふ高きより　（『残鐘』）

「大浦天主堂は修理完く成り、石階上に日本聖母像を仰ぐ。階下に僧院あり、薔薇、罌粟など咲けるが見ゆ」と前書がある。

江戸末期に建造された大浦天主堂は、昭和二十年、長崎への原爆投下によって破損した。同二十七年には、秋櫻子の前書にあるとおり、修理がすべて終わった。

前書と合わせて読むと、大浦天主堂の建築的構造を言っていることがわかる。だが、私はこの句の「聖母」と「薔薇喰ふ虫」との関係を、あくまで精神的構造から読み解いてみたいのだ。醜い虫けらと、永遠の処女であるマリアとの対比であれば、これほど単純な句はない。虫は虫でも、「薔薇喰ふ虫」であることが、重要なのだ。本当に薔薇を餌としている虫がいるのかはわからないが、ただの菜虫とはわけが違うことはいうまでもない。句に登場する生き物をただちに何かの象徴とみてしまうのは危ういかもしれないが、やはりこの「虫」には、美のあくなき追求に打ち込む秋櫻子自身を重ねたくなる。それをはるか高みから眺めおろしているという「マリア」から連想されるのは、サン・ピエトロ大聖堂に設置されたミケランジェロのピエタである。膝に乗せたイエスよりも大柄と思われるマリアのまなざしは、世界を包み込むようで、忘れがたい。いくら美を求めようと、その美の極致であるマリアが、はるか「高きより」見下ろしているというのは、それが慈愛のまなざしであることから、いっそう切ない。結語の「高きより」は、限りなく優しく、かつ、この上なく残酷な一語といっていい。

虫は、秋櫻子自身の化身であると同時に、この句を読む読者一人一人でもある。人間は、尊厳を持ってこの世に生きている。だが、「高きより」見下ろすマリアからすれば、人はみな、虫けらと寸分の違いもない。そこまで無価値にみなされても、なお人は、自分はただの菜虫ではなく「薔薇喰ふ虫」であると主張するかもしれない。だが、そんな差異は、マリアの前では無意味に等しいことを、私たちは心のどこかでは自覚しているのだ。そんな、どうしようもなく醜くて、うごめくしか能のない生き物の存在を許し、そればかりか、愛してくれるのが、マリアという存在なのだ。尊厳を剝奪される屈辱と、大いなる存在に見守られている安心感――そんな、相反する両方の感情を、一度に味わわせてくれる一句である。

宗教的題材を扱って、ここまで深みのある句を、私は他に知らない。ドストエフスキーの長編小説に比しても遜色のない一句であると思う。

中村草田男

　蒲公英のかたさや海の日も一輪　（『火の島』）

犬吠埼で詠まれた句だという。読んだとたん、胸の中に、明るい陽光が広がってくる。太平洋の明るさである。

「海の日が一輪」「海の日の一輪」と、助詞を一つ変えれば、至極すっきりとまとまった句になる。だが、それとひきかえに、あたかもぶ厚い雲がきて日を隠してしまったように、一句から陽光が消えうせてしまうことに気づいて、愕然とする。「も」という助詞一つに拘泥する態度は、勇壮な草田男俳句に対するのに、ふさわしくないだろうか。いや、勇士アキレスにしろ、不死の水に唯一漬からなかった踵を射られ、死に至った。助詞の一つが、この句の命の根幹にかかわっていると信じて、話を進めていきたい。

「も」が使われている草田男の句は、全集をひもとけば、いくらでも抜き出すことができる。よく知られた句に限っても、たとえば、次のような句が挙げられるだろう。

　父の墓に母額づきぬ音もなし　（『長子』）

蟾蜍長子家去る由もなし
玫瑰や今も沖には未来あり
思ひ出も金魚の水も蒼を帯びぬ
曼珠沙華落暉も蘂《しべ》をひろげけり
鴨渡る鍵も小さき旅カバン
あたゝかき十一月もすみにけり
冬空に聖痕もなし唯蒼し　（『来し方行方』）
母が家《や》ちかく便《べん》意《い》もうれし花茶垣
をみな等も涼しきときは遠《をち》を見る　（『銀河依然』）
毛虫もいまみどりの餉《げ》を終へ歩み初む　（『美田』）

古典文法における係助詞の「も」は、一般に「類例・並列・列挙・強意」の働きを持つとされる。こういう考え方からすれば「蒲公英のかたさや海の日も一輪」は、「蒲公英」と「海の日」との間に、丸さと固さという共通点を認め、二つを並列した句、と取るのが妥当だろう。

しかし、そうした文法規則を踏まえながら、助詞を自家薬籠中の詩語としてこそ、真の詩人といえるのではないか。俳文学者の上野洋三氏に、芭蕉の句における係助詞「も」の働きを取り上げた「も考」という興味深い論考がある（『芭蕉の表現』（平成十七年、岩波現代文庫））。上野氏は、『おくのほそ道』における「塚も動けわが泣く声は秋の風」など、芭蕉句における「も」と動詞の命令形との組み合わせに注目する。そのような組み合わせの場合、願われるのは実現不可能な命令であり、「も」の係助詞には、それでもなお願わずにはいられないという、感情的意味がこもるのだと言う。芭蕉の句は、会うことがかなわなかった若き俳人・一笑への追悼句であるが、墓を動かすなどということは、秋風に変化したところで、不可能である。にもかかわらず、「動け」と願わずにはいられない哀切な感情が、「も」の助詞にこめられているのだと、上野氏は分析する。

管見の限り、草田男の句においては、「も」と動詞の命令形の組み合わせは見られない。この文体は、芭蕉の独創であるから、当然だ。しかし、草田男の「も」が、感情的意味を担っているというのは、時代を超えて二人の詩に共通する点といえる。「海の日が一輪」「海の日の一輪」ではなく、「海の日も一輪」でなければならない理由は、「も」に草田男の感情がこもっているからだ。この「も」は、単に「蒲公英も海の日も」という並列を意味するのではない。蒲公英の花と太陽とのアナロジーは、いささかでも敏感な感性をそなえた者であれば、見出すことは難しくないだろう。だが、そのアナロジーを、ここまで喜ぶことができる者は、草田男をおいて他にいない。しかも、「も」という、たった一語の助詞でもって、その喜びを表現できる者は。

草田男の句が多分に情動的であるということはよく言われるが、意外なことに、「さびしい」「うれしい」といった感情語は、それほど多く見つけられない。むしろ、非情ともいわれる山口誓子の句にこそ、「学問のさびしさに堪へ炭をつぐ」（『凍港』）や、「炎天の遠き帆やわがこころの帆」（『遠星』）など、感情語が印象的に用いられている。そして、これらの誓子の句が、感情語を用いながら、冷徹な印象を与えることに、驚かされる。「さびしい」とか「こころ」とかあらわに言ってしまっているがゆえに、むしろドラマの演出めいてくる。感情語の有無は、その句が情動的であるかどうかの、指標の一つにすぎないということだ。

草田男は、係助詞「も」を自家薬籠中の詩語として、そこに感情をこめる術を見出した。そうみれば、「あた丶かき十一月もすみにけり」（『長子』）などという、内容的にはほとんど何も言っていないに等しい句から、安らぎの感情が伝わってくるのも、納得できる。本格的な寒さを前にした、一時のぬくもりをじゅうぶんに享受した安らぎが、「も」の一語には託されているのだ。

付け加えておくと、「も」による感情の表出ということは、草田男の句の美点の一部でしかない。感情を表すこと自体は、それがどのような方法を取っているのであれ、詩の最終目的にはなりえない。「蒲公英のかたさや海の日も一輪」の場合、重要なのは、一句に描かれた風景の明るさに、「も」から湧き出る喜びの感情が、いかにも似つかわしいということだ。喜びの感情は、蒲公英と海の日から成る風景に、まぶしい陽光となって降り注いでいる。「も」は、一句において、感情の源泉であると同時に、風景の光源ともなっている。この句の本当の美点とは、まさにその点にある。

咲き切つて薔薇の容《かたち》を超えけるも　（『美田』）

助詞「も」について論じてきたのだから、この句の「も」にもぜひ触れておきたい。いままでの「も」は、係助詞であったが、この句の「も」は、終助詞に分類される。意味は、一般的には「詠歎」とされるだろう。

春の野に霞たなびきうら悲しこの夕かげに鶯鳴くも　　大伴家持（『万葉集』）

終助詞「も」の実例としては、この名歌がまっさきに挙げられる。よく知られているように、この和歌は、家持が政争に敗北し、没落していく中で詠まれた。世の春の麗らかさとはうらはらに、沈んでいくばかりの胸中を嘆じたのが「も」なのである。草田男の句は、「花が花であることの限界」とも呼べるような、形而上のモチーフを扱いながらも、やはり古典和歌由来の慨嘆を「超えけるも」にこめていると見るべきだろう。家持が権力の座から転落したように、薔薇もまた、ある頂点を過ぎた後は、崩れ去っていくしかない。古代の歌人と草田男とは、まったく違う角度ながら、滅びというものに対する思いを、「も」という一語の助詞によって、みごとに表出している点では、同じなのだ。

詩歌は、多くを語る必要はないといわれるが、たった一語が、これほど多くのものを語るのだということを、奇しくも私は、饒舌・腸詰と評される草田男俳句から学んだのである。

中村汀女

たんぽぽや日はいつまでも大空に　（『汀女句集』）

「たんぽぽ」は、幼な子と親しい関係にある花だ。地べたに近く咲いているから、小さな子供にも触ることが簡単な上に、折れやすく、無尽蔵といっていいほどに数も多いため、玩具としてもちょうどよい。また、「たんぽぽ」という言葉の響きは、幼児のまだうまく機能しない口舌にも乗せやすく、特に「ぽぽ」の半濁音が、唇に快さを与えるようだ。幼稚園のクラス名でも「たんぽぽ組」は定番中の定番である。

この句は、そんなたんぽぽの幼児性を、十二分に引き出している。たんぽぽの黄色くて丸い形と天に輝く太陽との相同を元にした着想が、いかにも単純で、子供でも思いつきそうだ。とはいえ、この句があくまで大人の文学であるという根拠は、「いつまでも」の一語にある。逆に言うなら、「いつまでも」がなかったとしたら、この句は無垢とか純粋といった評価を受けるにとどまり、名句とは称されなかったのではないか。

太陽が永遠に空にのぼっていることなど、あるはずもない。それでもなお「いつまでも」と言うのは、疑うことを知らない幼児の稚気か、すべてを弁えている大人の空しい祈りか、どちらかだろう。おそらく、この句は、そのどちらも抱え込んでいるからこそ名句なのだ。

そのような解釈をすれば、この句の「たんぽぽ」と、それと相同する「日」とは、希望や平穏の寓意と見ることもできるだろう。もちろん、俳句を過度に寓意的に読むことは避けるべきだろうが、この句はやはり、だんだん日が長くなってきた春の季節感を表すのに重ね、作者の理想とする世界観を示したもの、と読むほうが、深みも増すようだ。

代表句の一つである「咳の子のなぞなぞあそびきりもなや」（『汀女句集』）もそうであるが、汀女は永遠ということについて、特別の関心を抱いていたようだ。「咳の子」の句は、風邪を引いてもなお母に相手をしてほしくてなぞなぞ遊びを繰り返す子を、微笑ましく描きとった句である。そのような子供の時間が、永遠ではないことを、諦めとともに受け止めている心情が、「きりもなや」に潜んでいる。「きりもなし」とすれば、もっと客観的な描写になるのだろうが、「きりもなや」という詠歎の表現をあえて選び取っていることに、注目したい。この場合、ただ一夜限りの「きりのなさ」を嘆じているわけではなく、文字どおり、永遠に続くかのような「きりのなさ」に圧倒され、そのような幸福な時間が永続することを願いつつ、心のどこかでは、そんなはずはないと深く自覚している。その相克があってこその、「きりもなや」の詠歎なのである。

「たんぽぽ」の句も「咳の子の」の句も、手放しの明るさの句というよりも、どこか陰影を含んでいる。それは、さきほど指摘した汀女という作家の複雑さに由来しているだろう。「いつまでも」「きりもなや」と言いながら、それがけっして永遠ではないことを知り尽くした者の、どこか醒めたまなざしが潜んでいるのだ。

私は、汀女という作家の二面性を言いたいのではない。無垢な幼な子の人格と達観した大人の人格とは、汀女という作家の中で、ジキルとハイドさながらに背反しているわけではなく、二つは分かちがたく融合して、汀女という一つの作家の人格を作り上げている。汀女の俳句が、家族や身辺雑事といった題材の平凡さにもかかわらず、たしかな詩の言葉として屹立しているのは、そのような確固とした人格が前提になっているからだ。

外にも出よ触るるばかりに春の月　（『花影』）

月に手を伸ばす、あるいは月に触れるという発想そのものは、それほど珍しくはないだろう。古くは、小林一茶の「名月をとつてくれろと泣く子かな」が、名に聞こえている。だが、この句においては、月を「とる」ではなく、月に「触るる」といっていることが肝要なのである。「とる」とすると、把握はより即物的になる。一茶の句の「とる」は、その即物性が「泣く子」をはぐくんでいる風土の野趣を伝えるのに効果的だ。一方、「触るる」とすると、把握は情緒的になり、艶美さを漂わせる。汀女の句の「触るる」は、その艶美さによって、「春の月」の朧がかった輪郭や、潤んだような色合いを、よく言いとっている。「触るるばかりに」、すなわち触れそうで触れないという、微妙な感覚を言っているのも、艶美さを助長している。

「外にも出よ」という命令形の印象が強いが、「触るる」の一語の妙にも唸らされる。さらにいえば、「触るるばかり」という表現からどこか、「気が触れる」という、発狂をあらわす慣用語が見え隠れする。月を意味するラテン語「ルナ」が、狂気という意味を持っていることも、見過ごしにはできない。山本健吉は汀女の句に「家庭の日常生活の中にみがかれた、柔らかな女性の感受性」を見る（『現代俳句』角川選書）。この句については「目がさめるばかり明るい抒情的作品である」と評しているが、そうだろうか。そうした解釈は、汀女という作家を、「台所俳句の第一人者」というレッテルのうちに、封じ込めてしまうことになりはしないだろうか。「外にも出よ」と呼びかけるその表情には、ひとすじの狂気が走っているように感じられてならない。

しばしば汀女の作風は、素直さや平明さといった言葉で評される。「外にも出よ」の句も、その典型例と目されることが多いが、だからといって、汀女の句が健康的で狂気の欠片もないというわけではない。むしろ、異常さや狂気があることが、自然な人間の表情といえるのではないだろうか。むしろ、いつも優しく微笑んでいる人間のほうが、どこか壊れているというべきだ。そういう意味で、確かに汀女は、句の中でごく素直に、つくろいのない自分を表現しているといっていい。

とどまればあたりにふゆる蜻蛉かな　（『汀女句集』）

人間がどのような振る舞いをして、何を考えようと、周囲の世界は、ほとんど無関係にそこにあり続ける。変わるのは、人間の見方だけだ。この句は、まずそうした醒めた認識が前提になっている。とどまったところで、蜻蛉は「ふゆる」はずもない。「とどまれば」という因果律を生起させる表現は、一般に理屈っぽさを免れないが、この句においてそうした印象が寸分もないのは、「とどまれば～ふゆる」という因果律が、そもそも成り立っていないからだ。そのように感じているのは、作者の主観にすぎない。だからこそ、まるで自分のふるまいに、世界が答えてくれたかのように感じた喜びは、はかりしれないのだ。世界に対する醒めた認識があるから、一瞬でもその法則が破れたという錯覚に、かえがたい価値がある。

それを、何の意味もない錯覚だと切り捨ててしまうこともできるだろう。だが、私たちの生は、結局この錯覚の積み重ねにあるといってもいい。永遠に続いていく世界の中で、私たちの生は、結局のところ、無意味に等しいのかもしれない。しかし、世界と交感できたという錯覚が、生に意味を与えていく。つまり、それが積み重なれば、積み重なるほど、人の一生は意味深いものとなる。この句によって追体験される記憶は、その積み重ねの一つとなり得るのだ。

悠揚とした一句の口ぶりがまたいい。「ふゆる」という語のふくらみと、ひらがな表記のやわらかさが、昆虫にしては大きい部類に属する蜻蛉の体軀を、よく再現している。「かな」止めにしたことも効果的だ。野原の中でとどまっている時間の長さが感じられ、世界と交感し得た喜びの深さが示されている。

石田波郷

プラタナス夜もみどりなる夏は来ぬ　（『鶴の眼』）

陽光の中のプラタナスを詠うのではなく、あえて時間を夜に設定して、プラタナスの濃い緑の葉を鮮明に印象付けている。「鈴懸の木」ではなく、「プラタナス」という学名を用いていることも目を引く。このために、日本の湿潤な夏の印象を薄くして、印象派の絵画を思わせる鮮明な像を結んでいるのだ。さらに、「みどりなる」が、プラタナスの葉の緑であるのと同時に、「夏」という季節そのものが緑に染まった季節であることを示していることも、巧みというほかない。

十代にして水原秋櫻子に才能を見出され、みずみずしい青春詠によって「馬酔木」を代表する俳人となった波郷。後年、病臥の日々を余儀なくされ、随想「樹木派」において、「自分の生活が植物的になつたせゐか、樹木に対する関心がいちじるしく高まつた」と述べて「人生派転じて樹木派毛虫焼く」という自嘲気味の句を掲げている（「文芸家協会ニュース」昭和四十一年五月号）。波郷には初期の頃から、樹木にかかわる印象的な作が多いから、「樹木派」は生来の気質だったのだろう。

波郷は人間探求派と呼ばれたが、作品を丹念に見て行くと、自然を題材にした句にも、佳吟を多く拾うことができる。それらの句における自然の姿に、折々の心情や思想が投影されているのが、作者の狙いなのかもしれない。しかし、波郷の自然詠は、純粋に自然の様相をくきやかに捉えた句として、じゅうぶん鑑賞に耐え得るのである。とりわけ、樹木を詠みこむ波郷の筆致は冴え渡っている。初期作品から見ていきたい。

冬青き松をいつしんに見るときあり　（『鶴の眼』）

「いつしんに」という言葉は、直接的には「見る」に掛かっているが、間接的には「松」にも影響を及ぼし、寒さにも耐えて青さを保つ松のけなげさ、ひたむきさを感じさせている。「冬青き松」のリアリティが捉えられているからこそ、一句の主題である、作者の表に出すことのない決意や覚悟の強さが、読者にも迫ってくる。

東京の椎や欅や夏果てぬ　（『風切』）

波郷の故郷は愛媛の松山であるが、その情報は脇においても解釈できるだろう。「東京の椎や欅や」というフレーズは、街路樹をイメージさせるが、「東京の」とわざわざ限定していることに気づいた読者は、その街路樹の向こうに、自然のままの雑木林のイメージを重ねる。雑木林は、さまざまな種の樹木が雑多にひしめきあい、混沌としている。それに比べて街路樹として植えられている樹木は、ある規則性をもって配置されている。「椎や欅や」には、都会に出てきたばかりの人間が、樹の一本一本の存在感に驚いている心の動きを伝えている。葉を青々と茂らせていた椎や欅にも、秋は着実にしのびよる。どこかその青さも色褪せつつあり、枝を揺さぶる風の音にも哀切な響きが混じっているのだろう。椎や欅の一本一本が、それぞれ「夏果て」の季節感を宿していることへの感動が、この東京賛歌の一句を生んだ。

名月や門の欅も武蔵ぶり　（『風切』）

俳句の歴史に詳しい読者であれば「武蔵ぶり」からは、芭蕉や蕉門俳人の句を多く収めた大原千春編の『武蔵曲』（天和二年）を想起するだろう。「古典と競い立つ」と言って芭蕉の高い詩精神を理想とした波郷も、おそらくそれを念頭においているのだろうが、この句を鑑賞するときに、そうした俳句史の知識が要るわけではない。むしろ国木田独歩の「武蔵野」に見られる著名な一節「今の武蔵野は林である」というイメージをもとに、林ばかりではなく人家の欅もまた「武蔵ぶり」だと言ってみせたエスプリを味わいたい。独歩の逍遥した当時よりもさらに武蔵野の開発が進んで、雑木林も人家に変わったが、残された欅には往時の面影がうかがわれるのだ。ここでの「武蔵ぶり」は、都のように洗練されておらず、無骨であるという意味だろう。むろん、誉め言葉である。王朝和歌には武蔵野は月の名所として詠まれていたことを踏まえた「名月」の季語の配置も、芸が細かい。

槙の空秋押移りゐたりけり　（『風切』）

「槙」というはっきりした具象があるから、「秋押移り」のいささか抽象的な言い回しにも納得がいく。「秋押移り」からは雲が流れていくさまを連想するが、やはり「秋雲押移り」ではあからさまだ。秋という季節そのものが移ろっていくのを、槙のそよぎを手がかりにして感得したのである。庭木や生垣によく用いられる、身近な槙の木であることが、親しみ深さを生んでいる。杉や椽では、人の匂いが薄く、味気なくなってしまう。内容的には上五中七で全て言い切ってしまっているのだが、下五の「ゐたりけり」は、けっして蛇足ではない。このきびきびした韻律が、冬へ向かって秋がたちまちのうちに過ぎていく容赦のない摂理を、読者に突きつけている。

椎若葉東京に来て吾に会はぬか　（『風切』）

郷里松山に住む妹へ呼びかけた句だと言う。そうした成立事情を離れて、田舎に残してきた恋人へ向けられた句と解釈してもかまわないだろう。「若楓」でもなく「欅若葉」でもなく、やはり「椎若葉」がもっともしっくりくる。椎の葉は密に重なり合い、たとえ一本であろうとも、数本の樹を束ねたような鬱蒼とした茂りを成す。その鬱蒼とした暗さは、都会に倦んだ青年の心中を、よく代弁している。「東京に来て吾に会はぬか」の「会はぬか」という否定を伴った表現のかたちは、一抹の含羞や逡巡を匂わせ、この句に書かれた感情の機微をよりこまやかにしている。椎若葉は『風切』にしばしば現れるモチーフであり、「椎若葉一重瞼を母系とし」「椎若葉わが大足をかなしむ日」など、みずからの起源への愛憎が託されている。「椎若葉さやぎさわぐは何念ふか」という作もあり、こちらはもっと生な形で鬱屈した感情を表出している。

これまで、波郷の初期作品における、樹木を詠んだ句を鑑賞してきた。樹木そのものを描いたものと、樹木を描くことを通して作者の心情を訴えたものとに分けられるが、いずれのタイプの句にも、それぞれの樹の特質がくきやかに捉えられていることに目を瞠る。

波郷作品において、樹木というモチーフはどのような意味合いを持つのか。一つには、都会生活者であった波郷にとって、もっとも身近に季節の移ろいを感じさせるものが、樹木であったということがいえるだろう。夏には若葉を茂らせ、冬には骨のように枯れる。季節の移り変わりをこまやかに反映するモチーフが樹木であるのだ。

もう一つ、付け加えるならば、波郷作品に顕著であるきびきびとした韻律が、屹立する樹木というモチーフに適っていたということがいえる。韻律自体が、プラタナスや椎や欅の立ち姿を描出しているのだ。

では、波郷後期の作品においてはどうだろう。樹木にまつわる波郷の趣向には、明確な変化が見られる。初期作品においては、青春期の心情を樹木に託すという手法が、比較的分かりやすく示されていた。そのわかりやすさに起因する直截な抒情味が魅力だったのだが、後期作品においては、そのような単純な仮託の手法は鳴りを潜める。樹木のモチーフは、別の意味を担って波郷作品を彩ることになる。

乙女の声して寒林を屍行く　（『惜命』）

波郷の入っていたのは病棟の一番南側で、そこからは雑木林が見えたという。時期が来るとえごの花が咲いて、よく匂っていたそうだ（「療養所の花」、「随筆」昭和三十一年五月号）。だが、時が過ぎればそれらは全て枯れ木となり、「寒林」と呼ばれる無個性な樹木の集合体になる。そこをひそかに病死した遺体が運ばれていく。背景の「寒林」が、「屍」の冷たさと硬さを感じさせる。「乙女の声」とは看護婦の声と取れるだろう。溌剌とした若い女性の声と、死者の無言との対比が顕著だ。このとき、「綿虫やそこは屍の出でゆく門」という句も作られている。まるでダンテ『神曲』の地獄めぐりのような殺伐とした光景である。「寒木にひとをつれきて凭らしむる」や「夕映えて常盤木冬もあぶらぎり」といった青春性豊かな『鶴の眼』収録の句と比べると、同じモチーフを扱いながら、ここでの冬の樹木は、死を暗示して不気味でもある。

　やがて波郷の樹木は、天上までも届くようになる。

　金雀枝や基督に抱かると思へ　（『雨覆』）

　仏生会くぬぎは花を懸けつらね　（『酒中花』）

　神に抱かれるという感覚、すなわち、救済の感覚を、人に伝えることは難しいだろうが、「金雀枝」の花の、金色の細かな花の輝かしさによって具現化されると、たとえ無神論者でもその一端を慮ることができる。余さずに咲いた「くぬぎ」の花は、釈迦の誕生を祝福するかのようだ。「懸けつらね」の描写の丁寧さは、読者にも敬虔な気分を要求する。

　これらの句には、キリスト教や仏教のキーワードが用いられているが、特定の宗教の教義に回収されることがない。ここに描かれているのは、波郷の神であり、波郷の仏であるのだ。だからこそ、宗派や信条にかかわらず、多くの人の心に響く力を持っている。生活派、境涯派と言われる波郷が、こうした雲上の存在に迫るような句を詠んでいたことは、もっと注目されて良いのではないか。土に糧を得、天に花を咲かせる樹木さながらに、身辺を徹底的に詠みつづけた波郷俳句もまた、こうした晩年の句に至って、生活や人生を超えた、大いなるものに触れ得たのである。

芝不器男

白藤や揺りやみしかばうすみどり　（『芝不器男句集』）

折から靡いていた白藤が、ふっと風から解き放たれたとき、その白さに潜んでいた仄かな薄緑に気づいた、というのだ。山本健吉は「白い藤浪が風に揺れて一面の白が網膜に映る。揺れ止むと若葉の薄緑がはっきりしてくる」（『現代俳句』）と評しているが、この句の「うすみどり」は若葉のそれではなく、白藤という名の下に隠されてしまった、花の含む仄かな色彩を指していると見る方がよいのではないか。「薄緑」と漢字で表記されていたとしたら、それは明確な色彩であり、若葉の薄緑を指したものであろうが、この句は「うすみどり」と、ひらがなの表記を取っている。その場合には、もっと仄かな色彩を言っていると取れるからだ。風に揺れている間は、藤自体の若葉や、あるいは若葉萌え出る周囲の風景を含めて、白藤は揺れていた。風が止んだとたん、それらの緑の色彩が残像のように視界に残り、白藤の花に含まれたほのかな緑の色彩を表に引き出した。そして、ひらがな表記の「うすみどり」は、白藤の色彩についての写実であるとともに、作者自身の若さ、健やかさの表徴でもある。仮に、作者の不器男が若くして逝った俳人であることを知らなくても、この表現から作者の若やぎが感じられるのだ。

この句は、白藤を純粋に写実したものとは言いがたい。「揺りやみしかば」という万葉風の言葉遣いをしているところもそうだ。輪郭をくっきりと描き出そうとすれば、「揺りやめば」とすれば足りるはずだが、あえて古めかしい「揺りやみしかば」という言葉遣いをしていることで、輪郭は朧化された。その朧化作用が、この句の場合には功を奏している。藤のなよやかな姿態を思わせ、一句の情緒的な味わいを引き立てている。落ち着いた言葉運びだが、この句には不思議な陶酔感がある。白藤の秘密を暴いてみせたことの陶酔だ。「白藤」という名を持つものの、どこかに「うすみどり」を秘めているという発想は、高浜虚子の「白牡丹といふといへども紅ほのか」と通じる。虚子の句は大らかだ。不器男の句は、「し」の音の繰り返しも関わってくるだろうか、もっと鋭さ、あるいは熱っぽさがある。白藤の美しさへの賛嘆と、それを暴いた自分への賛嘆、その二つから来る高ぶりが、おさえきれないで言葉の隙間から漏れ出ている。不器男の句は端正さを誇っているが、その内に湛えた情感の豊かさは並ではない。一度その句の世界に同調することができれば、傾けられたミューズの水瓶さながらに、若い魂の感情がこんこんと溢れて尽きないのである。

風に吹かれる藤は、たとえば『源氏物語』の「蓬生」で、源氏が花散里に会いに行く途次、藤の花の匂いがしたためにそこが末摘花の住む常陸宮だったと気づくくだりに現れる。「大きなる松に、藤の咲きかゝりて、月かげに靡きたる、風につきてさと匂ふがなつかしく、そこはかとなき薫りなり」。風になびいて匂いを散らすのが藤であった。確かに、藤の花は匂いが濃い花だ。しかし不器男の句では、匂いについては一切言葉の上に表さないで、あくまで映像として藤を捉えている。そもそも古典に登場するのは、紫雲になぞらえられるような紫の藤であった。白藤の美しさをこれほど高らかに謳いあげたのは不器男がはじめてであり、そして、最後かもしれない。そのように思わせるほどの名句である。

向日葵の蘂を見るとき海消えし　（『芝不器男句集』）

向日葵畑の向こうに海が広がる景色を、はじめはなんとなく眺めていたのだろう。ふと向日葵の一輪に目を留め、その精緻な蘂の密集に目を奪われたとき、それまで背景にあったはずの海が、ぱっと視界から消え去ったかのような衝撃を受けたのだ。

否定表現は、詩歌において面白い働きをする。打ち消されることで、かえってその存在が際立ってくるのだ。この句の場合も「海消えし」と、海の存在を打ち消していることによって、かえって読者の意識には、海の青さが強く焼きつけられる。そのとき、何気なく聞こえていた波の音も、にわかに身に迫ってきたに違いない。消えたことによって、海の存在感が倍増し、それと映発する向日葵も、あたかも大きな黄色い海さながらに波立ちはじめるかのようだ。

表現の上から言って、この句の命は「海消えし」の「し」にある。「消えぬ」では重みが出てしまい、はっと息を呑む瞬間の印象を言い表すのに適さない。この句はわざわざ「とき」という言葉を使って、瞬間の印象であることに拘っている。「し」の擦過音だからこそ、今まで顧みなかった海が意識の上にのぼってきた、閃光のような一瞬を言いとめるのにふさわしいのだ。

ちなみに「し」は、学校文法では過去や回想の意味を表す助動詞「き」の連体形ということになっているが、この場合には大野晋が『日本語の文法〔古典編〕』で述べているように「確述」の意味として取るべきであり、「海が確かに消えた」という、瞬間の印象を強調した表現といえる。

向日葵の句が、海をいったん消すことによって、かえってより強く意識させたように、不器男の句は、認識の転換が一つの特徴になっている。たとえば「人入つて門のこりたる暮春かな」。人を入れたあとの「門」は、役目を果たしてまったくの背景と化してしまうはずだが、この句は役目を果たした「門」こそが主役としてその場を占めている。「門」というものの在り様を、一句の中で捉え直しているのだ。あるいは「麦車馬におくれて動き出づ」の場合、「麦車」とは本来「馬」を含めて「麦車」と見ているのであるが、その動き始めに着目することで、「馬」と「麦車」とが分離している状況を捉え、私たちの「麦車」に対する見方を変えてしまう。

不器男の句は私たちがなじんでごく当たり前に「そのようなもの」と思い込んでいる対象について、一句の中で鮮やかに「実はそうではない」という認識の転換を迫る。その鋭い刃先は、常識に安住しようとする生活者の心を脅かすが、常識の彼方に真実を求めようとする詩人の心は喜ばせるのである。

あなたなる夜雨の葛のあなたかな

(『芝不器男句集』)

俳句を読むとき、読者はまずそこに読解の拠り所、すなわち脳裏にイメージできるものを探すはずだ。この句における確かな物象は、「夜雨の葛」しかない。これだけが、見ることができるもの、感じ取ることができるものだ。だが、その唯一の拠り所は、けっして磐石とは言えない。むしろ曖昧で頼りないとすら言える。「葛」自体が、茫々と茂るものであるし、「夜雨」によってその存在感はいっそう曖昧になる。だが、この句の場合、はっきりしない「夜雨の葛」が、大きな効果を生んでいるのだ。

「夜雨の葛」が、はっきりした存在感を持っていれば、そのイメージが一句の終着点となり、読者の心は、更なる「あなた」へと向かう作者の心に、同期することはできない。「夜雨の葛」は、茫漠としているがゆえに、あくまで終着点ではなく通過点とみなされ、読者の心を、次の「あなた」へと運ぶのである。そのとき、はじめて読者は、作者と心の動きを一にする。一句の締めである「かな」に行き着くまで、読者にとって突っかかりとなるような存在感のある物象は、必要ないのである。「夜雨の葛」の物象としての儚さ、頼りなさは、そういう意味でこの句にとって不可欠なのだ。

「夜雨の葛」の儚さ、そして「あなた」の畳みかけは、この句を切ないものにしている。「かな」で止めてはいるものの、「夜雨の葛」の向こうに果たして求めていたものを見出し得るのか、悲観したくなるほどだ。しかし、この句を嘆きに終わらせなかったのは、下五の「あなた」に「貴女」の意味も見え隠れするからだ。不器男の推敲案が残されているが、それによれば「かなた」とする案もあったようだ。それを「あなた」と最終的に定めたことで、この句は一抹の救いを得た。はるか「あなた」の先には「貴女」が待っていることが、暗に示されている。

この句には「二十五日仙台につく　みちはるかなる伊予の我が家をおもへば」という前書が付されている。それを踏まえれば、「貴女」とは郷里で待つ母のことと考えられる。山本健吉は「何か故郷の老母を偲ぶ感情がこもっているようである」と言う。あるいは谷さやん氏は、不器男が母と同じほどに慕っていたという兄嫁の梅子の面影があるのではないかと推測する（『芝不器男への旅』

創風社出版）。この句の初出が、梅子への手紙であることを思えば、それも納得が行く。

しかし、そうした不器男個人の事情を離れてみれば、恋愛句と取ってもよいのではないか。「葛」は風にあおられると裏が白いことから「裏見」と称され、和歌では「恨み」に掛けられた。不器男の句はあくまで「夜雨の葛」であり、その恨みの思いは静かな雨が鎮め、心は軽やかにまっすぐ、はるかな「あなた」の人の元に飛んでいくのである。

寒鴉己が影の上におりたちぬ　（『芝不器男句集』）

不器男のまなざしの特異さをあらわす作として印象深い。「寒鴉」とは冬の鴉のこと。乏しい餌を探しまわるさまがいかにも哀れ深いことから、俳人に愛好される季語である。

この句は、地表に何かしらの餌を見つけて、鴉が降り立ったところを捉えている。そのときに、地表に差した自分の影に降り立ったと見たのだが、なかなかこういう把握はできないものだ。私たちはつねに影と一緒にいる。あまりにも身近であるから、影のことなどふだん考えないだろう（子供の頃には影が遊び相手になるが、これはまだ子供にとって影が珍しいものだから）。このように、「あって当たり前のもの」に着目して、それが「当たり前ではないこと」に気づかせてくれるのが、不器男俳句なのである。「寒鴉」の句は、地上に生きる者には影は身の近くにあるが、それは一面的な見方であり、鳥のように空に生きる者は影と離れて暮らしているのであり、本来実体と影とは別々のものであることを知らしめるのである。

一片のパセリ掃かるゝ暖炉かな　（『芝不器男句集』）

昭和五年二月二十四日、不器男は肉腫が悪化して二十六歳の若さで逝去する。この句はその少し前、昭和四年十二月二十五日に開かれた兼題句会で詠まれたものである。場面は、瀟洒な洋館の一室に設定すればいいだろう。主の心配りの行き届いた館で、落ちた一片のパセリすらも許されることなく掃き出されてしまう。調度品などもよく磨きこまれていることだろう。もちろん暖炉も立派な造りで、パセリはそこへ放り込まれて一瞬で灰と化してしまう運命なのだ。作者が病床にあることは措いても、「掃かるゝ」の受動態に色濃く死の予感がある。同時作に「大舷の窓被ふある暖炉かな」「ストーブや黒奴給仕の銭ボタン」がある。「暖炉」や「ストーブ」といった季語の故郷である乾いた西欧的世界観が、的確な道具立てによって完璧に構築されている。

万葉調の句で知られる不器男が、最後にこのような日本的な抒情を一歩抜け出た句を作っていたことは、注目に値する。俳句という詩型にかかわるかぎり、日本的な湿った抒情はつきまとうものであるが、不器男はその境地に安らぐことはなかった。道具立てが西洋趣味であるというにとどまらない。パセリと暖炉の油絵を思わせる色彩感や、「大舷の窓被ふある」の圧迫されるような暗さ、あるいは「黒奴給仕の銭ボタン」に着眼する奇矯なユーモアが醸し出す感情は、日本語の憂いや哀れというよりも、ロシア語のトスカ（鬱屈、憂愁）に近いものだ。近代になってなお俳句が引きずってきた哀れの美学を、鮮やかに断ち切って見せた句として記憶される。

不器男の生涯は相対的に短いものであったが、その句業は中途で断たれたというわけではなく、この三句に至ってこれ以上ない達成を果たしたといえるのではないか。

不器男という俳人は、こと詩魂の熱さ、激しさにおいては、その静謐な句風からは考えられないほどのものを持っていたようだ。家族句会の記録に、こんな呟きを書きこんでいたという。

小器用な俳人ならそのだれもが詠めば詠み得る底の句を詠んだところで彼は遂に小器用の俳人以外のものではない。その小器用こそ「殻」である。「マンネリズム」である。「俳人一般の境地」といふものがあるならまさしくそれである。そんなものに低回してゐる位なら句帖を焼却するがいい。

抹殺せよ抹殺せよ芸術的興奮に因せずして芸術的興奮をもたらし得んや。腑脱句を抹殺せよ。泥土に遺棄せよ。

このような不断の自己批判の意識を抱き、実際に旧来的な抒情を更新する句を作り上げ、不器男はその俳句人生を全うした。その句業は、歳月を積み重ねることで俳人は完成するという一般通念が、どれほど脆いものであるかを証し立てている。

日野草城

日野草城は十代で俳句に手を染め、高浜虚子に師事する一方、新興俳句運動にもかかわり、俳句の新しい可能性を積極的に探った俳人でもあった。妻との新婚初夜をテーマにした連作「ミヤコホテル」は、その是非をめぐって、俳人のみならず中野重治や室生犀星なども巻き込んだ論争を巻き起こした。既存の俳句におさまらない活動によって、虚子の勘気に触れて「ホトトギス」を除名されるも、草城は虚子への敬意を失うことはなく、晩年には許されて「ホトトギス」に復帰している。

昭和の俳句史といえば、水原秋櫻子、高野素十、山口誓子、阿波野青畝の「4S」の華々しい活躍が注目されるため、日野草城の評価が、不当に低いことは否めない。私の知る限り、俳文学者の復本一郎や、歌人の岡井隆といった、専門俳人ではない文学者からの評価が高い。虚子の「客観写生」「花鳥諷詠」の価値観が、いまだ俳句界には根強く、草城のような主観の濃い作風が、なかなか受け入れられないのだろう。

春暁や人こそ知らね樹々《きぎ》の雨　（『花氷』）

山本健吉は『現代俳句』の中で、草城の初期作品について不満を述べている。ここに掲げた「春暁」の句や、「春の夜やレモンに触る、鼻の先」「おぼろ夜や浮名たちたる刺青師《ほりものし》」などの句を挙げて、与謝蕪村の耽美調と比較しつつ、「小技巧の扮装」「こういう句はもともと実感や写生を基調とするものでなく、思いつきのフィクションにすぎないことが多いのである」と批判する。当時の俳壇に物議をかもした「ミヤコホテル」の連作についても「新婚の初夜はかくもあろうかという想像句であって、特殊な体験に基づいたものでなく、全く概念的な発想である」と切って捨てている。いまや草城の代名詞ともなっている「ミヤコホテル」の連作は、当時は新鮮な趣もあったのだろうが、現代からみると、新婚初夜のありふれたイメージを、テクニックによって糊塗しただけの作品に見えてしまうのは確かだ。

しかし、作品に嘘くささがあるのは、作者の体験や実感に裏付けられていないことに因るのではない。山本が称揚する「女倶して内裏拝まんおぼろ月」「春雨や同車の君がさゝめごと」などの句を生んだのも、蕪村の持つ豊穣な想像力にほかならない。作品の表現がじゅうぶんではないことを責めるべきなのだ。山本が否定した草城の初期作品の中には、見過ごしにはできない魅力をたたえているものもある。たとえばこの「春暁」の句、樹々をしずかに包んでいるけぶるような雨、それを知っているのは自分だけだという、慎ましい幸福感が好もしい。雨の景色は、ガラス窓越しに見るか、傘をさして眺めるかといったものだが、この句は違う。樹々と心を重ね、こまかい雨を作者自身も浴びているように見える。「人こそ知らね」の文語体が、演劇性を醸し出していて、そう思わせるのだろうか。

「人こそ知らね」の「こそ」は強意の係助詞。これを受けて、打ち消しの助動詞「ず」の已然形「ね」

で結ばれている。他人は知らないけれど、ということ。百人一首に親しんでいる人なら、あの恋の歌を思い出すのではないだろうか。

わが袖は潮干に見えぬ沖の石の人こそ知らね乾く間もなし　　二条院讃岐（『千載集』）

私の袖は、潮が引いたときでさえ見えない沖の石のように、恋の涙に濡れている——その恋が、人には言えない、秘めた恋であることを「人こそ知らね」で匂わせているのだ。

草城の「春暁や人こそ知らね樹々の雨」は、本歌取りとまではいえないが、この二条院讃岐の歌を、あきらかに意識している。「人こそ知らね」の表現が重なっているのみならず、「沖の石」も「樹々の雨」も水にかかわるものということで、モチーフが共通しているのだ。このように恋の歌を匂わせることで、春のあけぼのに、ただひとりきり樹々に降る雨を見ているというこの句の主人公は、おそらくは誰にも言えない恋の悩みを抱えているのではないかと思わせているのだ。同時期の「春の夜のわれをよろこび歩きけり」と同趣の句であるが、こちらの句のほうが「樹々の雨」の具象性がある分、作者の陶酔感に同調しやすい。

「春暁」の句をはじめとして、草城の句の感覚の鋭さは、すでに多くの評者の指摘するところだ。とりわけ、触覚にすぐれていることは、草城の句の大きな特色になっている。

春 の 夜 や レ モ ン に 触 る ゝ 鼻 の 先　　（『花氷』）
遠 野 火 や 寂 し き 友 と 手 を つ な ぐ

物種を握れば生命《いのち》ひしめける
朝すゞや肌すべらして脱ぐ寝間着
くちびるに触れてつぶらやさくらんぼ
水晶の念珠つめたき大暑かな　（『青芝』）
湯あがりの膚のたのしき薄暑かな　（『昨日の花』）
冬の蠅しづかなりわが膚を踏み　（『旦暮』）
夏布団ふわりとかかる骨の上　（『人生の午後』）

草城の句の中から、触覚の働きがみとめられる句を抜き出していくと、きりがない。特に青春期には、みずから積極的に対象に触れている。友や女との関係を結び、強めるために、触れるという行為がある。病を得てからは、「冬の蠅」や「夏布団」といったかすかなものにすらも鋭敏な触覚が反応してしまい、困惑しているさまが読み取れる。もてあましてしまうほどに過敏な触覚を、草城は持ち続けていた。「手袋をぬぐ手ながむる逢瀬かな」（『青芝』）「春の夜や自働拳銃《コルト》を愛す夫人の手」（『昨日の花』）「をさなごのひとさしゆびにかゝる虹」（『同』）など、身体の部位の中でもとりわけ「手」への関心が顕著であるのも、この鋭敏な感覚に由来する傾向だろう。

一連の触覚の句の中でも「物種」の一句は、よく知られている。見えもしないし、触れることもかなわないはずの「いのち」というものを、握るという行為を通して、触覚の面から捉えてみせた。触覚はもっとも原初的な感覚であり、地球上にあらわれたはじめての生き物も、アメーバ状の不定形で目も鼻もなかったはずだが、触覚だけは存在し、その一つの感覚によって外界を認知していたという。「物種」に秘められた、純粋な生命の息吹を感じ取るために、触覚を動員したことは、ごく自然なことなのだ。

草城といえば、女性を対象にした句で知られている。妻との初夜を主題にした物語的連作「ミヤコホテル」をはじめ、「春の灯や女は持たぬのどぼとけ」（『花氷』）「ぼうたんや眠たき妻の横坐り」（同）「わぎもこのはだのつめたき土用かな」（『青芝』）「誰《た》が妻とならむとすらむ春着の子」（『銀』）など、枚挙にいとまがない。しかし、どの句も懶惰や淫猥とは程遠い。すがすがしいほどに直情的で迷いのない女体崇拝だ。これらの句にあらわれてくる女性に個性は感じられない。女性ではなく女体そのものに関心が向けられており、その根には「触れたい」というアメーバ的な欲求がある。

これまで、草城の触覚の句について述べてきたが、興味深いのは、ただ触れるというのではなく、見ることと触ることが絡み合っているような、奇妙な感覚の世界が開かれていることだ。

妻が持つ薊の棘を手に感ず　（『人生の午後』）

視覚と触覚が渾然一体となった感覚、というべきだろうか。自分の手に薊の棘が触れているわけではない。しかし、妻のなよやかな手に携えられた薊を見ると、まるで自分の手が薊の棘に侵されているように感じられる、というのである。見ることと触れることを、同時に果たしてしまっているこの句は、草城の感覚の特異さを、端的に示している。草城の触覚は、共感覚的に視覚や聴覚とも結びつき、私たちが日常的に認知している世界の姿を、少しだけ捻じ曲げてみせるのだ。

秋の夜や紅茶をくゞる銀の匙　（『花氷』）

通常の作者であれば、「紅茶くぐらす銀の匙」とするところではないだろうか。あえて主体を「銀の匙」に置き換えているわけだが、そのことで、あたかも作者自身も（ひいては読者も）「銀の匙」となって、なめらかな紅茶の中を泳いでいるかのような錯覚を起こさせる。

高熱の鶴青空に漂へり　（『人生の午後』）

この句も、青空を飛ぶ鶴という目で捉えたもの（この場合は幻視であろうが）に、熱病を負った作者の意識が入り込んでいる構造だ。「高熱の鶴」という奇妙な措辞は、その構造なしには成立しえないだろう。鶴が感じている青空の冷たさ、心地よさを、地上で病に伏せている作者自身も感じ取り、慰めとしているのだ。

大空を飛ぶ鶴の感じていることまでも、自分のこととして感じとってしまう草城。その句は、意味や論理を超えた奇怪かつ愉快なヴィジョンを私たちに見せてくれる。

星野立子

大仏の冬日は山に移りけり　（『立子句集』）

「大仏の冬日」という措辞が大胆である。大仏の上に掛かる冬日のことを指しているわけだが、「大仏に掛かる冬日」とか「大仏の上の冬日」などとしてしまっては間延びする。さりげなく書かれているが、「大仏の冬日」と簡潔に表現することは、たやすいことではない。

続く「山に移りけり」の展開にも目を瞠る。冬日を主語に据え、場所と時間の変化を示している。俳句は瞬間を切り取るものという定義は、入門書などでお題目的に繰り返されることであるが、理の無いことではなく、確かに時間の経過を一句に詠み込もうとすると、一句が説明的になり、失敗しやすい。ところが、この立子の句のような例外があるから、安易な決めつけは良くないと、反省させられる。時間の流れを詠み込みながらも、この句に停滞感は少しもない。「大仏」から「冬日」へ、そして「山」に移っていくイメージの推移に無理がないからだ。「大仏」と「冬日」と「山」、この三つは、互いに溶け合うように、鮮やかな調和を遂げている。「大仏」は「冬日」のようにあたたかく、大きな存在として感じられてくる。あるいは「冬日」は、「大仏」のように安らぎを与えてくれる存在に見えてくる。

助詞の使い方にも隙がない。単調にならないよう、「の」「は」「に」とすべて異なる助詞を使ったなめらかな調べは、冬日が渡っていく静かさをよく再現している。

「大仏」と「山」とくれば、当然舞台は鎌倉であると推測できる。事実、立子は幼少期、そして結婚後も多くの歳月を鎌倉で送っている。とはいえこの句は鎌倉であることを超えた、普遍的な広がりを獲得している。仏とともにある暮らしの平穏を、この句ほどに語っている作はほかにないだろう。

いつの間にがらりと涼しチョコレート　（『立子句集』）

「いつの間にがらりと涼し」の感慨を裏付けるために、下五に何を持ってくるか。作者の力量が試されるところだ。「チョコレート」は、おそらく作者立子にとってはごく自然な選択だったのだろうが、ほかのあらゆる選択肢をはねのけるような、最上の解といっていい。夏の暑い最中には、チョコレートはべたつくし、その甘さはけっして歓迎されるものではないが、ふいに涼しさを覚えるようになってきた夏の終わりごろには、チョコレートの甘みと香りとが、喜ばしい美味に変わるのだ。何の修飾語もなく、ただ「チョコレート」という名詞をむきだしで下五に置いた潔さが、秋へ向かう心の張りをよく感じさせている。

桃食うて煙草を喫うて一人旅　（『立子句集』）

旅情は芭蕉以来、俳句の重要な主題となっているが、この句には俳聖の向こうを張ろうというような気負いはまったくない。「桃」も「煙草」も日常身辺にあるものだが、「一人旅」の中ではまた格別の味わいになる。「桃」の柔らかさと甘さに対して、「煙草」が配されたことに少しの意外性があるのも良い。古き時代のモダン・ガール風でありながら、現代女性の旅のスナップと見ても、不自然はないだろう。

立子の俳句の特徴の一つである音楽性を、この句はよく体現している。歌の歌詞のようだという意味ではなく、一句の調べが心地よいのである。「食うて」と「喫うて」と連ねた軽やかなテンポが「一人旅」というひとかたまりの語で落ち着く。緩急のバランス感覚にすぐれているのだ。だからだろうか、この句の主人公は、桃を食べて煙草を吸って、その合間に鼻歌も歌っているようにも想像してしまう。

「つん〳〵と遠ざかりけりみちをしへ」（『立子句集』）や「重き雨どう〳〵降れり夏柳」（『続立子句集　第二』）などのオノマトペ、「秋灯を明うせよ秋灯を明うせよ」（『實生』）や「流星を見し刻忘れ場所忘れ」（『笹目』）に見られるリフレインも、立子俳句の音楽性をよく示している。基本的に立子俳句は、対象（主に季語）への賛歌なのだ。

障子しめて四方の紅葉を感じをり　（『實生』）

障子ごしに見える影のほのかな赤さに、紅葉の盛りを感じ取っている。じかに見ていたときよりも、見えなくなったときの方が、より紅葉の気配を濃厚に感じ取ることができるのだ。「花は盛りに、月は隈なきをのみ、見るものかは」（『徒然草』第百三十七段）という伝統的な美意識を、「紅葉」にあてはめたものだろうが、「紅葉」を「感じる」という表現には、古典には見られない自我の意識が濃く出ている。立子俳句は、その中心に必ず生身の作者がある。調和した世界といっても、箱庭のように作り物めいたところがないのは、それゆえだ。

美しき緑走れり夏料理　（『笹目』）

夏料理に旬の野菜などの「緑」を認めるまでは凡手にもできるだろうが、本来は静的に配置されているはずのそれら「緑」を、動的に「走れり」と表現した点には驚かされる。とはいえ「緑走れり」だけでは「夏料理」の描写として強引だろう。そこで「美しき」という形容を加えたことの効果が出てくる。この形容によって、「夏料理」らしい、よく整えられた膳の映像が浮かんでくる。

師としてまた父として、虚子のもとに育った立子の句は、この句のように季語のことを一元的に詠むいわゆる「一物仕立て」の句が圧倒的に多い。しかし、数は少ないものの、立子は取り合わせの句も巧みだ。

口ごたへすまじと思ふ木瓜の花　（『立子句集』）

考へても疲るゝばかり曼珠沙華　（『続立子句集　第二』）

午後からは頭が悪く芥子の花

冬ばらや父に愛され子に愛され　（『春雷』）

自身の情感と、それに見合う花とを取り合わせた句である。それぞれの花の持つイメージや情感が、内面の表現に生かされている。一句目の場合には、「口ごたへすまじ」と慎み深く振舞いながらも、やはり胸中に屈しきれない思いを抱える人物像に、小ぶりながらもはっきりした赤さの「木瓜の花」が適っている。二句目、あぜ道の「曼珠沙華」の乱立は、思考に倦んだ心を余計に疲れさせるだろうと納得がいく。三句目、昼過ぎのぼんやりとした頭は、茎の細さに似合わず大輪の花が咲く「芥子の花」と、よく似ていることに気づかされる。四句目は、さかりの薔薇ではなく冬に咲く薔薇であるところが、まわりの愛に感謝しつつもどこかしら寂しみも覚えていることを物語っている。

これらの「取り合わせ」は、意外な言葉同士の衝撃によって、現実を超えた詩的世界を一句の上に創出する、といった類のものではない。立子俳句が志向しているのは、調和した世界観である。言葉同士の衝撃や、常識の転換などは、立子俳句に期待することはできない。むしろ、そうしたものを排するところに、立子の作家性が確立しているといえそうだ。

山本健吉は、立子という作家の特質について、次のように評している。

彼女の句は、明るく、淡々として、軽く、また、のびのびとしていて、屈託がなく、素直な情感が盛られているのだが、その反面に、やはりあまりに他愛なくて物足りないという不満は、どうしようもないようだ。（『現代俳句』）

確かに、立子俳句には、人生の暗い面はほとんど感じられない。愛や生死といった文学的主題の掘り下げにも関心は払われていない。良く言えば純粋無垢ということになるだろうが、否定的に言えば幼稚であるともいえる。もっとも、たえず拡散し流動し、混迷の度合いを深めていく世界において、その流れに逆らって、調和した世界を作り出す方が、実は困難な営為といえるのではないだろうか。

しん〳〵と寒さがたのし歩みゆく　（『立子句集』）

身にしみわたっていく寒さをも、楽しんでしまおうというこの句は、天真爛漫ともいえるが、あるしたたかさも感じられる。逃れられない寒さに対して、愚痴を言いつつ耐える人もあれば、あえて楽しんでしまおうという人もある。人生の艱難辛苦への態度も同じだろう。呪いの言葉を吐いて気を晴らす人もあれば、たとえ能天気と言われようとも寿ぎの言葉で自分や周囲の人々を鼓舞しようとする人がいる。星野立子は後者なのだ。世の混迷に対して、立子はあえて調和を重んじることで対しようとしたのかもしれない。そう思えばこの「歩みゆく」の向うには、一人の成熟した女性の凜とした横顔が見えてくる。

三橋鷹女

前章で取り上げた星野立子と、三橋鷹女の句はある意味で対照的といえる。立子が温雅、平明と評されるのに対して、鷹女は激烈、特に富澤赤黄男の影響下に編まれた『羊歯地獄』については難解と評されることが多い。昭和期に活躍した星野立子、三橋鷹女、中村汀女、橋本多佳子ら女流俳人を、それぞれの頭文字を取って4Tと呼ぶが、立子、汀女、多佳子は伝統的な結社に拠って活躍したが、鷹女は出発点こそ原石鼎の「鹿火屋」であったが、「従来の俳句に不満寂寥を感じ、敢へて冒険的なる句作を試み初め」た（第一句集『向日葵』後記）という俳人であり、鷹女の立ち位置はその中でも特異と言っていい。ちなみに、山本健吉の『現代俳句』では、赤黄男も鷹女も立項されていない。

鷹女にも、夫や子への愛情を詠いこんだ、温雅な作風の句も散見される。たとえば「子に母にましろき花の夏来る」（『白骨』）などは、母の無償の愛を感じさせ、ピエタ像も想起させる、名句だと思う。だが、やはり何と言っても鷹女の句で取り上げられるのは、激越な調子で自我を押し出した句である。

平成期の俳句の特色に、自我の表出には消極的である、ということが挙げられる。4Tの中では、星野立子に共感する読者が多いということだろう。そのような時代において、三橋鷹女の強烈な作風が、敬遠されがちになっているとすれば、これは不幸なことだ。身のまわりの何気ない自然や、平穏な人生の記憶は、もちろん庶民の文芸としての俳句の大切な題材であるが、鷹女のように日常性を超えた詩的世界を十七音によって構築する試みも、放擲してはならないだろう。現代俳句の可能性を広げ、豊かにしてくれた鷹女俳句に、現代に生きる私たちはもっと畏敬の念を抱くべきだ。

私がもっとも好きな鷹女の一句は、次の句である。


ひるがほに電流かよひゐはせぬか　（『向日葵』）

昼顔は蔓性の植物である。蔓はまるで電線のようでもある。花は、蔓の途上に咲く。電線のような蔓に咲く花には、電流が流れ込んでもおかしくない、というのである。

もちろん、現実的に考えれば、そんなことはあるはずはない。そもそも、昼顔の蔓が電線に見えるというのは、一種の奇想であり、独善的とすら言える。それでも、読者はこの着想を受け入れてしまう。読者を説得するやり方ではない。言うなれば、力技である。「ゐはせぬか」の語気によって、読者を力ずくで納得させているのだ。

「ゐはせぬか」と呼びかけている相手は、昼顔であり、自分自身である。対詠的に答えを求めているようでありながら、自分の中ではすでに確信があるのだ。電流は流れているだろうか、いや、流れていないはずはない。そしてもし、電流の流れていないような、つまらない花だとしたら、枯れてしまえ、と命じるような覇気すら感じられる。口語では、けっして出せない力強さだ。

つい、「ひるがほ」と「電流」を結び付けた発想の奇抜さに目を奪われるが、この句の主眼は「ゐはせぬか」によって表出される、主体の強烈な意識である。触れた者に激しいショックを与える「電流」が、自我の強さをよく感じさせる。

自我の強さといっても、作者である鷹女そのものの自我ではない。次の句には、等身大の自分を拒むという、鷹女ならではのメッセージが色濃く出ている。

夏痩せて嫌ひなものは嫌ひなり　（『向日葵』）

私たちはふだんから「好き」とか「嫌い」という言葉を何気なく使っている。身近な言葉といえるだろう。だが、俳句において「好き」あるいは「嫌い」という言葉を入れることは勇気のいることだ。「姿先情後」、すなわち、情景が浮かびさえすれば感情は伝わるという考え方が、俳句においては伝統的に根強いからだ。

ところが鷹女は、代表句であるこの句において、堂々と「嫌ひ」と言ってのける。

初嵐して人の機嫌はとれませぬ

つはぶきはだんまりの花嫌ひな花

という句もあって、こうした直截な感情吐露を、鷹女は辞さなかった。こうした句について、感情的・抽象的に過ぎて、俳句のセオリーである即物具象に背いていると非難したところで、無粋でしかないだろう。大方の感情表現がつまらないのは、「花が咲いてうれしい」「花が散ってかなしい」といったたぐいの、平々凡々な当たり前のことしか詠わないからであって、鷹女のように独自の感情を、しかも歯切れのよい韻律に乗せて詠えば、その感情表現は人に訴えかけるものとなりうるのである。

しかも、この句ではただ「嫌ひ」というのではない。まずは、「夏痩せて」から始まっている。「夏痩せ」は字のごとく夏の季語であり、暑さで食欲が失われて痩せてしまうことをいう。その姿は哀れを催すようなものであり、本来はみじめさや情けなさを詠むものであるが、鷹女の句はそこから、「嫌ひなものは嫌ひなり」と、夏痩せをまったく意に介さない自我の強さを打ち出す。この自意識の強さこそが鷹女の作風として指摘されるところであって、「舞台派」と櫂未知子氏は命名している（「俳句研究別冊　女性俳句の世界」平成十三年）。実際に鷹女は、胃下垂、低血圧、眩暈、肩こり、腰痛といった持病を持ち、夏痩せをするタイプだったとエッセイに書き残しているが、この句の主人公は、そんな現実の鷹女を離れて、毅然と立っている。一句の主体は作者自身であるというのは、感情表現を避けることと同様に、従来の俳句の常識であった。それを、鷹女はあざやかに覆してみせたのである。

ところでこの句、普通に解すれば、「嫌ひ」とは食べ物の苦手を指していると取れるだろう。まわりの人間は、滋養をつけるためにあれを食えこれを食えというが、私はそんなものは受けつけない、食べなければ夏痩せするというのであれば、いっそのこと痩せてしまったほうがまだました、というわけだ。しかし、それでは単純に過ぎる。「嫌ひ」は、もっと広い意味での、生き方の志向までも含んだ感情と捉えたい。「詩に痩せて二月渚をゆくはわたし」という句も、鷹女にはある。現実的ではあるが面白みのない、つまり詩的ではない生き方は、自分はけっしてしないという表明が、この「夏痩せ」の句のかたちをとって表されたのだ。

この樹登らば鬼女となるべし夕紅葉　（『魚の鰭』）

能の「紅葉狩」には、美女に化けた鬼が登場する。能では、はじめ女の姿で現れた鬼が、やがて本性をあらわすが、この句では女が鬼に変化する。一介の女であるよりも、鬼女の方を選びたいというメッセージが、ここに示されている。「夕紅葉」の妖しい美しさからすれば、鬼女への恐れよりも、憧れの念の方を強く感じとることができる。

紅葉と言えば、次の句も忘れがたい。

薄紅葉恋人ならば烏帽子で来《こ》　（『魚の鰭』）

ありふれた恋人など要らない、自分にふさわしいのは、貴人風の「烏帽子」の恋人の他にありえない、と言うのである。「紅葉」は鷹女に、われならぬ身へ、そしてこの世ならぬ場所への憧れを掻き立てるのだろうか。

鷹女の句には、静よりも動を、日常よりも非日常を、そして平穏よりも狂気を、というモチーフが散見される。「蝶とべり飛べよとおもふ掌の菫」（『向日葵』）が鷹女の第一作であったというのは、重い意味を持つだろう。可憐な「菫」として自分の手にあるよりも、あの「蝶」のように乱舞せよという指令は、自分自身へも向けられているのだ。「菫」よりも「蝶」であれ、貞淑であるよりも、奔放であれと、自らを鼓舞している。鷹女はこれを出発点にして、平凡な自己のあり方から自らを解放しようと、苦闘し続けるのである。

「ひるがほ」の句にもまた、同じモチーフを認めることができる。「ひるがほ」はうす桃色の優しげな花だが、それでは鷹女は満足しない。そこで、「電流」を流して見せたのである。文字どおり、電気ショックによって、「ひるがほ」を蘇生させようとした。つまり、「ひるがほ」が「ひるがほ」であることの限界を超えさせようとしたのである。そしてそれは、句の対象物にとどまる話ではない。自分が自分であることから、解放されたいと希求する心の表れなのである。

第一句集『向日葵』には境涯性が目立つが、第三句集『白骨』以降、次第に別の何ものかへと変貌しようとする志向が目立つようになる。

老いながら椿となつて踊りけり　（『白骨』）
枯蔦となり一木を捕縛せり　（『羊歯地獄』）
ひまわりかわれかひまわりかわれか灼く
老鶯や泪たまれば啼きにけり　（『橅』）

花をみずからに仮託する手法は詩歌においてよく取られるが、一句目や三句目には、花自体へと変容する過程が示されている点が目を引く。二句目や四句目は、「枯蔦」「老鶯」それ自体を描いているようでありながら、やはりそれは鷹女が変化した姿と見るべきだろう。

鷹女俳句に、勝気だったという鷹女自身の気質が反映されているとは、しばしば指摘されることだ。確かに「夏痩せて嫌ひなものは嫌ひなり」（『向日葵』）や「初嵐して人の機嫌はとれませぬ」（同）

といった句は、作者鷹女の本心を、俳句を通して発露したように見える。また、「日本の我はをみなや明治節」（『向日葵』）「詩に痩せて二月渚をゆくはわたし」（同）などのように、一句の中に「われ」「わたし」が入ってくる場合も多い。ここで言う「われ」「わたし」を、鷹女自身を指しているとみることもできるだろう。しかし、こうした強い感情や自意識が、あえて俳句と言う小さな形式を通して表現されていることの意味を考えてみたい。鷹女俳句では、俳句形式が一種の〝舞台〟として機能しているのではないだろうか。一本の紅葉の木を登ることで鬼女に変化するように、鷹女は俳句によって自らを〝舞台〟上の〝主人公〟として生まれ変わらせた。鷹女俳句は一つの情熱的な〝演劇〟なのである。

みんな夢雪割草が咲いたのね　（『向日葵』）

一句の言葉自体が、芝居の中の台詞の様だ。「みんな夢」と呟きのように中途半端に終わってしまう感じ、そして「雪割草」の字面の儚さと、「〜のね」という柔らかい語り口ゆえに、この句の主体は奇妙に肉感がない。あらゆる時代、あらゆる場所に遍在する、女の普遍的な哀しみを、この句は訴えているようだ。

白露や死んでゆく日も帯締めて　（『白骨』）

ここに描かれているのは、理想の死にざまだろう。ただの「露」ではなく、「白露」という美称を用いていることからも、それは言える。実際には、このように死ねる人は、多くはないはずだが、このような完璧な死にざまを描くことができたのは、鷹女があくまで〝舞台〟の上の人物だからだ。

鞦韆は漕ぐべし愛は奪ふべし　（『白骨』）

さきほどの句が理想の死なら、こちらは理想の恋愛である。「鞦韆は漕ぐべし」と「愛は奪ふべし」とがさりげなく並べられているが、「愛を奪ふ」という行為は、ぶらんこを漕ぐように簡単にはいかないはずだ。多くの人が傷つき、自分もただではすまない。だからこそ、ラブ・ロマンスを私たちは必要とする。この句も、愛にまっすぐな一句の〝主人公〟に、読者は惹きつけられるのだ。

墜ちてゆく　炎ゆる夕日を股挟み　（『羊歯地獄』）

夕焼けに真向かう程度であれば驚かないが、「股挟み」には迫力がある。「炎ゆる夕日」にも引けを取らない、女の情熱が漲っている。とはいえ、「墜ちてゆく」は、女の衰退も暗示しているから、老いてゆく者の胸中に滾る、儚い情熱と映る。

白馬を売らんと来しが葦の花　（『樵』）

「白馬」を売るとは、ほとんどの人が経験しないことだろう。売りに行く白馬とともに、川辺を歩いている。高貴なる白馬を手放すことに、まだ迷いがあるのだろう。なぜ白馬を売らなくてはならないのか。背景はまったく書かれていないが、静かな悲しみが伝わってくる。

鷹女は、俳句という〝舞台〟にのぼることで、女という存在の普遍的な姿や、理想の姿を俳句の上に作り出してみせた。それは、あくまで一句の主体は自分自身であるという前提を固持した俳句では実現し得ない、画期的な方法だったと言える。しかし、どのような俳優でも、舞台から降りるときは来る。次の句の湛える悲しみは、現役を退いた老俳優の悲しみである。

藤垂れてこの世のものの老婆佇つ　（『樜』以後）

「藤垂れて」と、あえて藤の花が「垂れて」いることを示して、その重く垂れ下がったさまを強調することで、「老婆」の悲しみが際立ってくる。

鷹女が仮に、〝舞台〟の上で完全に自由な〝主人公〟であったならば、晩年の鷹女俳句に、「老」のモチーフはこれほど多くなかったに違いない。その点で、「この世のものの」という限定を受けた「老婆」は、どこへも行けなくなった……〝舞台〟に立つことのできなくなった鷹女自身であるのだ。果たして、俳句の上に、完全に自由な〝主人公〟を立たせることは、できるのか。鷹女作品は、大きな課題を私たちに残している。

高屋窓秋

山鳩よみればまはりに雪がふる　（『白い夏野』）

山本健吉は『現代俳句』の中で、この句を窓秋の句の「最傑作」として挙げる。特に「よ」の働きに着目して、それが呼びかけでもあり詠歎でもあり、従来の俳句にはなかった「純粋抒情」であると評している。確かに、「よ」の詠歎と言い、「みればまはりに」の昂揚感と言い、抒情的な一句であるが、それだけではなく、どこか祝祭的な雰囲気があることも、付け加えておきたい。

『梁塵秘抄』に「山鳩はいづくか鳥ぐら、石清水八幡の宮の若松の枝」という唄の文句が見られるとおり、鳩は八幡大菩薩の使いとされた。『曾我物語』によれば、源頼朝は、空からおりてきた三羽の山鳩が頭に巣をつくり子をなした夢を見て、八幡大菩薩の加護を確信し平家討伐の挙兵に及んだという。この句においては、そうした「山鳩」の古典上のイメージは表面からきれいにそぎ落とされているが、やはりその言葉の内に抱え込んだ、山鳩の神性、聖性といったものを、抜きにしてよいものだろうか。現代の私たちにせよ、慶事のときに放たれる白鳩に、どこか祝賀の晴れ晴れとした気分を覚えるのだから。したがって「山鳩」は、ただの小禽であるというよりも、大いなるものの使いとしての役割を担っていると見たい。

自然の中に、ふっと生じたカーニバルの雰囲気が、この句にはある。人間には参入することのかなわない、神聖な祭りである。

頭の中で白い夏野となつてゐる　　（『白い夏野』）

『白い夏野』の題名の由来ともなった高名な一句である。新興俳句、そして前衛俳句の作家たちによって、超現実的イメージの句が作られるようになり、「目の前」ではなく「頭の中」と注記したこの上五が与える衝撃は、現在の私たちにはさほど大きくはなくなった。それでもなお、この弛緩した独特の文体と、「白い夏野」のイメージが持つ魅力は、色あせていない。夏野は本来、繁茂した草で青々としているはずだ。だが、夏の強い日差しを受けた夏野は、明るすぎる電球のように、記憶の中の映像では真っ白に光っているというのだ。心の中に、ひとたびおさめなければ、けっして得ることのできないイメージだろう。

水原秋櫻子の「馬酔木」が、窓秋の俳人としての出発点にあった。客観写生を唱える虚子に対して、主観の重要性を訴えた秋櫻子の下で、主観を最大限に押し出した窓秋の「頭の中で」の句が生まれたことは、自然の成り行きといえるだろう。とはいえ、客観的な現実を、置き去りにしているわけではない。写生とはまた異なる行き方だが、「夏野」という季語の持つ旺盛な生命感を、しっかりとつかみとっている。

この句の初出は、「馬酔木」昭和七年一月号の秋櫻子雑詠欄である。当時、「馬酔木」で試行されていた、連作俳句の中の一句として詠まれた。

我が思ふ白い青空と落葉ふる
頭の中で白い夏野となつてゐる
白い靄に朝のミルクを売りにくる
白い服で女が香水匂はせる

この連作には「白」というタイトルが付されている。窓秋は「頭の中で」の句について「白色が好きだった。絵でもなんでも〈白〉に関心を持っていた。そして〈白〉の追求」と自註をしている(「百句自註」、『高屋窓秋全句集』)。

連作の中では「我が思ふ白い青空と落葉ふる」「頭の中で白い夏野となつてゐる」が、やはり目を引く。「靄」が「白い」のは当たり前だし、「白い服」の句は、昭和四年に刊行された春山行夫詩集『植物の断面』の「白いお嬢さんです/僕のKodakです」という詩句や、「白い少女」のフレーズを八十以上も連ねた詩篇の影響が色濃い。その点、「白い青空」と「白い夏野」は、一般には「白い」と形容のつかない「青空」や「夏野」について「白い青空」「白い夏野」と言ってみせた点に、詩的な飛躍がある。

イメージを重んじる俳句にとって、色彩表現は有効に活用できる表現法だ。白という色も、すでに古俳諧から多用されてきた。芭蕉や蕪村の句に「白」が頻出することを、堀切実や山下一海が指摘している(堀切実『芭蕉の音風景』、山下一海『白の詩人　蕪村新論』)。堀切は、白という色はただの色ではなく、無をあらわす色で、水墨画の余白にも類するという。窓秋の「白」は、無とも異なる。光に溢れた白だ。強い光は、ものの輪郭をぼやかせる。「白」によって、あえて輪郭の曖昧な光の世界を現出させた点が、写生とは異なる方法をめざした窓秋の新しさである。

ちるさくら海あをければ海へちる

（『白い夏野』）

「白い夏野」の句と異なり、実景と取ることもできるだろうが、「頭の中」に浮かんだ心象風景と言われても、不自然ではない。

海の青さと桜の淡いピンクとの対比が鮮やかだ。しかし、この句の魅力は、そうした色彩感だけではない。やはり眼目は、「海あをければ海へちる」と言って、まるで桜の花びらに意思があるように捉えた点だろう。桜の花が散ることと、海の青さとは、理屈の上では全くかかわりのないことだが、まるで桜の花が海の青さに魅了されて、みずから身投げしているように見えてくる。ごく自然な言い回しで超常的な事柄が述べられていることに、驚かされる。

「窓秋の句には実体がない」とは、山本健吉の評だ。山本は、「山鳩」の句の純粋抒情は高く評価しながらも、「風景が頭の中で抽象化されてしまっている。細くなり、微かになり、純化した極、ただの幻影と化してしまいそうな景色だ」と、抽象度が高いことを窓秋の句の弱点と見ている。「ちるさくら」の句や、先に挙げた「頭の中で」の句などは、その最たる例だ。確かに窓秋の句の中には、抽象度が高すぎて、手にすくった水が指の間からこぼれるように、読者の意識をすり抜けてしまうような句も多い。「ちるさくら」も、同様に水のような淡い句であるのだが、しかし手のひらには僅かな水が残り、その水はまぶしく輝いてやまない。成功した窓秋の句は、抽象的ながらも、実感がある。真実らしさがある。

石の家にぼろんとごつんと冬が来て　（『石の門』）

「ぼろんとごつんと」のオノマトペが、どこか童話的で、一句の情景も、絵本の一ページに描かれていそうだ。石造りの家に、冬の冷たい木枯らしが吹きつける音を、「ぼろんとごつんと」と言い表したのだろうが、風というよりは大きな石でも転がり込んできたような音である。寒々しい音であるが、どこか心が弾むような楽しい音でもある。「ぼろん」が、楽器の音を思わせるからだろうか。暖炉を囲んで、強い酒を酌み交わし、どんちゃん騒ぎをしながら、冬をなんとか乗り切ろうという、民衆の声が一句の背景に潜んでいるようだ。

血を垂れて鳥の骨ゆくなかぞらに　（『高屋窓秋全句集』）

この句に触れると、ダリの絵の中に迷い込んでしまった錯覚を覚える。「鳥の骨ゆくなかぞらに」は、シュールな面白さだけのフレーズにすぎないが、「血を垂れて」と言われると、俄然その骨の生々しさが伝わってきて、ひきこまれる。初出である「俳句研究」昭和四十六年一月号の同時発表に「血の鳥の黒きゆふぞら魂ゆきぬ」という句も発表されているから、この「なかぞら」を浮遊しているのは、鳥の魂なのかもしれない。だが、やはり魂という曖昧なものよりも、物として「鳥の骨」が飛んでいる方が、はるかに妖しく魅力的である。この鳥は、いままさに空中で解体されてしまったのだろうか。そして、解体されたことに自身も気づかないまま、飛び続けているのだろうか。

「ゆく」の二文字に慄然とする。鳥の骨は、血を流しながら、飛び続けているのだ。

切株に一匹の蟻鳥雲に　（『花の悲歌』）

現実の景色に置き換えるのが難しい窓秋の句の中では、例外に属する。『花の悲歌』では隣に「切株の全き無風鳥雲に」もある。さらにそのあとには「喜びも悲しみも木は伐られたり」「命絶ち倒れし木の香神知れず」という句もあるので、「切株」には形而上的な意味付け（神に見はなされたものの悲劇など）が成されているのだろう。しかしこの「切株に一匹の蟻鳥雲に」はむしろ意味付けを排して、現実的な景として受け取った方が良いのではないか。空への意思を断たれた「切株」と、そもそも空から絶縁されている「蟻」、そして空をわがものとして北へ帰っていく「鳥」――本質的に相いれない三者が一つの絵の中におさまっていることが面白い。

冬の旅うごかぬ水の在りしかな　（『現代俳句の世界16』朝日文庫）

冬、生き物の気配のない池や沼は、鈍色に静まり返る。それを「うごかぬ水」と言った。「うごかぬ水」を、氷の言い換えとする機智的な解釈は避けたい。旅先で見たその水のイメージが、いつまでも心に重く圧し掛かっているのだ。

「在りしかな」という過去の把握は、「頭の中で」の句を想起させる。これも、一度心の中をくぐらせて、抽象化させた風景なのだ。ただ、ここには光はない。どちらかといえば、暗いイメージの句だ。「夏野」の生命感を捉えた句と比べると、死の匂いすら立ってくるように感じる。

星影を時影として生きてをり　（『高屋窓秋俳句集成』）

星影は、星の光。時影は、窓秋の造語だ。時間という、目に見えない概念を「(影) 光」として捉えた。いかにも窓秋らしい把握だ。星までの距離は、光年という単位であらわす。それは、われわれにとってはほとんど永遠に等しい、途方もない年月だ。ふだん、我々はそんな広大な時間を意識することなく、腕時計や掛時計の刻む一分とか一時間という些末な時間に縛られて生きている。だが、この句では、自分は世俗の時間ではなく、宇宙の時間によって生きているのだと、表明している。永遠の時間の中に布置することで、自分自身をも抽象化してしまったような句だ。

この句は窓秋が亡くなる平成十一年、「現代俳句」一月号に発表された。事実上の遺作である。イメージの鮮明さを競ってきた近代俳句の歴史の中で、むしろ抽象度の高い句を作ろうとした窓秋の、一つの達成がここに示されている。

松本たかし

松本たかしは、明治三十九年、宝生流の能役者の家に生まれた。幼いころから流派を継承するため修行を重ねたが、大正九年、肺病を発症して、能役者の道は絶たれてしまう。彼を救ったのは、療養中に出会った俳句であった。病床で読んだ俳句雑誌「ホトトギス」に興味を持ち、療養俳句を投句したところ、高浜虚子に認められ、以後は俳句を生きる糧とする。たかしにとって俳句はただの趣味ではなく、精神の杖であり、人生の指針でもあったのだ。

ひく波の跡美しや桜貝　（『松本たかし句集』）

「美し」の形容詞は、どこに掛かっているのか。波が引いていった跡の、きらめく砂の表面が美しいのか。それとも、桜貝が美しいのか。いや、そのどちらかではなく、「美し」は波の引いた「跡」と「桜貝」とに、同時に掛かっていると読みたい。波が引いたあとの、砂を覆う薄い水や、黒く水を含んだ砂、そして波が残して行った貝殻や海藻やらの、細かな海の欠片、それらすべてを「美し」と見ている。それら美しきものを代表して「桜貝」がある。確かに「桜貝」は美しいが、儚いものでもある。波の跡に展開する諸々も、儚さは同じだろう。また次の波が来れば、その一瞬の美しさはあっという間にさらわれてしまう。また別の桜貝が打ち上げられるから良いというものではないのだ。いま、眼前にしている「ひく波の跡」と「桜貝」、その一回限りの美しさへの感動が、ここには謳われている。そう見ると、この「美し」が真に形容しているのは、時間ではないかと思えてくる。ファウストが死ぬ間際に口にした「時よ止まれ、お前は美しい」の台詞ではないけれど、この句を見ると噛みしめられるのは、波のように無限に繰り返される風景でも、まったく同じものは二度とは現出しないのであり、そのかけがえのない瞬間を留め置くのが、俳句と言う詩型ではないか、という思いだ。

羅をゆるやかに著て崩れざる　（『松本たかし句集』）

山本健吉の『現代俳句』では「おそらくは中年の女人の夏姿である」として「鏡花の小説の挿絵をよく書いた清方などの明治の美人画の匂いがある」とする。この解釈のように、一句のモデルは女性と見る解釈が多い。だが、私は「あえて女人に限定する必要もあるまい」（『俳句の解釈と鑑賞事典』）とする上野さち子氏の意見に同意する。上野氏は、能楽の家に育ったたかしの身のまわりにいた男性像がここに反映されていると見る。芸道にかかわる人間かどうかは措いても、男性像と見ると、この句の清冽な感じがいっそう引き立つと思う。

鷹揚でありながら、しかし凜として揺るがない。そういう意味では、この句は作者のあずかり知らないところで、たかし自身を語っているようでもある。

虫時雨銀河いよいよ撓んだり　（『松本たかし句集』）

たえることなく続く「虫時雨」。その声に呼応するように、天上の天の川が次第に撓んできた、と言うのだ。「銀河いよ〳〵撓んだり」はもちろん誇張表現なのだが、夜が深まるほどに空が澄み渡り、星の輝きが増していくと、銀河の形もはっきりしてきて、その撓んだ具合がいっそう鮮明になる、ということは感覚的に納得できる。この句の肝は、「いよ〳〵」の一語であろう。ここに作者の昂奮が表されている。虫時雨と銀河とで織りなされる秋の風景も素晴らしいが、それればかりか自然に触発される心の動きもまた織りこまれ、句としての深みが生じた。「ごとし」や「やうに」を用いずに「撓んだり」ときっぱり言い切っているところも潔い。

我去れば鶏頭も去りゆきにけり　（『松本たかし句集』）

鶏頭の前にじっと立っている。しばらくしてからその場を立ち去る。鶏頭と我との間の空間は、ぐんぐん広がっていく。ただ「鶏頭も去りゆきにけり」という部分は、空間だけでは説明がつかない。空間の上からは、鶏頭はそのままそこにあるはずだ。この句は空間を描いているようで、時間を描いているのではないか。「鶏頭」と「我」とが共に在った時間は永遠ではない。「我」はいつかそこを立ち去らなくてはならない。それに伴い、鶏頭の存在は忘却の彼方に消えていってしまう。その感覚が「鶏頭も去りゆきにけり」ではないか。ここにも、一瞬を惜しむというたかしの思想が反映されているように思う。たかしにとって俳句は、刹那の記憶を留めておく器ではなかったか。放っておけば失われてしまう鶏頭の記憶も、定型の中に冷凍保存しておくことで、いつでも新しく甦らせることができるのだ。

玉の如き小春日和を授かりし

（『松本たかし句集』）

小春日和とは、陰暦十月（現行の暦では十一月頃）の、穏やかで暖かな天候のことをいう。「玉の如き」とは、美しく貴重なものを表すときの決まり文句である。

しばしば「玉」にたとえられるものに、赤ん坊がある。玉のような赤ん坊と言って、新しい生命を讃えるのだ。「授かりし」と言って、天から賜ったと言っている点からも、この句の「小春日和」の裏には、赤ん坊のイメージが潜んでいるのではないか。思えば、「小春日和」も、赤ん坊のように頼りない。今は晴れて暖かくても、またすぐに冬の寒さが野山を領するのである。だからこそ、いまの小春日和が、玉の如くに貴い。恵まれた赤子を精いっぱいかわいがるように、今日一日の時間を味わいつくそうとしているのだ。

赤く見え青くも見ゆる枯木かな

（『松本たかし句集』）

木肌がむき出しになった幹や枝が赤く見えることはある。また、黒々とした幹が、光の具合で青みがかって見えることもありうる。だが、赤と青という全く異なる二つの色が、一本の枯木に同居していると見たのは、まことに大胆というほかない。

思えば、枯木ははっきり何色だと明示できるものではない。あえて言うなら枯木色としか言えないものだ。虚子の「白牡丹といふといへども紅ほのか」にも共通する、色彩の重なりを詠んだ句だが、たかしの句は、赤と青という原色同士が衝撃させられているゆえだろうか、カンディンスキーの絵を思わせる、にぎやかな色の饗宴とも見える。

葉牡丹の火《ほ》むら冷《さ》めたる二月かな

（『松本たかし句集』）

葉牡丹は、冬の季語。景に色味の乏しい冬において、葉牡丹の赤さは貴重で、園芸種として愛でられている。

この句は「二月」の「葉牡丹」を詠んでいる。あえて季重なりをしているのだ。クリスマスに雪を詠んだり、炎天下の向日葵を詠んだりすれば、いかにも陳腐な季重なりに過ぎないが、この句では葉牡丹の〝変化〟が主題であり、そのために必要な季重なりなのだ。

葉牡丹はキャベツの変種で、渦のように葉を巻いているさまはキャベツそっくりだ。また、キャベツがやがて花茎をのばして、花を咲かせるように、葉牡丹も、いつまでも葉ばかり茂らせているわけではない。花茎がのびはじめるのは早春、すなわち二月であるのだ。

そのころになると、葉牡丹の鮮やかな赤さは、あきらかに褪せてくる。花に養分を吸われるためだ。それをたかしは、「火むら冷めたる」と言い取った。真っ赤な葉牡丹を「火むら」にたとえ、その火勢が衰えたと見たのだ。

たかしは「ホトトギス」で客観写生を学んだが、その句には主観が濃厚だ。この句も、客観的な表現に徹するのであれば「火いろ」とでもいうべきであるが、「火むら」といったことで、葉牡丹と炎のイメージが重なってきて、リアリズムとは一味違う表現になっている。さらに、その「火むら」が「冷めたる」と、衰微の時期をこそ美しいと捉えたところには、たかしの美意識が息づいている。友人であった川端茅舎から「芸術上の貴公子」と評されるゆえんである。
たかしには、同じく「葉牡丹」を詠んだ、

葉牡丹に鉢の木をこそ謡ひけれ

という句がある。「鉢の木」は、能の一曲。大事な盆栽を火にくべてまで旅の僧をもてなした主人が、のちに僧の正体であった北條時頼に恩賞を賜る、というよく知られた話だ。たかしは、葉牡丹の赤色を見ていると、雪の日に時頼を温めたいろりの火を思い出すらしい。だとすれば、「葉牡丹の火むら冷めたる二月かな」の「冷めたる」の哀れ深さもひとしおというものだ。二月は本来、待ちに待った春の訪れる喜びの時節であるはずだが、この句の「二月」には、喜びよりも、何かを失った悲しみの情が濃い。ついそこに、喪失を知るたかしの人生を重ねたくなってしまうのだ。

藪の月一瞬ありし野分かな　（昭和十一年作）

「藪の月」は、藪の上に掛かっている月。野分の風に乗って空を走る黒雲が、一瞬だけ月の現れるのを許し、また空を暗く閉ざしてしまった、というのだ。「藪の月」の約《つづ》めた表現に、「ありし」の強い調子がよく響き、スピード感を出した。最後は「かな」の重い切字によって一句をまとめて、余韻を残す。緩急の呼吸をよく心得た、流石の名手である。
たかしは「間髪――俳句の表情は一瞬間で決まる――」というエッセイの中で、芭蕉の「ものの見えたる光消えざるうちに言ひとむべし」の言葉を引きながら、俳句を即興の詩と位置付ける。そのエッセイから一部を引用しよう。

その時その場でなければ感じられない、二度とはくり返すことのできない純粋な経験が、即座に一つの作品に結晶するといふこと、それはやはり、俳句のもつ大きな特色だと私は考へる。

この「野分」の句も、月の光が藪にさしこんだ一瞬を鋭く捉えている。それは、蒲柳の質ゆえに、たかしの身近に常に死があったからかもしれない。

花散るや鼓あつかふ膝の上　（『鷹』）

よく知られているように、たかしは能楽の家に生まれた。だが、病弱のために、家を継ぐことができなかった。家は弟が継ぐことになった。しかし、昭和十五年刊の自選句集『弓』に付された自伝に拠れば、慰みに舞をまったり、鼓を打ったりということはしていたようだ。この句は「あつかふ」の語に、鼓への愛情が滲んでいる。

同年の句に「チ、ポ、と鼓打たうよ花月夜」の句がある。ともに、花や月を配することで、理想化された世界を句の上に展開している。その理想化がいささか過剰にも感じられるが、たかしにとっては、舞や鼓を、即物的に突き放して詠むというわけにはいかなかったのではないか。

蟹二つ食うて茅舎を哭しけり　（『石魂』）

川端茅舎と松本たかしは同時期に「ホトトギス」で活躍し、二人の間の友情も篤かった。作風もよく対比的に語られる。茅舎はたかしを評して「芸術上の貴公子」と呼んだ。たかしはその死に際して「哭しけり」と悲しみを隠そうとはしない。「蟹二つ」には奇妙な迫力がある。蟹のはさみをふりあげるさまや、茹でて真っ赤に染まるさまは、茅舎の死を惜しむと言うよりも、やり場のない怒りをぶつけるような感情を偲ばせる。一つではなく二つであるというところにも、ただならぬ思いがうかがえる。飯島晴子に「死者のため茹でたての蝦蛄手で喰らふ」（『寒晴』）という句がある。晴子の句も、死という避けがたい宿命を恨むような節がある。

雪だるま星のおしやべりぺちやくちやと　（『石魂』）

小学生の作った俳句の選をしていて、

雪だるま星とおしゃべりぺちゃくちゃと

という句を見つけたことがあった。子供が、参考書や教科書（いまどきであればインターネットかもしれない）で見かけた句を丸写しにしてすまし顔に提出してくることは珍しくないから、これもその類かと思って読み流そうとしたが、ふと違和感を覚えて、投稿用紙を十数秒にらみつけた。そうか、たかしの句は「星の」であるが、「星と」になっている。おそらく、写し間違えたのだろう。それも無理もない。「星と」と「星の」を比べてみると、「星と」のほうが、わかりやすいのだ。「雪だるま」と「星」の関係性が、明確だから。でも、「星の」とすると、星がおしゃべりしているのはわかるが、「雪だるま」がどうしているのかがわからない。わかりやすい表現と、わかりにくい表現があれば、どうしたってわかりやすい表現の方が好まれる。でも、このちょっとしたわかりにくさがないと、この句は成り立たないのだ。「星の」だと、「雪だるま」が何をしているのか、書かれていない。その空白を、読者が想像して埋める楽しみがある。星たちのおしゃべりに参加しているのかもしれない。もしくは、ただしずかに耳を傾けているのかもしれない。書かれていないことがあることで、たかしの句は、深い味わいを得ているのだ。

童話的と言っていい句であるが、子供にもわかることと、子供に作れることとは、同じ意味ではない。童話の作者がみな立派な大人であることが、それを証明している。自由奔放な空想のままに作っているようで、この句は雪景色の真実をよく捉えているのである。「雪だるま」を出すことで、雪が降った後の夜空であることが示される。雪雲が払われた空は美しく澄んで、星の一つ一つのまたたきまでよく見える。だからこその「おしやべりぺちやくちやと」なのだ。また、この表現は、ようやく雪がやんでほっとする人々の内面まで連想させる。こういう、童心の句について言うのも何だが、巧い句なのである。

我庭の良夜の薄湧く如し　（『野守』）

地面からいきなり緑の葉が突き出してくる薄という草の生え方は、なるほど「湧く如し」だ。「良夜」は、仲秋の名月の夜のこと。まぶしいほどの月の光を浴びることで、「湧く如し」の感はいっそう強くなる。「湧く如し」は尽きることのない月の光の量感まで感じさせる。

避けがたき寒さに坐りつづけをり　（『火明』）

遺句集となった『火明』の最後に置かれた句である。この句が昭和三十一年、たかしの死の年に詠まれたことを思えば、「坐りつづけをり」の果てに、死の気配を感じ取ってしまう。瞬間的に現れる景色や感情の美しさを詠み続けてきたたかしが、じっと坐りこんで、何か素晴らしい一瞬が訪れるのをひたすらに待ち望んでいるようでもある。たかしの没後、師であった高浜虚子は「牡丹の一弁落ちぬ俳諧史」と追悼句を詠んだ。

原　石鼎

頂上や殊に野菊の吹かれ居り　（『花影』）

この句の「や」の切字の新しさについては、すでに先行する指摘が多く在る。一例として、山本健吉の『現代俳句』から引用しよう。山本は「その大胆な措辞が俳諧者流を驚かすに足りたであろう」と、上五の「頂上や」の打ち出しの当時における新しさを指摘して、次のように述べる。

初五のや留は、「春雨や」「秋雨や」のような季語を置いても、「閑さや」「ありがたや」のような主観語を持ってきても、一句の中心をなすものとして感動の重さをになっている。それに対して「頂上や」はいかにも軽く、無造作に言い出した感じで、半ば切れながらも下の句に自然につながっていく。

特別の感慨もないような「頂上」という語に、「や」という切字を付した点に、この句の表現史上の新しさがあるというのだ。だが、この句に吹いている風が、現代の読者のもとへ届かなかったとしたら、時代における新しさと言うのも、何の意味があるだろうか?　この句に吹いている風は、いまなお清新に、私たちを魅了するのだ。

「頂上」と打ち出されたときに、読者の脳裏にはさまざまな山が浮かぶ。富士のような大山を思い浮かべる者もあれば、比較的低い山を思い浮かべる者もある。「や」という、強い切字を用いている点からしても、前者のように高い山を思い浮かべる読者の方が、多いのではないだろうか。そのような山を思い浮かべた読者にとっては、後に続く「殊に野菊の吹かれ居り」を目にしたとき、この山が野菊などの咲くような比較的低い山であることに思い至る。草花など咲かないような高山の頂を思い浮かべていた読者にとっては、軽い驚きを覚え、「野菊」の可憐さがいっそう胸に沁みてくるに違いない。

「頂上」の句は、山本が「大正時代の俳句の軽やかで自由な表現は、こういう句が先蹤をなしている」と述べているように、歴史的名句でもあるが、同時に普遍的名句と成り得ている。たとえばこの句、先ほど述べた言葉の意外性という点以外にも、映像美がある。頂上という大づかみな景観から始まって、「殊に」でカメラのズームが絞られ、その先には「野菊」がある。ただ野菊があるというだけでなくて「吹かれ居り」で動きが加わることで、印象はより鮮明になる。また、秋の諸々の草々の中で、とりわけ「野菊」の吹かれる様がなよやかで目を引くという、感覚的な発見もある。この句が普遍的名句であると言うのは、言葉の意外性、映像美、感覚的発見といった、時代によって変化しにくい美点を具えている句だからだ。

山川に高浪も見し野分かな　（『花影』）

高浪と言えば海のそれを思い浮かべるが、野分の激しく吹く日には、山川にも高浪が立つというのだ。「高浪も見し」は「高浪見たる」でも良いのだろうが、やはり語調の上から言っても、「見し」という鋭い言い方が適っている。野分ゆえに山川に高浪が立った、という理屈が通ってしまっているのだが、そうした因果関係の散文性を微塵も感じさせない。「見し」の切迫した語勢を、「かな」の切字が発止と受け止めている。言葉同士の阿吽の呼吸が、ここにはある。

蔓踏んで一山の露動きけり　（『花影』）

山中で何気なく地を這う蔓を踏んだところ、近くの藪ががさがさと鳴って、露がはらはらと零れ落ちた。蔓が引っ張られるのに伴って、蔓が巻きついていた他の枝や葉が共連れになって動いた、というのが現実的な観測だろう。「一山の露動きけり」とは、過剰な表現であるが、観測を詩に高めるためには、必要な過剰さであったのである。

この句は「露」という季語の働きに独創性がある。「露」はもちろん、和歌的美意識の上では儚いものの代表であり、すぐに干上がってしまうところに、人生の無常を重ねて詠われる自然現象であった。この句においても、ちょっとした動きに非常に敏感に反応するところは、伝統的な「露」の本意に則っているといえるだろう。だが、その後の展開——すなわち、一山の露が動き出すという展開は、その本意を突き抜けている。実に動的な「露」であり、このような「露」の詠まれ方は、当時においても、また現在においても、やはり清新なのである。

この句は、山歩きの感慨を詠っているもので、表面的には自然詠に分類されるのであろうが、作者の強烈な自意識も底に感じられる。自分の動作（ここでは踏むという動作）によって、一山の自然に影響を与えるという、支配者的喜びが横溢している。人物史の上から石鼎を見たときには、どこにも居場所のなかった石鼎が、深吉野の自然の中で自分の存在意義を見出したときの喜びを、この句に読み取ることができるかもしれない。

秋風や模様のちがふ皿二つ　（『花影』）

この句には長い前書が添えられている。曰く「父母のあたゝかきふところにさへ入ることをせぬ放浪の子は、伯州米子に去つて仮の宿りをなす」。こういう前書が付いている以上、石鼎の境涯が知りたくなる。

石鼎の生まれは島根県簸川郡塩冶村（現在の出雲市塩冶）である。家業を継ぐべく医学の専門大学に入学するも、文学や芸術に熱中して中退、放浪生活に入る。吉野で医師をしている兄のところに一時身を寄せたが、二年足らずで出てしまい、郷里に近い米子に仮寓する。「秋風」の句はこの時期の作である。時に大正三年、石鼎は二十八歳。

山本健吉が「落魄した男の独り暮らしを想像できる」（『現代俳句』）と鑑賞しているように、この句は石鼎の放浪の人生が投影された句として読まれてきた。落ち着かない生活の中で、食器をきちんと一式そろえる余裕もなく、ありあわせの皿ですませている。そんな暮らしの寂しさを詠んだ句とされてきたのだ。

しかし、この句は前書がなくても、石鼎個人の事情を勘案しなくても、十七音できっぱりと独立していると思う。まず、何も食物を載せていない皿を題材にしているところからして、常識から外れていて目を引く。皿は、食べ物を盛る器であることが第一の存在価値だ。皿そのものの色や形を賞翫することもあるが、この句においては、そういうわけでもない。皿の模様の違いにじっと見入っているというのは、思えば奇妙なまなざしだ。作者は皿の向こうに、人間を見ている風である。皿が一つ一つ違うように、人間もまた一人として同じ者はない。個性があるというのは楽しいことだが、分かり合えない苦しみも、一人一人違う存在であるという点に起因する。「秋風」は、そんな苦しみや寂しさに通じている。

読者によって、この句から受け取る感情はさまざまであるに違いない。あるいは只事と受け止める読者もいるだろう。深い象徴的な意味を読み取る者もいるだろう。それは一句の懐の深さと言い換えてもよい。石鼎の代表句としての地位は揺るがないのである。

寒天へ掃き出す埃に歓喜あり　（『花影』）

部屋の埃を箒で掃きだしている。青空の光の中に、きらきらと輝きながら消えていくのだ。光とか輝きなどと言ってしまっては面白みもないが、「歓喜あり」は意表を衝く。狭い部屋の中に滞っているよりも、広い青空へ出た方が、埃も嬉しいのだろう。人間の側ではなく、埃の側に立って詠んでいるという、なんとも珍しい句である。

火星いたくもゆる宵なり蝿叩　（『花影』）

火星のあかあかとした光を見せた後で、唐突に「蝿叩」が来る展開に驚かされる。火星の火を燃えたたせ、蝿を元気に飛び回らせているのは、夏の暑さだ。宵になってもなお、暑さは衰えていないのだ。いわゆる取り合わせの句であるが、いかに計算しようと「蝿叩」は出て来ないのではないか。実際にそこに蝿叩きが置かれていたのだろうと思わせる確かな真実味がある。

青天や白き五弁の梨の花　（『花影』）

青空が広がっている。その下に、白く汚れのない五つの花びらを広げて、梨の花が咲いている。構図として、これ以上ないほどに簡素、単純である。その簡素、単純と言う形容は、そのまま「梨の花」の有り様に当てはまるのである。

「白き五弁の」は、「梨の花」の描写として当たり前のようでもあるが、その白さを強調し、あるいは「五弁の」ということでその花の鋭さを強調することで、まだ春寒の頃の空を背景にして咲く「梨の花」の冷え冷えとした印象をより鮮明に伝えている。

あんぱんを五つも食うて紅葉観る　（『原石鼎全句集』昭和十一年作）

他愛もない句で、石鼎の句とも思えない。だが、こういう面が石鼎にあったというのも、確かなのだ。あんぱんは間食で食べるという場合が多いだろうが、ついつい五つも食べてしまうと言うのは、堪えの利かない人柄なのだろうか。何となく憎めない人物像が彷彿する。紅葉をしんみりと見ているわけではなく、紅葉があんぱんのオマケのようになっているのが何とも可笑しい。

雨ふゝむ葉の重みして若楓　（『原石鼎全句集』昭和十五年作）

「ふゝむ」とは、含むということ。雨が降った後、水滴をつけた若楓が、いかにも重そうに垂れている、という句意だ。

「若楓」は、夏の季語。楓の若葉のことである。楓は、赤く色づく秋に愛でられるが、紅葉にも劣らない美しさを若楓が持っていることを、兼好法師が『徒然草』の中で指摘している。

卯月ばかりの若楓、すべて万の花・紅葉にもまさりてめでたきものなり。（『徒然草』百三十九段）

では、若楓はどういうときに、美しさを見せるのか。なんといっても、初夏の光にかがやくときといえるだろう。

三井寺や日は午にせまる若楓　蕪村

ひかりかがやく若楓のみずみずしさによって、由緒ある三井寺のたたずまいが、いっそう引き立ってくる。やはり、若楓は、日の下にあってこその美しさであろう。雨あがりの若楓を詠んだ石鼎の句は、その変奏といえる。しばらく雨雲が光を遮っていたからこそ、やんだあとの青天に、若楓が映えるのだ。

実は、雨滴を含んだ若楓の美しさはすでに、炭太祇によって詠まれている。

雨重き葉の重なりや若かへで　太祇

太祇は、江戸時代中期に活躍した俳人。蕪村の盟友であり、島原遊廓の中に庵を結んで、遊女たちに俳諧を教えていた。

石鼎の句は、太祇の句とは、内容は似通っている。ともに雨上がりの若楓を詠んでいるのだ。石鼎は、先行する太祇の句を、知っていたかどうか。おそらくは偶然の一致であろう。太祇の句と、石鼎の句とを比べてみると、叙し方が、太祇の句のほうがストレートである。石鼎の句は、いささか、屈託がある。雨上がりの初夏の空は、すがすがしいのだが、作者の胸中は、晴れきっていない感じがある。重く垂れた若楓に、自身の愁いを重ねているようだ。「葉の重みして」の、迂遠な言い回しが、深読みを誘うのである。この句が作られたとき、石鼎は五十四歳。一進一退する神経衰弱との戦いに明け暮れていた。若楓の句にほのかな翳りがあることも、そのことと無関係ではあるまい。

大いなる初日据りぬのぼるなり

（『原石鼎全句集』昭和十八年作）

沖の初日が静かにのぼりはじめた。動き始める前に、「据りぬ」という状態があるというのは、非凡な直感だ。実際には太陽は上り続けているわけで、一瞬たりとも静止することはないのだが、まるで初日が海上に鎮座しているかのように表現して、初日の出が目に飛び込んできた一瞬の感動を、言葉の上に再現している。初日の出のめでたさを正面から捉えて、迫真の句である。

わだつみの底ひもしらず梅雨静か

（『原石鼎全句集』昭和二十四年作）

海の上に静かに梅雨の雨が降っている。ひたすらに降る雨の動きを見つめるうちに、次第に心は海の底へ潜っていく。もちろん、雨の影響を受けるのは海の表面に過ぎないのだが、こう言われると、深海まで雨が通ってくるかのような幻想にとらわれる。このまなざしの深さということが、石鼎という俳人の本質的な部分にあり、それは晩年まで失われることは無かった。

橋本多佳子

わがために春潮深く海女ゆけり　（『海燕』）

「志摩」と題された連作の中の一句である。海女の漁を見物しにいったのだろう。ためしに潜って何か獲ってきてくれと頼んだところ、請け合った一人の海女が海に没する。「わがために」などと言っているが、感謝の気持ちは微塵もない。海女の労苦を、むしろ快く思っている風だ。メイドを思うままに使う女主人さながらである。

この非情さは多佳子の句の持ち味であり、師である山口誓子との共通性でもある。ただ、多佳子の句は客観的で非情ではあるが、誓子のように冷徹な印象はない。この句なども、海女を使役していかにも満足げなところなど、どこか可笑しみもある。物語であれば、この女主人は終盤に手痛いしっぺ返しを食らいそうだ。この可笑しさというのは、多佳子があくまで真剣だからこそ可笑しいのである。

枯園に靴ぬがれ少女達を見ず　（『海燕』）

脱いで揃えられた靴の群は、さきほどまで庭に少女たちがいたことを証明している。だが、靴ばかりが褪色の景色の中で目立ち、肝心の少女たちがどこにも見当たらない。彼女たちはどこへ行ってしまったのだろう。「聖母学院」と題された連作の一句である。真相は、ほんの数刻、たまたま少女たちが視界から失せたというのに過ぎないのだろう。しかし、彼女たちがもう永久に帰ってこないような、奇妙な喪失感があって、魅かれる句である。この、あるべき人のいない喪失感は、後年の「乳母車夏の怒濤によこむきに」の名吟にも流れ込んでいる。

母と子のトランプ狐鳴く夜なり　（『信濃』）

多佳子の句にはわが子を詠んだ句も多く、そうした句では持ち前の非情さは鳴りを潜めて、優しく穏やかな詩情を湛えている。この句は「母と子のトランプ」という温かな家庭の風景に、「狐鳴く」という寒々しい外界の入りこんでくるところが目を引く。元来出会うべくもない母子と狐とではあるが、しっくりと同じ風景の中に溶けこんでいる。それは、「狐」がしばしば童話に登場する生き物だからだろう。新見南吉の童話「手袋を買いに」の中で、子ぎつねが街へ出かけた帰り道、家の窓ごしに、人間の母子の会話を聞くという場面がある。そこで人間の子は「母ちゃん、こんな寒い夜は、森の子狐は寒い寒いって啼いてるでしょうね」と母に言うのだが、多佳子の句の母子も、こんなふうな言葉を交わしているのかもしれない。この一句そのものが童話調であり、母子も狐も絵本のページの中に暮らしているような幻想性がある。

中村汀女の「咳の子のなぞなぞあそびきりもなや」（『汀女句集』）も思い合わされるが、多佳子の句の場合は「トランプ」という洋風の遊びであることがモダンな雰囲気を一句に与え、その硬い紙質によって、穏やかさの中にも凜々しさを感じさせる母子像を描き出している。

七夕や髪ぬれしまま人に逢ふ　（『信濃』）

七夕は、彦星と織女星との年に一度の出合いの日で、恋の情趣をまとっている。橋本多佳子のこの句も、「人」とは恋の相手を指すというのが、一般的な解釈だ。洗い髪のかわかないままに、相手のもとに向かう。心が逸っているのだ。おりしも七夕の夜で、まるで彦星に会いに行く織女星の気持ちになっているのだろう。

「七夕」の背景には、「天の川」がある。二星の逢瀬の場である。つまり、「ぬれしまま」という言葉は、「川」という言葉の縁から引き出されているのだ。このことによって、読者は濡れた髪というきわめて日常的なものに、詩情を感じることができる。まるで、天の川の水に浸して濡れた髪のように思えてくるのだ。

多佳子の「髪」の句では、

罌粟ひらく髪の先まで寂しきとき　（『紅絲』）

という作も知られている。多佳子の句の「髪」は、ただ身体の一部というのではなく、心情の具象化でもあるのだ。

多佳子は建設関連の実業家と結婚、小倉の洋館での裕福な暮らしを送るが、夫は早世。以後再婚することなく、四人の娘を育て上げたという人である。俳人としては、高浜虚子が小倉に来たことを契機に作句を開始、同じ小倉に住んでいた杉田久女にも指導を受ける。その後山口誓子に師事して結社「天狼」の代表的俳人となった。

多佳子の句は女性性を前面に出した句がよく知られている。この「七夕」の句も、激しいまでの恋情を思わせるが、実際は恋多き女性であったというわけではない。あくまでフィクションとして詠まれているとみるべきだ。濡れ髪で恋人に会いに行く夜が、ちょうど七夕の夜だったとは、現実としては舞台も人物も整いすぎている。あくまで、恋の芝居や演劇を見るような気持ちで鑑賞すればよいだろう。

俳句を鑑賞するとき、どこまで作者自身の来歴を意識するかは、悩ましい問題だ。つい、その句を作ったときの作者の状況や、作者の人生を調べたうえで、そこに引きつけた鑑賞をしてしまいがちだが、私小説ならともかく、定型詩である俳句で、ナマの現実を再現できるわけではない。多佳子の句も、多佳子が若い未亡人であるという履歴をもとに鑑賞されてきたきらいがあるが、実人生と作品世界は別のものと考えなくてはならない。その意味で、「七夕や」の句は、今後評価や読解も変わってくるであろうと推測される。

いなびかり北よりすれば北を見る　（『紅絲』）

『紅絲』は多佳子の句業の最高峰を成す句集であろう。中でもこれは珠玉の一句である。「いなびかり」は多佳子の好みの季語だったようで、この句以前にも、多くの稲光の句を詠んでいる。それらの句群は、この一句を得るための試行であったといってもいいだろう。稲妻の光が北の空から投げかけられたから、思わずそちらのほうを向いた、という内容は、ほとんど動物的な反応を書いただけの只事といってもいい。この句は、「北」の字をよく噛みしめてこそ、本当の妙味が分かる。「北」は五行説では黒、冬を指す。冬は死の季節である。あるいは、北枕などといって北を不吉な方向と見る習俗も、軽視できない。また、北方の寒冷地のおもかげも立ってくる。「北を見る」は、淡々と述べているが、そこに不幸や災害などへの脅えの感情を感じないわけにはいかない。「いなびかり」は「いなつるび」とも言い、日本の農耕民にとっては稲の実りを約する現象であったが、ギリシャ神話ではゼウスは神威をふるうときに雷を落とす。北欧神話の雷神トールは荒くれ者として恐れられた。多佳子の句の「いなびかり」は、どちらかといえば西洋の神話のイメージに近いようだ。そこには罪に対する罰という象徴的な意味合いも込められている。音と光に反応すると言う、あくまで動物的な本能を言っていながら、大いなる存在への畏れという宗教的命題を抱え込んだ一句になっている。

山の子が独楽をつくるよ冬が来る　（『紅絲』）

薪にした余りの木切れをもらったのだろう。小さなナイフを懸命に使っている。現代になってはなかなか見られない、懐かしく和やかな景である。「つくるよ」「冬が来る」の口語調の朗らかさの一方、「独楽」の字面は、この「山の子」の孤独も思わせる。

この「山の子」には、俳句作りにひたむきに打ちこむ多佳子自身が重なるように思われて、気になる句である。

凍蝶も記憶の蝶も翅を欠き　（『紅絲』）

凍蝶は、冬になって死にかけている蝶のこと。翅の欠けた凍蝶を見て、自分の記憶の中に、同じように傷ついていた一匹の蝶があることを見出した。「記憶の蝶」とは作者自身の内面を象徴しているのだろう。すなわち、目の前の凍蝶と同じように、傷ついた痛ましい思い出が、心の中になお消えずに残っているのだ。それを言うのに「心の蝶」などとしてしまっては、心象に傾きすぎて曖昧になってしまう。「記憶の蝶」としたことで、確かに過去のある地点に実存した蝶であることが示される。多佳子俳句は情念的であり感傷的であるが、そこには必ず具象や実感の裏付けがある。だから曖昧さやあやふやさとは無縁でいられるのだ。

雄鹿の前吾もあらあらしき息す　（『紅絲』）

多佳子の代表句として必ず挙げられる句である。情念の濃さとエロティシズムに圧倒されてしまう。ただ、雄鹿と張り合っているようにも見えて、暖簾に腕押しというか、糠に釘というか、どこか馬鹿馬鹿しくもある。そしてこの間抜けさ、馬鹿馬鹿しさを内包しているからこその、多佳子の代表句でもあると思うのだ。さきほども述べたとおり、これは多佳子があくまで真面目に鹿に向き合っているからこそ滲み出る、絶妙な可笑しさなのである。

「雪はげし抱かれて息のつまりしこと」「泣きしあとわが白息の豊かなる」「罌粟ひらく髪の先まで寂しきとき」といった女の情念を謳いあげた句を、多佳子俳句の第一の特徴として挙げる見解がある。しかし、それは多佳子俳句のある一面にしか過ぎないのではないか。多佳子俳句の真骨頂とは、非情さの底に、ある種の可笑しみをまじえた句にある。そうした句の前では、かえって情念だけの句は色あせてしまう。「雄鹿」の句はそういう意味で、可笑しさを含んだ秀句といっていい。

星空へ店より林檎あふれをり　（『紅絲』）

この句を映像にするなら、カメラのアングルは、地面に近いところに置きたい。果物屋の軒下に積まれた林檎を、ちょうど麓から山を仰ぐような格好で、レンズにおさめてみる。そうすると、この句の感じになるのではないだろうか。

特異な視点の置き方である。ふつう、店先に置かれた林檎に対するときには、見下ろす形を取るのではないだろうか。少なくとも、林檎と星空とは、同一の視界には入ってこないだろう。この句は、ともに丸く、輝いているという理由によって、林檎と星とを同じ画面の中におさめた面白さがある。そればかりか、「あふれをり」として、ただ置かれているにすぎない林檎を、動的に描き出した。結果、あたかも星に魅了された林檎たちがつぎつぎに夜空になだれこみ、ぴかぴか光る星に変化してしまうような、実にのびのびと童心溢れる句が生まれた。

乳母車夏の怒濤によこむきに　（『紅絲』）

乳母車が、夏の海のほとりに、放っておかれている。「よこむきに」の写実に注目したい。あくまで写実として乳母車の描写をしながら、それでいていつ無防備な乳母車を波が攫うかもしれないという危機感も醸し出している。

この句は乳母車は空っぽであるとするのが、自然な読み方だろう。乳母車に子を乗せて海を見に来た母は、浜辺で子を抱いて、乳母車をそのままに波打ち際を歩いていったのだろう。乳母車は軽んじても、赤子のことをないがしろにする親は、あまりいないはずだ。だが、それを分かっていてなお、乳母車の中に赤ん坊が置かれていて、海に捧げられた生贄のように、そこで泣いているというイメージも捨てがたい。そう解釈すると、アイラ・レヴィン『ローズマリーの赤ちゃん』のような、ホラー小説の趣を帯びてくる。残酷なヴィジョンであるが、そうした非人情の句としても読めるところが、この句の奥行となっているのではないか。

白桃に入れし刃先の種を割る　（『紅絲』）

白桃ほど柔らかい果肉と硬い種子との落差に驚かされる果実はないだろう。ナイフが思う以上に深く果肉に沈み、勢い余って内部の種に届いたというのだ。「ハ」の音の繰り返しがただならぬ気負いを感じさせる。そのため、これも多佳子の情念の深さを物語る句として知られているが、ここにも、力まざるを得なかった作者のほかに、力んでしまった自分を可笑しく思うもう一人の作者がいるのではないか。なにかしら致命的なミスを犯したわけではなく、所詮は種を割ってしまったにすぎない。隠しておけば隠しておけることであるし、そもそもそんなことに気づかないというのが普通の人情であろう。そこに気づき、大きな驚きをもって描いているということ自体が、やはり傍目から見ると可笑しいのである。情念の多佳子、真面目な多佳子という先入観を取り払ってみると、そこには自然や人事の一つ一つに大仰に反応してしまう、繊細で可憐な多佳子が顔をのぞかせる。そんな多佳子像のほうが、私にとっては親しみやすいのだ。

富澤赤黄男

青蚊帳に錨のごとくわれはねむる　（「魚の骨」）

蚊帳の青い色は、私たちに海の青さを思い出させる。たとえば、金子みすゞの「蚊帳」と題された詩の中に、次のようなフレーズがある。「蚊帳のなかの私たち、／網にかかったお魚だ。／／青い月夜の青い海／波にゆらゆら青い網。」。赤黄男の句は、「海」「波」「魚」などの言葉を使わないで、「錨のごとく」で青蚊帳の海に似た幻想性を表現している点に工夫がある。新興俳句の旗手であった富澤赤黄男の、初期の佳作である。

もちろん、海のイメージを呼び起こすことだけが「錨のごとく」という比喩の手柄ではない。船を停泊させるために海に沈める「錨」は、眠りに入った「われ」の体の重さと眠りの深さを感じさせている。「われはねむる」と言って、眠っている自分をかたわらから眺めているような視点の置き方も独特だ。この句の情景そのものが、「われ」の見ている夢の中の情景に思えてくる。

ペリカンは秋晴れよりもうつくしい　（「魚の骨」）

「ペリカン」という鳥は、日本の文学史と何のかかわりもないような鳥だ。同じ鳥でも「鶴」だの「白鳥」だの「都鳥」だのは、文学臭をまといすぎている。その点、「ペリカン」は日本文学的にはまったくのルーキーで、だからこそ自由で大胆な扱いが可能になる。

「秋晴れの下のペリカン」などとしてしまえば、平板な動物園の吟行句に過ぎないが、「秋晴れよりも」と言って、本来比較するものではない「ペリカン」と「秋晴れ」とが並べられていることに驚かされる。この比較によって、不恰好でおおよそ秀麗とは言えない「ペリカン」が、輝かしい鳥として生まれ変わっているのだ。一般には「うつくしい」という直情的な言葉は、俳句において次元の低い表現とされるが、ここでの「うつくしい」の使われ方は、常識を逸脱している。「うつくしい」という陳腐な言葉が、詩の言葉としてこれほど輝いている例も、珍しいのではないか。

爛々と虎の眼に降る落葉　（『天の狼』）

この句を読むとき、「爛々と」がどこに掛かっているのか、ふと分からなくなる。直接的には「虎の眼」に掛かっているとみるべきだろう。しかし、「降る落葉」にも掛かってくるようでもある。読むうちに、言葉の関係性がつぎつぎ変化していくのが、赤黄男の句の特徴の一つだ。

この句に触れるとき、読み手の意識は、いくたびも屈折しないではいられない。「爛々と虎の眼」のフレーズは、獲物を狙う虎をイメージさせるが、それが「〜に降る落葉」に至って、曖昧になる。虎は、獲物と言うよりも、落葉を見ているようでもある。しかも、ただの落葉ではなく、「爛々と」虎の働きによって、落葉までもが何かの意思を持って降ってくるように感じられる。結果として、虎が何を見ているのかが曖昧になり、その分、「眼」そのものの凄味が強調されてくる。異様なまでの迫力を持った「眼」である。風が吹き、落葉が散るのにも、まったく動揺しない「眼」が、読者の方を見据えている。

瞳に古典紺々とふる牡丹雪　（『天の狼』）

この句も一筋縄ではいかない句だ。まず「紺々」という言葉に読者は幻惑させられる。ごく自然に一句の中になじんでいるので、深い青色を表す「紺々」という言葉があるのかと錯覚してしまうが、もちろんこんな言葉はない。赤黄男の造語といっていい。「こんこん」という音では、「昏々」「懇々」「滾々」という言葉がある。「紺々」の音は、読者の意識に「昏々」や「懇々」や「滾々」という言葉を呼び起こす。その効果は、一句の世界に、かすかであっても影響を与えている。牡丹雪は、暗く（昏々）、繰り返し（懇々）、尽きぬごとく（滾々）に降ってくるのである。

そこで、肝心の「紺々」をどう受け取るのかについて、考えてみたい。まず、「爛々と」の句と同様に、この句もまた、常識的な言葉の関係性が意図的に乱されている。まず、上五の「瞳に古典」からして、実に奇妙な表現だ。「古典読む」とすればごく当たり前の表現だが、あえてその慣用的な述べ方を崩している。ともあれ、「瞳に古典紺々と」のフレーズは、コの音の頭韻を踏んだ調子の良さもあって、すんなりと読めてしまう。「古典」の表紙の紺色（たとえば『源氏物語』の青表紙本）のイメージが、読者の脳裏に広がる。だが「紺々とふる牡丹雪」に至って、この「紺々と」が「牡丹雪」にも掛かっていることが明らかになる。雪は白いというのが常識である。紺色の空に雪が降っているというのが常識的なイメージなのであって、「紺々とふる牡丹雪」は、その紺と白の関係を反転させていることになる。読者はここでも困惑させられる。「爛々と」の句と同様、読んでいくうちに、言葉の関係性が次々に変化していく。霧に巻かれたような感覚にとらわれてしまう。

このようにつぶさにみていくと、赤黄男の句には迷宮のように複雑な仕掛けがある。ところが、一句そのものの姿は、非常にシンプルなのである。調べもなめらかで、口にして心地よいし、一句の言葉に難しいものはない。文体も、切字を用いたり、対句的表現を取ったりして、意外なほどに保守的だ。複雑な言葉の絡み合いと、簡潔な句の形を両立させているのが、赤黄男という作者の他に替えがたい特質だ。

花粉の日　鳥は乳房をもたざりき　（『天の狼』）

「花粉の日」というと、現代ではスギ花粉がさかんに飛ぶ日と誤解されそうだが、これは野や山の花々に花粉が溢れている日、という意味だろう。自由の翼を持っているという点で、鳥は人の関心を引いてやまない生き物である。憧れる分、その体の特質が、人間と異なることが目につくのだろう。飯島晴子にも「吊柿鳥に顎なき夕べかな」の句がある。

「花粉」と「乳房」はともに生殖にかかわる語彙である。しかし、生々しいエロスは、この句には感じられない。この句の「鳥」は妖艶というよりも、むしろ少女のように可憐である。「花粉の日」という言葉の持つロマン性が、性の生々しさを程よく打ち消している。

落日に支那のランプのホヤを拭く　（『天の狼』）

やがてランプに戦場のふかい闇がくるぞ
灯はちさし生きてゐるわが影はふとし
靴音がコツリコツリとあるランプ
銃声がポツンポツンとあるランプ
灯をともし潤子のやうな小さいランプ
このランプ小さけれどものを想はすよ
藁に醒めちさきつめたきランプなり

赤黄男が戦地から軍事郵便で送った連作で、昭和十四年一月号の「旗艦」に掲載された。「ランプ――潤子よおとうさんは小さい支那のランプを拾つたよ――」という題が付けられている。連作俳句の名作の一つであり、全ての句を引用した。拾ったランプを灯して、塹壕で不安な一夜を過ごしていることがうかがえる。「潤子」は、日本に残してきた赤黄男の一人娘の名である。小さなランプを通して、遠い地にある娘のことを思い出しているのだ。潤子という娘への私信でありながら、一人の兵士の物語としての普遍性がある。「コツリコツリ」「ポツンポツン」といったオノマトペを用いて、童話のような語り口だが、それがかえって孤独感や不安感を強めている。

秋風の下にゐるのはほろほろ鳥　（『天の狼』）

表面上は何気ないスナップのようだが、単純な句ではない。まず「秋風の下」という表現が目を引く。ふつうの書き手であれば「秋空の下」や「秋晴の下」などとしてしまうのではないか。「秋風の下」とすると、空の高さがよく感じられ、広大な景の中にただ一羽という孤絶感が出てくる。「ほろほろ鳥」も、そこにいたという事実よりも、「ほろほろ」という言葉が肝要なのである。鳴き声に由来するという「ほろほろ」の語が、ここでは涙の落ちる音を思わせ、食用にされるこの鳥の哀れを言い当てている。感情的な言葉を入れることなく、ほろほろ鳥と「秋風」の物悲しさを書ききっているのが眼目である。

甲虫たたかへば　地の焦げくさし　（『蛇の笛』）

甲虫が角を突き合わせて戦っている。それはごく小さな舞台で繰り広げられているのだが、「地」と大きく捉えたことで、甲虫が実際以上の存在感を得ている。「地の焦げくさし」とは、もちろん感覚的な表現なのだが、甲虫の黒い体躯や、その戦いの激しさを感じさせていて、実感もある。現実に即して言えば、夏の炎天が地を焦がしているのだろう。しかし、甲虫の戦いの激しさが地を焼くようだ、という、現実を超えた感覚こそがこの句の本領だろう。

羽がふる　春の半島　羽がふる　（『蛇の笛』）

うみねこか、鷗か。白い海鳥の羽を想像する。こうした光景は誰しも目にしたことがあるだろうが、この句の言葉が現出させる風景は、奇妙に現実離れしている。「羽がふる」のフレーズが一句のはじめと終わりに繰り返されていることで、循環が生まれ、あたかも永遠に半島に羽が降り続けているような錯覚にとらわれる。「春の半島」の「春」という季節の設定も、その長閑さでもって、永遠性に拍車をかけているようだ。

草二本だけ生へてゐる　時間　（『黙示』）

赤黄男の最後の句集である『黙示』は、現実性や境涯性を強く拒んで、難解な句集である。「草二本だけ生へて《ママ》ゐる」のは、あくまで空間的な把握なのだが、最後に「時間」の軸が加わることで、読者の意表を衝く。「草二本」だけという、ほとんど何もない空間だからこそ、そこに本来見えないはずの時間の流れを炙り出して見せることができたのだろう。

零《ゼロ》の中　爪立ちをして哭いてゐる　（『黙示』）

『黙示』の最後を飾る句である。原始のようでもあり、終末のようでもある「零」の〝無〟の時間・空間は、その直後の一字空けにもよく形象化されている。仮に「零」を「0」と表記すれば、「爪立ちをして哭いてゐる」人物の立ち位置が分かりやすくなるが、「零」の持つ〝無〟としての意味合いが弱くなってしまう。「爪立ちをして哭いてゐる」には、ただならぬ感情の高ぶりを感じる。「爪立ち」は身体に無理を強いる姿勢であるから、そこに悲痛さが感じられるのだ。この世のはざまに落ちこんでしまった者が、そこで永遠にどこへも行けないで泣き叫んでいるようだ。これを赤黄男の自画像と取ってしまうのは安易だろう。このようなところに陥ってしまう可能性は、私たちの誰もが持っているからだ。

飯田蛇笏

もつ花におつる涙や墓まゐり　（『山廬集』）

明治二十七年、蛇笏が九歳の時の句である。

芭蕉が「俳諧は三尺の童にさせよ。初心の句こそたのもしけれ」（土芳『三冊子』）と言ったように、さかしらな大人よりも、言葉を飾るすべを知らない子供の方が、ときにすぐれた句を作ることがある。そうはいっても、私たちは普段、子供の俳句と大人の俳句を区別してしまっているのではないか。結社誌でも、子供の投句欄を別に設けているところがある。俳句大会でも、「大人の部」と「子供の部」とで投句先を分けているのが普通だ。

蛇笏のこの句は、子供の作った句だから良いというのではない。純粋に作品の完成度が高いのだ。それは、墓参の悲しみを子供ながらにわかっているからではなく、悲しみを物に即して表すという、俳句表現の原則がしっかりと踏まえられているからだ。いささか通俗的なきらいはあるが、この句は大人の俳句の舞台にあがっても、まったく遜色のない句である。才能という言葉を安易に用いることは慎みたいが、九歳の作としてこのように俳句形式の要諦を弁えた句を見せられると、やはり蛇笏というのは俳句に選ばれた人なのだと思わせられる。

まだ墓に捧げる前の、「もつ花」に涙が落ちているのだから、花の持ち主は溢れくる悲しみをこらえきれなかったのではないか。遠忌というよりも、ここ数年の、生々しい死の記憶が、この句には書きつけられている。蛇笏は生涯、その作品を通して死を見つめ続けたが、すでに幼少期からその萌芽はあったことを、この句は示している。

鈴の音のかすかにひゞく日傘かな　（『山廬集』）

夏の強い日差しが降り注いでいる。暑さで人々を苦しめる太陽の下、日傘の中でかすかに響く鈴の音ばかりが、救いなのだ。日傘の主についてはまったく触れていないが、おそらくは涼しげな麗人であろうと空想を誘う。「かすか」の形容は、その日傘の主にも及んでいるのだろう。炎天下を歩むには、いかにも頼りなさそうだ。それゆえに儚い美しさがある。これもごく初期の作品であり、月並み俳諧的な俗臭がないわけではないが、繊細な感覚と簡勁な句の姿には、捨てがたい魅力がある。

かりそめに灯籠おくや草の中　（『山廬集』）

これから川へ流す灯籠を、一時的に、草むらの中に置いた。「灯籠」といえば本来、家で掲げられているさまや、水の上を流れているさまを詠むものだが、水ではなく「草の中」に「灯籠」を見出したのが、この句の手柄である。「や」の切字は、この場合、一句の調べを整えるために働いているが、ここに一呼吸あることで、灯籠を置いた人物のふっとした心の動きが感じられる。「灯籠」

はいうまでもなく、死者の魂を弔うためのもの。心の中に死者のことを宿しながら、かりそめのひとときとはいえ、その重さから解き放たれた一瞬を言いとっている。

芋の露連山影を正うす　（『山廬集』）

蛇笏の代表句というにとどまらず、近代俳句の名句として厳然として輝きを放つ一句である。すっかり名句としての評価が定着してしまった今は、見過ごしてしまいがちだが、「芋の葉の上の露の玉」を省略した「芋の露」は、思い切った措辞だ。ともすれば、「露の玉のように小さな芋」だとか「露がかかってしっとりと濡れている芋」というように、誤読されてしまうかもしれないにもかかわらず。ここでは「芋の露」として上の五文字におさめておく必要がある。つぶらな露の玉の感じを出すためには、くどくどと長い字数をかけるわけにはいかないのだ。

　この句においてたっぷり字数をかけて述べられているのは、芋畑の向こうに見える「連山」の方である。ここでいう「影」とは、姿かたちのこと。山々が居住まいを正しているようだ、と口語に直してみると、まったく覇気が失われてしまう。やはり「連山影を正うす」の漢文調の響きが求められるのである。「正うす」の語感は、地に突き立つ槍のように鋭い。

　山を擬人化する着想は、蛇笏の息子、龍太にも受け継がれて、「強霜の富士や力を裾までも」（『百戸の谿』）「山々のはればれねむる深雪かな」（『忘音』）「野老《ところ》掘り山々は丈あらそはず」（『山の木』）などの句を生んでいる。どれも秀吟だが、蛇笏のこの一句ほどの気魄は持ち得ていない。「影を正うす」というほどの覇気と威厳を、人々が詩歌に求めなくなった時代ゆえだろうか。

もちいで、身にそふ秋の団扇かな　（『山廬集』）

「くろがねの秋の風鈴鳴りにけり」（『霊芝』）とともに、時節の過ぎたものへの蛇笏の愛着を感じさせる句である。もう遅いかとためらいながらも、秋暑が身にこたえてはいけないと、念のために持って出た団扇が、意外に役立った。やはり、まだまだ団扇が要る暑さだったと、自分の判断に満足している風である。「くろがねの」の句は、時季が外れてもなお使われる道具の哀れを書いているが、この句の団扇は、時季を過ぎてもなお重宝されている。「身にそふ」の語感の柔らかさが、寛いだ気分を存分に伝えている。

死骸《ナキガラ》や秋風かよふ鼻の穴　（『山廬集』）

幼いころに作った墓参りの句にはじまり、蛇笏の俳句が死の匂いから離れることはない。ときにネクロフィリア（死体愛好）風の句が散見されるのも、蛇笏俳句の特徴である。これはその一つで、「仲秋某日下僕高光の老母が終焉に逢ふ。風蕭々と柴垣を吹き古屛風のかげに二女袖をしぼる」という前書がついている。前書と合わせて読めば、下僕の家の者の悲しみに心を寄せていることがわかるが、この句を単独で見たときには、追悼の念は、さほど伝わってこない。死体を眺める視線には、可笑しさに近い感情すら潜んでいる。

仰向けに寝かされた死体は、確かに鼻の穴が目立つ。それを、まるで崖に開いた風穴のように「秋風かよふ」と見た。鼻の穴は、顔に付いたもろもろの部位の中でも、どこか飄逸である。厳粛な葬儀の場でつくづく眺めるには不謹慎ではあるが、思えば、息の通わなくなった鼻の穴ほどに、死という現象をまざまざと感じさせるものはない。「秋風とほる」では平板である。「秋風かよふ」は、秋風のなすがままとなった死体の哀れに切り込んでいる。

たましひのたとへば秋のほたる哉　（『山廬集』）

「芥川龍之介氏の長逝を深悼す」と前書がある。昭和二年の七月二十四日、芥川は自死の道を選ぶ。同じ年の初秋に詠まれた句である。東京の芥川と甲斐の蛇笏とは、手紙での交流を続けていたという。この句、なるほど芥川の神経の細さを象徴するのに、儚げな「秋のほたる」はしっくりくるが、芥川の追悼句ということを離れてもじゅうぶん通じる句である。「秋のほたる」にたとえられる魂を持つ人は、芥川ばかりではないだろう。

「たましひ」を「秋のほたる」にたとえるとして、二つをどのように結びつけるか。「やうな」や「ごとく」でずばりと結びつけることもできただろう。「たましひのたとへば」は、ゆるい結び合わせ方である。どちらかといえば、消極的で、逡巡している風だ。その人の「たましひ」をたとえるとしたら、何がもっともふさわしいか、じっくり考えている、そんな時間の長さが、「たとへば」という結び方にはうかがえる。あっさり答えを出してしまうのではなく、ためらいつつ答えを探している、その時間こそが、死者への篤い思いを如実に物語っている。

秋の昼一基の墓のかすみたる　（『山廬集』）

「若山牧水の英霊を弔ふ」と前書がある。牧水とは大学時代、「早稲田吟社」で出会い、蛇笏がその後学業を捨てて郷里に帰ってからも交流は続いた。蛇笏を再び文学の道に戻そうと、わざわざ家を訪ねてきたこともあった。そんな友人の死に際して作った句としてはあっさりしているが、余計な言葉を必要としない間柄であったことがうかがえる。

「かすみ」は春の季語であり、秋には同じ現象を「霧」と呼ぶのが通例だが、ここでは「かすみ」の情緒的な語感こそが求められている。「秋の朝」でも「秋の夕」でもなく、「秋の昼」の明るさが、かえって墓の内側の暗さを感じさせる。「白玉の歯にしみとほる秋の夜の酒はしづかに飲むべかりけれ」の牧水の歌を思い合わせると、秋の夜長に酒を楽しんでいた蟒蛇《うわばみ》の牧水が、今は「秋の昼」の静かさに大人しく眠っているというのが、いかにも切ない。「の」の助詞の訥々と続く調べが、抑えた思いを偲ばせている。

をりとりてはらりとおもきすすきかな　　（『旅ゆく諷詠』）

はじめは「折りとりてはらりとおもき芒かな」と漢字とひらがなを交ぜた表記だったのを、漢字をすべてひらいて、現在の形になった。ひらがなの表記によって、芒のしなやかさを表しているとは、よく評されることだが、視覚的な表記ばかりではなく、音調の作り方においても隙のない一句である。「をり」「とり」「はらり」「おもき」「すすき」と、イの音で終わる語を重ねて、それでいてさりげない語の運びだ。また、上五は「をり」「とり」と動詞を連ねて引き締まった調子を出し、中七下五は「はらり」「おもき」「すすき」の三音の語をゆるやかにつなげ、緩急の流れをうまく付けている。まるで懐かしい童謡のように、時代を超えてこの句が私たちの胸に棲みつづけているのは、表記の面というよりもむしろ、口誦性によるところが大きいのではないか。

蛇笏の句はときに内容が複雑、難解に傾くことがあるが、調べが詰屈になることはない。どこで引き締め、どこで緩めればよいか、蛇笏の天賦の才をもっとも感じるのは、その作品の韻律のよろしさに触れたときである。

内容についても吟味してみたい。「すすき」といえば、気持ちが表にあらわれることを「穂に出づ」という表現に言い掛けたり、風になびくさまを招いている人の手にたとえたりする詠み方が、和歌では一般的だった。蕉門の去来の「君がてもまじる成べしはな薄」（『猿蓑』）は、この本意に添って作られている。蛇笏の句ではまず、招く袖や手にたとえるのではなく、すすきそのものが詠まれていることに、注意したい。もっといえば、風になびいているところを〝目で〟見るものだったのに、自分の手で折ったときに手に感じた思いがけない重みという、〝肌で〟触れた感覚が詠まれている。大胆に「本意」を裏切った句であり、発表された当時には、多くの人を驚かせる新機軸だったわけだ。

今では名句として多くの人に知られていて、それゆえに気づきにくいのだが、「はらりとおもき」は、大きな矛盾をはらんだ、ヘンな表現だ。たとえば「とろりとにがき」とか「ずぶりとあさき」とか「ごつごつまるき」といった表現を聞けば、「何かおかしいぞ」と思うだろう。「はらりとおもき」は、これらと同じように、本来は異様で奇妙な表現といっていい。「はらり」はもともと、軽さを表す言葉だ。それが「おもき」に掛かっていることで、私たちの日常的な言語感覚がかきみだされる。そのパラドックスにこの句の面白さがある。すすきの茎はなよやかで、また豊かな穂を持っている。なんとなく軽く見えるのだが、現物を手にしてみると、意外なほどの重みがあった。軽いと思っていたものが実際は重かったという一瞬の意識の変化——驚き、気づき——が、この句を読むとすっと胸に入ってくる。

わらんべの溺るゝばかり初湯かな　（『山廬集』）

いかにも楽しげな句であるが、この句にも死の影はある。何気なく使われているが、「溺るゝ」の一語がそれである。死の影があるからこそ、生の喜びはひとしおになる。何の屈託もなく風呂の水で戯れている子供の姿は、水は人の命を奪うものであり、死はいつもどこかに潜んでいるという現実を、ひととき忘れさせてくれる。子供の楽しげな表情とともに、それを見つめる蛇笏の、安らいだ表情も浮かんでくる。

くろがねの秋の風鈴鳴りにけり　（『霊芝』）

鉄製の風鈴が鳴った。それは、時節外れの秋の風鈴であった、というただそれだけの内容であり、縮めようとすれば、もっと少ない言葉で表現することもできたはずだ。だが、たっぷりと言葉数を費やして、悠々と述べているのが良い。風鈴が鳴ったという些細なことを、「鳴りにけり」と朗々とした古典調の調べに乗せて、重々しく叙しているのが眼目だ。「くろがね」の重さは、一句の重さそのものでもある。

「秋来ぬと目にはさやかに見えねども風の音にぞおどろかれぬる　藤原敏行」（『古今和歌集』）という古歌は、風の音に秋の訪れを感じ取ったもの。蛇笏は古の歌人と同じく、風を仲立ちとしながらも、もっと生活に即した秋の感じ方をしている。「くろがね」の古語を用い、文語を最大限に生かした古典的な作品ながら、そこに新しみも認められるのだ。

蛇笏は、秋の句に名句が多い。詩人の高橋睦郎氏は、飯田龍太の追悼句として、こんな句を詠んでいる。

秋の蛇笏春の龍太と偲ぶべし

高橋睦郎（「忘れめや　飯田龍太追悼」、『飯田龍太の時代』（思潮社）より）

「秋の蛇笏春の龍太」とは、言い得て妙だ。なるほど、蛇笏の代表句として知られるのは「芋の露連山影を正うす」「をりとりてはらりとおもきすすきかな」など、秋の句が多い。一方、龍太は「春の鳶寄りわかれては高みつつ」「紺絣春月重く出でしかな」など、春の句に良いものが目立つ。これは、蛇笏と龍太の、詩人としての性質や、時代の差異に拠るのだろう。秋は凋落の季節である。夏には天地に満ちていた生命力が次第に衰えていき、やがて静寂の冬に至る。衰亡の過程である秋という時節の哀れを、蛇笏は身に沁みて知る詩人なのだ。

閑かさはあきつのくゞる樹叢かな

（『霊芝』）

静かさというものは、蜻蛉が重なった枝の下を潜っていく、この景をおいて他にない――そんな断定の強さが、一句を支えている。いかにもさりげない「は」の置き方だが、並の作者にできるものではないだろう。

蛇笏の助詞一字も揺るがせにしない意志については、こんなエピソードがある。中川宋淵が入門を願い出に訪ねてきた際、蛇笏にこれまでの作を示すように言われて出したのが、

秋晴れや火口へ落ちる砂の音

という句であった。すると蛇笏は「その句は、火口へ、ではいけない。火口を、としなさい」と即座に指摘したという（『飯田龍太全集　第七巻　俳論・俳話Ｉ』）。この例でも「へ」と「を」では、句の価値に大きな差が出る。「『へ』では淡々とした描写になりますが、『を』となると、砂と一体になって作者の身も心も落ちていくような、一句の迫力がぐんと深まる」という龍太の評のとおりだ。

蛇笏の句も、たとえば「閑かさに」としてみれば、蜻蛉の飛んでくる林の中が静かだという、意味を伝えているだけの散文的な句になってしまう。「閑かさは」と強調することで、「閑かさ」と「あきつのくゞる樹叢」との言葉同士の関係性が緊密になり、韻文として訴えかける力が増す。

蛇笏の句は鉈で切ったような武骨さに特徴があるが、そのことと表現の細部への繊細な配慮があることは、矛盾するわけではない。むしろ、繊細な配慮によって、潤色を見えにくくすることで、武骨で素朴な味わいの句を生み出しているというべきだろう。

土を見て歩める秋のはじめかな　（『霊芝』）

とてもシンプルな作りの句だが、「秋のはじめ」の気分を的確に捉えた句だ。土の確かさを、一歩一歩踏みしめながら歩いている。これからの実りの季節をもたらす土である。自分の足元の土を見ながら、その歩んでいく先に広がる、肥沃な大地までも心に置いているようだ。祈りにも似た気持ちを、私はこの句から感じ取る。
「土を見て歩める」ということは俯いて歩いているのであり、そこに鬱屈した感情を読み取ることもできるだろうが、それはこの句の彩り程度に取っておくのがよいだろう。むしろ土への親しみ、感謝の気持ちを表明した句と取りたい。

橡の実は朴におくれて初しぐれ　（『霊芝』）

朴の実はあかあかとして、樹間に目立つ。比べて橡の実は葉に隠れて目立たないが、この句においては橡の実の方に焦点が当てられている。朴の実よりも橡の実が見られるのは遅く、そして橡の実の頃には、山には初時雨が降る。これは、長年の山暮らしを経て得ることができた知見だろう。飯島晴子は、時雨は京の雨であり、関東のはただの田舎雨だ、と言ったが、この句などは、その田舎雨たるところに徹した句といえるだろうか。風流ぶったところは微塵もない。山の暮らしの中での「初しぐれ」が新鮮である。

死火山の膚つめたくて草いちご　（『霊芝』）

「休火山」「死火山」という言葉は学術的に廃止されたというが、この句の中ではずっと生き続けるだろう。「死火山」という言葉を外して、この句を考えることはできないからだ。「死」の一字が暗示する死体のイメージが、この句の山を、只の山には見せない。「山膚」という言葉もあり、山の地表を肌にたとえる発想は既成のものだが、この句の場合は「つめたくて」と掘り下げたことで、急に生々しくなった。

蛇笏の句において、何を漢字として、何を平仮名とするか、表記が非常によく練られていることは、よく指摘される。この句においても、「肌」よりは画数の多い「膚」の字の方が、岩や砂の暗い色を思わせて、内容に適っている。

すでに蛇笏のネクロフィリア的傾向の句に触れた。この句にもその傾向は認められるが、全体としては山登りの明るい雰囲気が漂っている。それは季語の「草いちご」に拠るところが大きいだろう。「草いちご」は、死体としての山の冷たさや暗さを引き立てつつも、一点の可憐な赤さに触れた作者の感動を伝えている。

大つぶの寒卵おく襤褸の上　（『霊芝』）

冬の間に滋養のために摂るのが「寒卵」である。「大つぶの寒卵おく」には豊かな気分が溢れているが、「襤褸の上」で、この句はある陰翳を帯びる。想像するのは、侘しい山村の農家だ。この「寒卵」は、現在の私たちがスーパーで容易に手に入れるものではなく、切実な栄養源としてのそれである。素朴な味わいのある一句だ。

「襤褸」の画数の多さに、蛇笏の表記への思い入れを見て取れる。「大粒」ではなく「大つぶ」、「置く」ではなく「おく」として、平仮名を多くしたのも、「繿褸」との対比を計算に入れてのことだろう。粗い目の、いかにもごわごわした布きれが浮かび、その上に置かれた寒卵のしろじろとして美しい肌合いが見えてくる。

雪山を匐ひまはりゐる谺かな　（『霊芝』）

まさに山の俳人としての蛇笏の面目躍如である。雪山に谺がいつまでも響き渡っている。雪崩がどこかで起こったのだ。長く余韻を引いて、やがて消えてゆくその音を「匐ひまはりゐる」と捉えた。谺とは響くもの、すなわち空中へ放たれるものと捉えるのが通常の感覚だろう。だが、空の広大さ、そして雪山の壮大さが、谺を這いまわるものとして知覚させているのだ。風景のいちばん下側に、谺が押し込められてしまった感じと言えばいいだろうか。「匐ひまはりゐる」のたった言葉一つで、雄大な風景を展開している。小さな十七音が、大きな風景を抱え込むことができる不思議を思う。

凍揚羽翅のちぎれては梢より　（『霊芝』）

冬の寒さに事切れた揚羽の翅が、木の枝から降ってくるという。私などはその経験はないが、深い山の中を歩いていると、こんなこともあるのだろうか。ただ、実景だとしても、どこか現実離れした趣があり、そこが魅力になっている。「凍蝶」は、俳人に人気の季語であるが、どこかムード優先になりがちなきらいがある。この句などは、凍蝶の無惨さを、どこまでも即物的に描いていて、迫力がある。

寒去りて古墳をあばく空の下　（『山響集』）

「あばく」というと、まるで墓荒しに遭ったようでもあるが、古墳の発掘が行われたのを、興じてそう称しているのだろう。冬も終わろうとする頃で、そろそろ始めようと計画が動き出したのだ。「寒去りて」から、土の中へ思いが至るが、それが古墳であるところに、仄かな可笑しみがある。やがて春が来れば、土の中の虫や獣たちも外へ出てくるが、それと時を同じくして、古墳の中の遺物も空の下に晒されるのである。何の計らいもない、ほのぼのとした俳味を感じる句である。

夏雲群るこの峡中に死ぬるかな　（『山響集』）

旅行者として私たちが甲斐に赴けば、盆地を取り囲む山並を感心して眺め、賛辞の言葉を惜しまないだろう。だが、蛇笏にとって、甲斐の山河は、手放しに讃嘆できるものではなかった。若い頃、東京の大学に学んだ蛇笏は、何らかの事情で、中途で学業を擲ち、故郷の甲斐に戻ってきた。その後、友人の若山牧水が文学への復帰を促しにきたこともあったようだが、蛇笏は応じず、結局最後まで甲斐を拠点とした。

「夏雲群《む》る」の句は、そんな故郷の山の中に果てるであろう自分の宿命を、諦めとともに受け入れている。光が眩しければ影も濃くなるように、「夏雲群る」という盛んな景が、「死ぬる」という思いをより強くしているのだ。

「鬱々とまた爽やかに嶽の白昼《ひる》」という句も、『山響集』には収められていて、ここにも蛇笏の複雑な心境が垣間見える。郷土を肯定するか、否定するかといった単純な二項対立では説明できないのだ。ある面からは「鬱々と」見え、別の面からは「爽やかに」見える。蛇笏の個人的な境涯を離れて、うぶすなとはそういうものだと納得させる力がある。

日輪にひゞきてとべる薔薇の虫 (『山響集』)

「薔薇に止まっている虫」あるいは「薔薇の花や葉を蝕んでいる虫」といった意味を「薔薇の虫」の語に凝縮している。一方で「日輪にひゞきてとべる」の方は、実に伸びやかである。蛇笏の句はこのように、たっぷり述べる部分と、約《つづ》める部分との使い分けが、抜群に巧い。

この句の場合、「日輪にひゞきてとべる」のあとに「薔薇の虫」という一塊の言葉があるために、虫がいきなりぱっと飛び立ったときの驚きが表現されている。「ひゞき」といっていることから、この虫は甲虫のたぐいだろう。「日輪にひゞきて」はむろん誇張の入った表現であるが、深く青い夏空や、日を燦々と注ぐ太陽とを景に取り込み、虫に焦点を当てながらも雄大な句に仕上げることに成功している。真赤な薔薇と太陽のイメージとの混合により、眩暈のするような眩しさが一句には溢れている。

水原秋櫻子に「薔薇喰ふ虫聖母見たまふ高きより」(『残鐘』)の句があり、これも同じく薔薇の虫を扱っている。原爆で破壊された長崎の大浦天主堂で、修復後に詠まれたもの。秋櫻子らしい美意識の句で、蛇笏の句とは異なる趣だが、蛇笏の句も「日輪」を大いなる存在の象徴と読むこともできる。「薔薇」「虫」「日輪」といった象徴性の高い言葉を生かした句と言えよう。

旅をへてまた雲に棲む暮春かな　（『白嶽』）

「帰庵」の前書が付されている。年譜によれば、昭和十五年、朝鮮や満州、中国北部への一箇月余りの旅をしている。そこから帰国しての感慨である。みずから山廬と名付けた甲斐の境川村の自宅へ帰ってきた安堵感が一句に吐露されている。蛇笏が東京の大学を退学し、境川村に居を定めることになった経緯には、複雑な思いもあっただろうことは触れたが、この句は「暮春」の季語が寛いだ気分を醸し出して、故郷への感謝と親睦の念が込められている。

それにしても「雲に棲む」とは、おおよそ山廬の実態にはそぐわない表現に思われてならない。まるで仙境に結んだ庵であるかのように聞こえるが、実際に訪れてみると、境川村はごくふつうの山村であり、蛇笏の住んだ家も門被りの松が迎える立派な屋敷である。裏手には蛇笏が後山と呼んでいた山があるが、これも山というよりは丘に近く、なるほどいただきでのぞむ南アルプスの山々の眺めは素晴らしいが、雲に近しいとは到底感じられない。蛇笏はふるさとを俳句の中で理想化して表出することで、ふるさとを受け入れようとしたのではないだろうか。

「雲に棲む」は「雲に近く棲む」の意味だが、潔い省略によって漢文風の調べを作り出し、中国の隠棲詩人たちの面影が重なってくるところも、よく配慮されている。

たかんなや山草しげきかなたにも　（『白嶽』）

蛇笏は高浜虚子の「ホトトギス」に学んだが、虚子の唱えた「客観写生」の範疇には、到底おさまりきれない資質を持っていた。この「たかんな」の句も、一見するところ、山中の筍を写生した句とも映る。だが、より実景に忠実に写そうとするのなら、「たかんなや山草しげきむかうにも」とした方が適しているだろう。逆に言えば、「かなた」の一語に、蛇笏の蛇笏らしさが表れているのだ。「かなた」ということで、実際以上に深い山に見えてくる。

「たかんな」は筍のことで、食用としての印象が強い。だが、この句における「たかんな」は、とても人が採って、食べるものとは思われない。それは、「かなた」によって呼び起こされる山の風景が、たとえば「空山人を見ず　ただ人語の響きを聞くのみ」（王維「鹿柴」）といった趣を、この句に与えているためだ。ここにも、蛇笏による郷土の理想化を見て取ることができる。

青々と盆会の虫のうす翅かな　（『白嶽』）

「盆会」とは盂蘭盆のこと。蛇笏は、九歳の頃の「もつ花におつる涙や墓まゐり」にはじまり、

信心の母にしたがふ盆会かな　（『山廬集』）
流灯や一つにはかにさかのぼる
盂蘭盆や槐樹の月の幽きより　（『霊芝』）

など、盂蘭盆の句に秀でている。戦時中に息子たちを次々に亡くして以来、この盂蘭盆という季語に対して一段と深い思いが加わってくるわけだが、それについては後で述べる。

掲出句の「虫」は、カゲロウのような羽虫の一種だろう。頼りない虫の羽を「青々と」と表現したところに、蛇笏流の誇張がある。この誇張によって、一匹の虫が、死者の魂にも感じられてくる。芥川龍之介を追慕した「たましひのたとへば秋のほたる哉」（『山廬集』）と同趣の句といえる。

なにもゐぬ雪水ふかくうごきけり　（『白嶽』）

「雪水」とは雪解け水のこと。川へ合流する前の水であるから、魚はおろか生き物の影すら見えないのだ。「ふかき雪水うごきけり」では平板だが、「雪水ふかくうごきけり」と言ったことで、深い水のすみずみまで動いていることがわかる。生き物のいないかわりに、雪解けの水が生動している。やがて訪れる春には、無数の命を養う水であることを、「うごきけり」によって実感させられる。

高波にかくるゝ秋のつばめかな　（『白嶽』）

蛇笏は何といっても山国・甲斐の俳人であり、山岳の句に長けているが、海の句にも捨てがたいものは多い。海に対して新鮮な気持ちで向き合うがゆえだろう。この句もその一つである。つばめは本来、春季の季語だが、この句では「秋のつばめ」、すなわち、渡り鳥として海上を南方へ渡っていく姿が詠まれている。春の燕の子育てに忙しく飛び回る姿はいかにも可憐であるが、「秋のつばめ」の、小さな体でひたむきに波の上を飛んでいく姿は、凄絶の気味を帯びている。とはいえ、「高波にのまるゝ」などとして、いかにも凄絶に書いてしまっては、かえって底が浅くなる。「高波にかくるゝ」として、海上のつばめが一瞬見えなくなったというだけでじゅうぶんなのであり、秋燕の行方を、最後まで明らかにしなかったのがかえって功を奏したのだ。波にまぎれてつばめを見失った刹那、作者ははっと息を呑んだであろうことが想像される。

地獄絵の身にしみじみと秋日かな　（『旅ゆく諷詠』）

どこかの寺院で地獄絵をまのあたりにしたのだろう。注目したいのは「身にしみじみと」が、「地獄絵の」にも掛かり、同時に「秋日かな」にも掛かっている点だ。しみじみと身に迫ってくるのは、恐ろしい地獄絵のさまであり、同時に、秋日でもある。まだ暑さの残る秋の日ざしが、地獄絵から受けた思いを代弁しているのだ。地獄絵に対してそれほどに気を引かれるのは、自身をふりかえったとき、いくつもの罪を思い出すがゆえだろう。秋日の暑苦しさは、地獄の業火をどこか連想させるところがある。「身に」とは単に身体的な感覚をいうばかりではなく、「身上に」といった観念的な意味も潜ませている。ただ寺の地獄絵を珍しさに眺めているという観光俳句ではなく、自分の人生に引き寄せて詠まれているのは、私たちも倣いたいところだ。

打水のころがる玉をみて通る　（『心像』）

知らない家の軒先で、家人が打水をしている。特に関心がなくても、視界に入ってくると、その手もとや水の動きを、ついつい追ってしまうというのはよくあることだ。この句の非凡なところは、打水の水を、「ころがる玉」と見たところにある。打水という言葉があるがゆえに、私たちはことさらに水の動きまで気にしないものだが、蛇笏は撒かれた水の先端に生まれる水の玉まで凝視しているのである。
現実的に考えれば、「ころがる玉」というのは、おかしな表現だ。中空の水が玉を成して見えることはあるだろうが、地に着いた途端に崩れてしまう。だが、「ころがる玉」という不自然な言い方をしなければ、勢いよく打たれる水が、ここまでいきいきと感じられてくることはなかっただろう。その迸りは、見る者をして「ころがる」と錯覚させるほど鮮やかなのだ。
ここまで打水をよく見ておきながら、「みて通る」といういかにも投げやりな下五で締め括るところも面白い。「ころがる玉」の発見をして、それだけで満足した風である。むしろ打たれた水がだらしなく土の上に広がっていくところまで見たくはなかったのではないか。奇跡のような「ころがる玉」を、心の中に残像としていつまでもとどめておくための「みて通る」だったのだろう。

山の子が啖べてにほはす柚の実かな　（『心像』）

柚子の木から採ったばかりの柚子を、そのまま齧っているのだろう。「啖べて」の「啖」は貪り食うという意味合いがある。いかにも山の子らしい、野趣のある齧りかたが見えてくる。柚子を主体にした「にほへる」ではなく、山の子を主体にして「にほはす」としたことで力強い文体になっている。蛇笏による子供賛歌の傑作の一つである。

冬滝のきけば相つぐこだまかな　（『心像』）

「冬滝の」の「の」で、少しのねじれが生じている。上から意味を読みとおそうとすると、「の」

で引っかかるのだ。「冬滝の」のかかるべき「こだま」が、離れている。作者は「冬滝」の何に耳を傾けているのか、読者は最後の「こだまかな」を読むまで、分からないようになっている。

この句の「の」の働きについて、山本健吉は、『現代俳句』の中で重要な指摘をしている。

「冬滝の」でちょっと切れて、「きけば相つぐこだまかな」とつづくのだが、俳句では、上の五文字に何々のと書いて、休止を置く形がたくさん見受けられる。「何何の何何」とつづく「の」ではない。

こうした「の」の使い方は、俳句独自だというのである。たとえば、

冬滝のこだまを聞けば相つぎぬ

とでもすれば、読みやすくなる。だが、それはわかりやすさと引き換えにして、一句のふくよかさ、豊かさを失うことになる。詩歌においては、一般の文法のセオリーを、あえてねじまげることがあるのだ。

文法的には「冬滝の」は「こだま」に掛かっていることになるが、ここで意味の流れが断たれているために、読者の意識はいったん、ここで停滞する。壮大な景色を前にしたとき、私たちが一瞬、はっと息を吞むのにも似て、一句の中で読者を立ち止まらせ、「冬滝」の一語を反芻させる。この停滞によって、冬滝のある空間を、広やかに、奥深く、見せているのだ。「冬滝のこだま」と、連関を明確にしてしまうと、読者の意識は、停滞なく句を読み進めてしまう。結果、句は小さくなっ

てしまうのだ。
「冬滝の」の後に続く「きけば」も巧みである。「こだま」は当然音であるから、「きけば」は余計なはずなのだが、この句においては、いったん停滞した読者の意識を、本題である「こだま」へ誘導するために、「きけば」が絶対に不可欠である。音楽用語でいえば、この句の中七は、クレッシェンド。「きけば」「相つぐ」と、高揚感が増してきたところで、「こだまかな」の留めが待ち受ける。冬枯れの山の中で、まれなる音を——それも、この上なく清浄な冬滝の響きを聞きつけた感動が、あますところなく謳われている。まがうことなき名吟である。

この名吟を支えているのは、「の」で休止を置くという、一般の文章にはない「わかりにくさ」や「曖昧さ」であることを、忘れないでいたいと思う。とかく、「わかりやすさ」や「明朗さ」が求められる時代において、この「冬滝」の句の魔術めいた言葉の綾は、稀有な輝きを誇っている。

大滝の仰ぎてくらき五月雨　（『心像』）

この句も「冬滝」の句と同様に、「大滝の」の「の」で軽く切れていると見るべきだろう。よく知られているのは「冬滝」のほうだが、こちらの「大滝」の句の勇壮さも捨てがたい。この句にも「わかりにくさ」「曖昧さ」がある。「くらき」と連関しているのが「大滝」か「五月雨」か、判然としないのだ。もちろん、第一義的には、「くらき」は大滝に掛かる。降り続く雨によって、水量を増した滝が生み出す、鬱勃とした暗さである。だが、もしも「くらき」が「大滝」にのみ掛かるのだとすれば、「大滝の仰ぎてくらし五月雨」の句形でよかったはずだ。あえて、「くらき」

と連体形を取っていることに、注意したい。つまり、「くらき」は、「五月雨」にも掛かっている節がある。「五月雨」の降る空間一帯の暗さをも、含みこんでいるのが、この句なのだ。

「くらき」の主体は、はっきりさせない方が良い。「大滝」も「五月雨」も、ともに梅雨時特有の暗鬱の中に沈み込んでいるのだ。

「大滝」も「五月雨」も、ベクトルは下降する中で、ただ「仰ぎて」の一語のみが、上昇している。すべてが重く、垂れこめる中で、一句の主体のみが、発止と面を上げている。もちろん、最終的には「五月雨」の暗がりへ落ち込んでいくわけだが、「仰ぎて」いる主体の存在は、陰鬱な風景の中で、ずいぶん救いになっている。この句はあくまで自然詠ではあるが、「仰ぎて」いる人物の意思の強さまで感じられるところが面白い。

ほたる火や馬鈴薯の花ぬるる夜を　（『心像』）

薄い紫の花びらの「馬鈴薯の花」と、「ほたる火」との照応が、えもいわれず美しい。「ほたる火」に、古い歌人たちは、恋情を託してきた。その艶な気分を、雨上がりの濡れた草花の風情が、いっそう高めている。

とはいえ、優美というだけではなく、どこか朴訥な味わいも含んでいるのは、「馬鈴薯」のゆえだ。花は可憐だが、なんといっても、この字面ゆえに、ごつごつとしたあの根菜の姿が、脳裏にちらつく。「ほたる火」を詠みながらも、和歌的情趣に流されないところに、蛇笏の俳人としての矜持が感じられる。

川辺の畑で栽培しているものだろう。地に足のついた生活感がうれしい一句である。

花弁の肉やはらかに落椿　（『心像』）

死体を愛でるかのような視線が蛇笏にあることを、これまでも指摘してきたが、これもネクロフィリア的発想の句と、同じ系列に属する。

椿の花びらは、他の花と比べると、確かに肉厚だ。咲いている椿ではなく、「落椿」の方にその厚みを見ているのは、傷ついたり、蝕まれたりすることで、その花びらの厚みが、よりはっきりと認識されるからだ。

もっとも、花びらの厚みを捉えたというだけでは、平板な写生句止まりだ。「肉」の一字があるがゆえに、この「落椿」は、ただの花のこととは、思えなくなる。「やはらかに」の生々しさは、不気味だ。死んだ女の体を眺めて愛でているような、異様な情欲が嗅ぎ取れる一句である。

冷やかに人住める地の起伏あり　（『春蘭』）

高いところから見下ろすと、人の世というのは確かにこう見える。特に日本は、山がちの国であるから、人が住むのは平地ばかりというわけではない。山の上まで人家が這い上っていることも、珍しくない。「起伏」ある大地の上に、すがりつくように生きている人の営みというのは、思えば健気で、涙ぐましい。

「冷やかに」は秋の肌寒さを表す季語である。心理的な「冷やか」とは、また違う意味のはずだが、どこか作者はこの句で、人の世を突き放して見ているような気配もある。俳句という文芸には、こんなアンチ・ヒューマニズムの一面もあるということを、この句はよく物語っている。

新年のゆめなき夜をかさねけり　（『春蘭』）

新年に見るのが「初夢」。ところが、実際に都合よく夢を見られるとは限らない。このあたりの機微は、多くの人が感じるところであって、「初夢」を見なかった、などという句は世に溢れている。この句も一見、それと変わらない類想句のようにも見えるが、ここでは「かさねけり」と、さらに踏み込んでいることを重く見るべきだろう。

単に初夢を見なかった、というだけでは、些細な日常の報告に過ぎないが、それが何日も続いたというと、「新年」らしい気分のなかなか出てこない作者の心塞ぎまで連想される。中途半端では、句は成り立たない。この句は「かさねけり」まで押し通したことで成功している。

いわし雲大いなる瀬をさかのぼる　（『春蘭』）

「いわし雲」の映りこんだ瀬を見ていると、その字面どおりに、無数の魚が川の流れに逆らって進んでいくように見えたというのだ。「いわし雲」の名称から発想した句で、いささかの理を含んではいるが、嫌みはない。川面を乱す風一つないような、秋の穏やかな日和を感じさせ、叙景句として素直に受け取ることができる。「いわし雲」と「瀬」という、ともに壮大なものを十七音に同時に詠みこむのもさることながら、「さかのぼる」まで踏みこむ膂力が、いかにも蛇笏らしい。読み返していると、だんだん、瀬と青空との区別がなくなってくる。青空が巨大な川の流れと一つになって、そこを「いわし雲」が悠々と流れていくような幻視にとらわれる。これもまた、蛇笏の言葉の力ゆえだろう。

戦死報秋の日くれてきたりけり　（『雪峡』）

「金剛院文聡瑞雲鵬生居士の霊に」の前書が付されている。

昭和十九年、蛇笏の長男・聰一郎は出征する。翌年終戦を迎えるが、その戦死が明らかになったのは、昭和二十二年の八月だった。出征した年の十二月、レイテ島で玉砕していたことを記した公報が届いたのだ。聰一郎は俳句もたしなんでいて、蛇笏はその才に大いに期待を寄せていたという。

息子の戦死に際して、「戦死報」という即物的把握で向き合うことは、余人には難しいだろう。「戦死」という事実の方が先に立ってしまうからだ。さらに、「秋の日くれてきたりけり」というのは、実に淡々とした述べ方である。無数の思いが去来したはずであるのに、それが一切、表に出ていない。これは、万感の思いを底に沈めて、といったものではない。心を抉るような出来事があったあとの、呆然自失の体を表しているといった方が適っているだろう。

昭和二十一年には、三男の麗三が外蒙古で戦病死。翌々年には戦死報が届く。つまり、終戦後の二十二年、二十三年に、相次いで息子たちの死の知らせを受けたことになる。句集『雪峡』には、彼らへの鎮魂の句が収められている。

「戦死報秋の日くれてきたりけり」は呆然の感が詠われていて、悲痛の情が前面に出ていないために、かえってその衝撃が深く読者の胸に食い入る句になっている。ただ、同時期の「盆の月子は戦場のつゆときゆ」「なまなまと白紙の遺髪秋の風」「遺児の手のかくもやはらか秋の風」「霊まつる燭にまちかくひとり寝る」といったあたりは、悲痛の表現として、類型の誹りを免れないだろう。

これまで蛇笏は、死というものを積極的に詠んできた。「死骸《ナキガラ》や秋風かよふ鼻の穴」「なきがらのはしらをつかむ炬燵かな」「死火山の膚つめたくて草いちご」「冬の蟇川にはなてば泳ぎけり」「花弁の肉やはらかに落椿」など、死を見つめる視線には、愛着すら感じさせる。ただ、肉親の死に際しては、蛇笏も冷静ではいられなかった。俳句ではしばしば、「客観写生」ということが言われる。死すらも客観視していた蛇笏が、いかに平静ではいられなかったか、これらの直截な悲哀の表現に見て取れる。息子を亡くすという重い出来事を客観視し、俳句にすることは難しい。次のように象徴化の手法を取った句や、風景に沈潜させた句の中に、蛇笏の嗚咽を聞く思いだ。

　　泪眼をほそめて花の梟かな　（『雪峡』）

この場合、季語は「花」、すなわち桜。「花の梟」とは蛇笏らしい極端な緊縮表現で、どう解釈すればよいか戸惑わせる。実際に桜の木の枝に梟がとまっているのだろうか。あるいは、「花時の梟」といった意味合いで、桜が咲いている頃に森で鳴く梟ということだろうか。いずれにせよ「泪眼」は実景を超えた見方で、象徴的な句と受け取るべきだ。「泪眼」は、濡れているかのように愛嬌のある梟の眼のことを言うのだろうが、本来は泪を持たない鳥獣が「泪眼」になるはずはなく、ここには作者の悲しみが託されている。梟の眼はかすかな光も吸収できるように大きく見開かれているイメージがあるが、ここでは「ほそめて」ということで、一層人間臭さを感じさせているのである。「花の梟」に、泪で眼を濡らしてひたすら夜に耐えている、そんな作者の姿を重ねてもよいだろう。

ただし、私としては、まずはこの句のイメージの魅力をたっぷりと味わいたいという思いがある。絢爛たる桜を背景に、泪眼の梟がじっと眼を細めているというイメージは、どこか幻想的であり、飄逸でもある。どこからこうした着想を得たのかはわからないが、蛇笏が並みの作者ではないのは、現実か幻想か不分明の境から、こうした魅力的なイメージを引き出してくる才の持ち主だからだ。

梅雨の雲幾嶽々のうらおもて　（『雪峡』）

いくつも連なる山並みのこちら側にも向こう側にも、梅雨雲がまるで大蛇のようにのたうちながら進んでいく。景にダイナミズムを与えているのが「うらおもて」の一語である。「梅雨の雲」と「嶽々」とを景に盛り込もうとしたときに、たいがいの作者は、嶽々の上空に梅雨雲がある、だとか、嶽々を梅雨雲が覆っている、などという仕立て方をしてしまうだろう。「うらおもて」ということで、梅雨雲と嶽々との位置関係がつまびらかになり、黒々とうごめく雲の動きがまざまざと見えてくるのだ。

息子たちの死の記憶の生々しい時期に詠まれた句としてみれば、この句の鬱勃たる景は、作者の心象風景とも映るだろう。

にぎやかに盆花濡るる嶽のもと　（『雪峡』）

「戦死せる子二人の新盆を迎へるにあたりて」の前書がある。本来は「にぎやかに」は明るく健やかなものをいうために用いられる語であり、濡れた「盆花」が溢れているさまを言うには、いかにもちぐはぐである。この句では、まさにそのちぐはぐであるということが、華やかな盆花と、自身の鬱然たる思いとの落差を語っていて、有効なのだ。盆花が「にぎやか」であるがゆえに、喪失感はいっそう深まるのである。

暗いトーンの句ではあるが、下五の「嶽のもと」で広やかな景に転じているところに救いがある。水玉をまとった盆花の向こうに、嶺がそびえている。故人のたましいの寄り処となるような、あるいは作者自身の心の支柱となるような、そんな頼もしい嶺だ。

旅ゆけば暮れはやく過去かへりこず　（『雪峡』）

二人の子供をなくしながらも、蛇笏は自身の結社「雲母」の大会や句会のため、終戦後、精力的に東京や関西、北海道へ旅をしている。早急に「雲母」を立て直したいという願いもあったのだろうし、かえって旅をしていた方が、悲しみがまぎれたのかもしれない。この句には、忙しく旅をすることで、「過去」の記憶から逃げおおせようとするかのような蛇笏の足掻きが書き留められている。「旅ゆけば」と浪曲調で始まりながら、二度と戻ってこない過去があるという重いテーマに転じる振幅に、魅力がある。「暮れはやく過去・かへりこず」というように、「過去かへりこず」のひとつながりのフレーズを崩している屈折した調べが、喪失感の深さを思わせる。

石をもつてうてどひるまぬ羽蟻かな　（『雪峡』）

「石をもつて」からは「石もて追われる」の慣用句が連想される。その迫害のイメージを逆転させたのが、一句の面白さだ。人に疎まれ、邪険にされながらも、羽蟻は一向に屈することがない。「一寸の虫にも五分の魂」の言い換えと言ってしまえばそれまでだが、無機質で機械的な蟻という生き物の特質をよく捉えている。

蛇笏には「冬の蟇川にはなてば泳ぎけり」（『山響集』）という句もあり、迫害を受けた者が、意外な力を見せるという趣旨は共通している。蟇も羽蟻も、迫害に対して反撃するのではなく、迫害をどこ吹く風として、おのれの心の赴くままに生きているというのがしたたかだ。蛇笏の理想の生き方といえるかもしれない。

降る雪や玉のごとくにランプ拭く　（『雪峡』）

「玉」、すなわち宝石を磨くかのような入念の手つきで「ランプ」を拭いているという。ランプを玉になぞらえたのは、球形であることと光を照り返す特質とが宝石を思わせるというだけではなく、やがてそのランプに灯される光への愛着や憧憬ゆえだろう。よく拭きこめば拭きこむだけ、そこに点く灯は、まぶしいものになる。作者はその輝きを胸の内にすでに灯しながら、ランプを拭いているのだ。ランプの灯に、希望や展望といった言葉をかぶせても不自然ではないだろう。「降る雪」

の静かさや白さが、いっそうその光を輝かしく見せる。
ランプにあかりが灯った「結果」ではなくて、灯すためにガラスを拭いているという「過程」を見せたことで、切実な希求の表現となった。

冬の墓人遠ざくるごとくにも　（『雪峡』）

墓とはあくまで、人によって訪ねられるものであり、常に受け身で捉えられるもののはずだ。この句では、墓の立場になって、訪ねてくる人を拒んでいるというように、能動的なものとして捉えていることが目を引く。表面的には、墓を取り巻く殺伐とした冬景色を言ったものだろう。もちろん、その深奥には、痛ましさのゆえに墓に近寄ることが憚られるという心理がこめられている。
中七下五は「人遠ざくるごとくなり」と断定してもよかったはずだが、「ごとくにも」とあえて曖昧な、ぼかした言い回しにしている。これによって、墓参りを躊躇する気分が再現されている。特に前書などで言及があるわけではないが、おそらく亡くした息子の墓なのだと想像される。

老猿の檻にちる雪誰もゐず　（『雪峡』）

動物園での所感である。もっと見る甲斐のある動物もいたはずなのに、あえて「老猿の檻」に立ち止まったのは、もはや多くの人の視線を注がれることなく老いてゆくばかりの猿の哀れさに、自分を重ねるところがあったからではないか。「降る雪」ではなく「ちる雪」というのが、さらに陰惨さに拍車をかけている。しんしんと降り積もるのではなく、風にあおられて、細かい雪粒がはらはらと散っている。まるで残り少ない猿の命が剝落しているかのようだ。淋しさの極みとはこういう句を言うのだろう。

川波の手がひらひらと寒明くる　（『雪峡』）

寒の時期が終わり、いよいよ春が近づいてくるころの明るい陽光と、それを受けた川波の輝きが詠まれている。川波を擬人化した手が、まるで春を招くかのようだ。

「ひらひら」の語感、そして「寒明くる」の季語の本意からしても、そう解釈するのが自然だろうが、奇妙にこの句からは不気味さを感じてしまう。「川波の手」は、あきらかに波の比喩だとわかっていても、やはり波間に呑まれて死んだ人々の存在を嗅ぎ取ってしまうのだ。単純な擬人化の句というよりも、寒明けの清澄な季節感を通して、目に見えない死者たちの存在を十七音に定着させた句として、受け取りたい。

凪ぎわたる地はうす眼して冬に入る　（『家郷の霧』）

風のぱったりとやんだ大地。その静けさに、冬の始まりを感じ取っている。内容的には、さして新しみもないが、地が「うす眼」していると表現したのが非凡である。「うす眼」とは、それとわからないように、ひっそりとこちらをうかがうこと。その主体は、茫漠とした大地でもあり、冬という季節でもある。主体がぼかされているのが良い。「うす眼」の不気味さが際立つからだ。

息子・龍太に、次の言葉があることを思い出す。

風土というものは眺める自然ではなく、自分が自然から眺められる意識をもったとき、その作者の風土となる。

（『龍太俳句教室』）

自然からの視線を鋭敏に察知する龍太の感覚は、蛇笏の「凪ぎわたる」のような句を、その源流に持っているのだろう。龍太自身も、「きさらぎは薄闇を去る眼のごとし」「家々に眼を開いて冬来るなり」といった、自然に目があるという擬人化の句を作っている。また、父である蛇笏が亡くなったときには、「鳴く鳥の姿見えざる露の空」「秋空に何か微笑す川明り」と詠んでいる。こちらを眺めてくる自然のふところに、父の魂が加わったことが、示されている。

しかし、蛇笏の句は、「眺められる」の語感とは、微妙に異なる。「眺められる」というときには、対象との近しさを感じる。自然との距離の近さは、龍太俳句にはぴったりだが、蛇笏俳句にはあまりそぐわない。一言でいえば、死の匂いが、ここには漂っている。人の思慮の到底及ばない、情け容赦のない自然の姿が、蛇笏の「凪ぎわたる」の句には詠まれているのではないか。蛇笏は『白嶽』（昭和十八年刊）に「夏真昼死は半眼に人をみる」の作を持っていることからも、「うす眼」「半眼」は、ともすれば人の命を奪う自然の冷徹さを示しているのだと推察される。自然から送られる不気味な「うす眼」「半眼」の視線を感じてしまう蛇笏は、かの「メメントモリ（死を忘れるな）」の警句を、血肉化していたのだろう。

春めきてものの果てなる空の色　　（『家郷の霧』）

大きな撞着を抱えた句である。「春めきて」は、春の訪れを言うのにもかかわらず、すぐさま「ものの果てなる」と、終末を迎えた虚脱感にも似た感慨に、切り替わるのである。

もっとも、季節というものは、春から冬へと、本のページをめくるようにはっきりと変わるものではない。この句は、言ってみれば冬の終わりが、春の始まりに食い込んでいる……つまり、一見するところ完全に枯れ果てて見える冬景色の空の色に、微妙な春の気配を感じ取っているのだ。季節の端境には、このように二つの季節の景が混ざり合うこともあるのだと、一句は静かに伝える。

大らかとも、朦朧としているとも評することができる、いわくいいがたい印象の句である。通常、俳句は形象性を意識して作られるものだが、蛇笏はそんなセオリーをものともしないで、空という輪郭を持たないものや、移行期の季節感という漠然としたものを、さらりと詠みきっている。


炎天のねむげな墓地を去らんとす　（『家郷の霧』）

鋭角な石の集まりである墓石は、どちらかといえば冷たく覚醒している印象がある。ただ、炎天下の墓であればどうだろう。強烈な日ざしは、人を遠ざける。なるほど、誰に参られるでもない墓地は、「ねむげ」に見えるだろうと納得できるのではないか。

「ねむげ」は、死者に対していささか敬意を欠いたようなフレーズだが、不思議に不謹慎とは思えない。身体を持った人間とは異なり、墓に眠る死者たちは、炎天の暑さをものともしない。むしろ、人が少なくて、ほっと安らいでいるのかもしれない。「去らんとす」は、自分が去ることで、墓場がいっそうの安らぎに満たされることを暗示している。墓場は、生者が死者に会うために設けられた場所だが、死者の方からみれば、生者は静かな眠りを妨げる存在なのだろうか。生者と死者の間には、もはやけっして心を通わせることのできない、深い溝が横たわっていることを、まざまざと突きつけられる。

冬といふもの流れつぐ深山川　（『家郷の霧』）

先に掲げた「春めきて」の句と同様に、形のないものに向き合った句である。「冬といふもの流れつぐ」までは、つかみどころのないフレーズだが、「深山川」の下五に至って、一気に十七音が引き締まった。到底まとまるはずもないと思っていた仕事が、最後の数分で、ものの見事に成果を収めたかのような爽快感がある。深山の清流の照り返しや、波の音、その上を流れていく風……それらすべてに「冬」が入り込み、混じりけのない清らかさを誇っているのだ。「山泉冬日くまなくさしにけり」も同じ句集に収められており、こちらも言葉の緩急、硬軟の付け方が鮮やかである。
青年期、壮年期の蛇笏の作品は、硬質な句と柔和な句と、タイプがはっきり分かれる傾向があったが、老年期に入った『家郷の霧』では、一句の中に対照的な二つの要素が融和し、新しい境地が開かれている。
たとえば次の句は、蛇笏句の大きな特徴であった漢語が、いかにも自然な形で一句になじんでいる。

炎天を槍のごとくに涼気すぐ　（『家郷の霧』）

古今の作から、比喩の名句を一つ挙げよと言われれば、私はまっさきにこの句を挙げる。炎天下では、束の間の「涼気」など、瞬時に消し飛んでしまうもののはずだ。だが、この句では「槍のごとく」といかにも強靱に描かれている。これは「涼気」自体の力というよりも、作者の心の働きによるものだ。猛暑の中、一瞬吹き抜けていった涼風を、確かに感じ取った高揚感が、「槍のごとく」と書かせたのだ。真夏に折々起こる、ある自然現象を写し取ったというだけではない。力の漲った調べを通して、作者の高ぶる心が強く迫ってくる。

蛇笏の非凡な言語感覚を実感できる一句でもある。「風」という言葉を一言も使っていないにもかかわらず、これほど強く風の流れが感じられるのは、さすがの名手というべきだろう。「ごとく」「すぐ」と重ねられたウの脚韻が、吹き抜けていく涼風の速さ、鋭さをよく再現している。

金輪際牛の笑はぬ冬日かな　（『家郷の霧』）

「金輪際」とはもとは仏教語で、あとに否定形を伴って「決して〜ない」という意味になる。もともと牛が笑うはずもないから、そこに重ねてさらに「絶対に笑うことはない」と強調されると、過剰さが生まれる。過剰さは、ユーモアにつながる。ここまで念入りに否定されると、かえって、にやついている牛の顔が浮かんでしまうのが、人情というものだ。反芻のために口をさかんに動かしている牛や馬の類は、獣の中でも、笑い顔を想像しやすいといえるのではないか。「冬日」の季語は、ここでは、いかにもあたたかな冬の日差しを思わせる。蛇笏とユーモアは対蹠的な印象があるが、蛇笏が必ずしも重厚さだけが売りの俳人ではないことが、こうした句からわかるのだ。

冬川に出て何を見る人の妻

（『家郷の霧』）

さしてみるべきもののない冬景色の中の川に目を凝らしている「人の妻」は、つまり、その輝きや流れを見ながら、自分の胸の内を覗き込んでいるのだ。

一般に、「人の妻」などという言葉を入れてしまうと、句がとたんに俗に傾いてしまう。この句の場合は、俗の気味を含めて趣にしてしまっている。「冬川」の清浄さが、「人の妻」の俗を程よく包みこんでいるのだ。

知り合いでもないかぎり、川辺にたたずむ女性が「人の妻」であることは、わからない。自己の知覚しうる範囲内で詠むという俳句の前提を、この句は覆している。ここは、一時は作家を志した蛇笏が、小説の前提を、俳句に持ち込んでいると見るべきだろう。神の視座に立って、女性の行動を追っているのだ。ただ、小説では、この「人の妻」のドラマを逐一書くことができるが、短い俳句では、前後の場面は切り離されてしまっている。それがために、かえって想像力を刺激され、読者それぞれが、この「人の妻」のドラマを脳裏に展開する。俳句と小説のハイブリッドともいうべきこうした句の可能性を、見直したいものだ。

地に近く咲きて椿の花おちず

（『椿花集』）

「地に近く咲きて」は克明な描写であり、分類しようとすればいわゆる「写生句」の範疇に入るのだろうが、そう単純にいかないのが蛇笏の句だ。写生句であれば、末尾の「おちず」とまで断る必要はない。「地に近く咲きて椿の花ひとつ」とでもすれば済むところだが、句の旨味は抜けてしまう。「おちず」と言われると、まるで落ちていないのが不自然で、やがてぼとりと椿が地を打つのを待ちのぞんでいるかのようなニュアンスが生まれる。とすれば、この作もまた蛇笏のネクロフィリア俳句の系列に属するものであろう。これほど地に近いにもかかわらず、まだ土に汚されることのない椿のありようには、ぴりぴりとした緊張感がある。それは、すぐ隣に死があるわれわれの生が孕む緊張感をも思わせる。

たちよれるものの朝影山泉　（『椿花集』）

泉の水を汲みにきたのか。あるいは、明け方の散策にきた者だろうか。何の目的なのか、あるいは、誰の影であるのか、情報の大方は伏せられている。省略されているところは、読者自身が想像で埋めなくてはならないが、この句ほどに、埋めていく過程が楽しい句は、そうそうないだろう。「たちよれるものの朝影」は、作者自身の影とも取れるが、ここは、誰か別の者の影だと見たい。そうすると、作者自身は山中の泉にすでに居て、一部始終を見ていたことになるが、それは現実的に考えれば不自然だ。「ではいったいこの句の情景を見ているのは誰なのか？」という疑問が生じてくるが、この句の魅力はまさに、超越者の視点を想定させるところにある。一般に、俳句に詠まれている景は、作者自身が見ていることになっているが、この句においては、不可視の存在が、人の営みをじっと見つめているかのようだ。前述の「夏真昼死は半眼に人をみる」（『白嶽』）や「凪ぎわたる地はうす眼して冬に入る」（『家郷の霧』）の句を思い出しても良い。超越者の視点があるからこそ、「山泉」の神秘性は、いやがうえにも高まっていく。少女が聖母マリアの顕現をまのあたりにしたというルルドの泉の逸話も思い出される。

薔薇園一夫多妻の場をおもふ　（『椿花集』）

イスラム社会やアフリカには一夫多妻制度が現存するし、日本にも過去には大名や武将が側室を持つという習わしがあった。ともすれば下賤な関心をかきたてがちな「一夫多妻」であるが、「場をおもふ」という、空惚けたような終わり方が、むしろほのぼのとした読後感をもたらす。場所が「薔薇園」であるという外連味に加えて、「一夫多妻」という題材を扱っているにもかかわらず、性の生々しさは、この句とは縁遠い。「一夫多妻」という、自分の理解の範囲外にある制度への憧れと可笑しさの入り混じった気持ちが、この句の主題であろう。

後山に葛引きあそぶ五月晴　（『椿花集』）

蛇笏は、みずからの住まいである「山廬」の裏山を「後山」と名付けた。実際に訪れてみると、山とはいいがたい、丘のようなところであるが、「後山」の硬質な漢語から、木々の折り重なる深い山を心に浮かべるのが、蛇笏の意には適っているだろう。「五月晴」の心地よさに誘われて、特に用もないのに出かけていった裏山で、山肌を覆う葛の蔓を引っ張っては遊んでいる。「葛引きあそぶ」の他愛なさが、悠々自適の暮らしを思わせて、日々のたつきにあくせくしている者としては、羨望を禁じ得ない。

葛はもともとは「恨みの葛」として和歌にもしばしば詠まれる題材であるが、近現代人にとっては、生命力が旺盛で、盛んに生い茂るふてぶてしい植物という印象が強い。アメリカでは外来危険生物に指定されているそうだ。その葛と戯れているというところは、風狂の徒さながらである。

大揚羽娑婆天国を翔けめぐる　（『椿花集』）

中七の聞きなれない言葉は、「娑婆と天国」ということではなく、「娑婆天国」という一つの造語と見るべきだろう。「娑婆」は仏教用語で、苦しみに満ちたこの世のことであるのだから、「娑婆天国」というのは、ひどく矛盾した語に映る。「娑婆天国」とは、煩悩を抱えた人間で溢れるこの世への、皮肉交じりの讃頌と見るべきだろう。

「大揚羽」といったように、季語にむやみに「大」の字を付けると、上面だけの空虚な語になりがちであるが、蛇笏のこの句においては、中七下五の強烈な語と見事に拮抗している。人の世の汚らわしさに染まらないものとして、健やかで潑剌とした揚羽を登場させたとも取れるが、それでは自然と人事との安易な対比構図になってしまう。そうではなく、人間の際限のない欲望の形象化と取りたい。その方が、雄々しく飛ぶ揚羽の眩しさが増すのではないか。

葉むらより逃げ去るばかり熟蜜柑　（『椿花集』）

蛇笏最晩年の句とは思えないほどに、いきいきとした句だ。外界への好奇心の強さは、子供のそれにも匹敵する。どこか散策に出かけた先で、弁当の蜜柑を落としてしまったのだろう。子供の作る俳句のようであるが、「熟蜜柑」にはやはり巧さがある。あえて「熟」といったことで、蜜柑の濃厚な黄色が、草葉の緑との対照もあって、ありありと目に浮かんでくる。もっと深読みをすれば、西東三鬼のよく知られる「中年や遠くみのれる夜の桃」とも通底する諷喩の句とも取れるが、三鬼の句ほど露骨ではない。何といっても明るい色彩を持ち、快い酸味を伴って舌を喜ばせてくれる蜜柑は、どう詠んでもセクシャルにはなりきれないようだ。

蛇笏の盟友であった芥川龍之介に、まさに「蜜柑」と題する作品があったことを思い出させる。あの短編の厭世的気分に満ちた主人公が、汽車の中の娘が弟たちへ投げた蜜柑の色につかの間慰められたように、私もまた、草の上を転がっていく蜜柑に、ほっと心がほぐれるのを覚える。もちろん、芥川の小説の場面とは異なり、蜜柑が転がっていくユーモラスな場面を切り取ったのは、俳人蛇笏の面目躍如である。

いち早く日暮るる蟬の鳴きにけり　（『椿花集』）

「日暮るる蟬」には、蜩という言葉が隠れている。あけがたや夕方に、かなかなと物悲しく鳴く、あの蟬である。「日暮るる蟬」が、「日暮れ」よりも早く鳴き出したという、ささやかな発見が、「けり」の切字の力で、天地が裂けたかのような大事件に思えてくる。思えば、蛇笏の代表句である「くろがねの秋の風鈴鳴りにけり」も、些細な事象を「けり」の切字で昇華させていた。何でもないような些事が、蛇笏の手にかかれば、朗々たる響きと立ち姿のよろしさとを具えて、読者の前に差し出される。要するに、高級食材でしか料理が作れないシェフは、二流ということだろう。

夜の蝶人ををかさず水に落つ　（『椿花集』）

「夜の蝶」は、慣用的には夜の店で客を取る女性の暗喩として用いられるが、そこにとらわれると、通俗的な句となってしまう。ここでは、あくまで昆虫の一種類としての「蝶」と見たい。現実的には「蛾」のことを詠んでいるとみるのが自然だろう。「蛾」よりも華麗な「蝶」の語感を重んじた結果の選択ではないだろうか。

「人ををかさず」はいささか難解な言い回しだ。漢字に直すと「侵す」（侵害する）とも「冒す」（汚す）とも取れるが、あえて平仮名表記にしていることで、双方のニュアンスを取り込んでいる。人の視界に入ってきて驚かせたり、鱗粉を散らしたり、あるいはみずからの死骸でもって人家を汚したりすることもない。人とは何らのかかわりも持たないまま、水に落ちて、そのまま死んでゆく。さきほど取り上げた「たちよれるものの朝影山泉」と同じく、「いったい誰がこの景を見ていたのだろうか？」と不思議な思いに駆られる。やはりここにも、超越者の視点が呼び込まれているのだ。俳句は時に、一人の人間としての視点を超えることがある。この句はその好例だろう。

誰彼もあらず一天自尊の秋　（『椿花集』）

蛇笏の生涯を締めくくる句である。息子の龍太が「一天自尊」のフレーズについて「説明の埒外」と評しているように、難解句としても知られているが、まずはこう解釈しておく——「知己は誰も彼もが居なくなって、今この天が下に生きているのは自分のみである、その自分をこよなく大切にして、何かと気が萎える衰滅の秋を乗り切っていこう」と。

「自尊の秋」には、老いてひとり残された寂しさも含まれているだろうが、「一天」の語調の張りや、「誰彼もあらず」から「自尊」に至る振れ幅の大きさには、自分だけは生き延びてやろうというふてぶてしさすら感じる。たとえば子規の「糸瓜咲いて痰のつまりし仏かな」のように、自分の死を客観視し、そこに可笑しみを見つけるというのではなく、強かに死と向き合っている。怖れるのでもなく、かといって悟りすますのでもなく、最後まで死と付き合おうとしている。死を見つめ続けた蛇笏は、ついに死と盟友となったかのようだ。

まさにこの「自尊の秋」に、蛇笏は亡くなった。享年七十七。

肉体は滅んでも、その句をくちずさむ者がいるかぎり、俳人は死ぬことはない。蛇笏にとっては、息子の龍太が、その一人だった。次章は、龍太の句を読んでいく。

飯田龍太

春の鳶寄りわかれては高みつつ　（『百戸の谿』）

飯田蛇笏の四男として生まれた龍太は、青春期には、蛇笏のあとを継ぐことを、予想もしていなかったにちがいない。父の影響から俳句に手を染めてはいたが、昭和二十一年、二十六歳の時、「農業世界」の募集論文で「馬鈴薯栽培法」が一等入選を果たすという年譜の記述からは、彼がこのまま何事もなく長ずれば、一農耕人としてひとかどの成功をおさめたのではないかと想像される。だが、この翌年には長男の、そしてさらに翌年には三男の戦死の知らせが届くという痛恨事が飯田家を襲う。とくに長男の聰一郎を後継と目していた蛇笏の狼狽ぶりは、並々ならぬものがあったようだ。すでに次男も病死していた飯田家にとって、本人の意思にかかわらず、四男の龍太に家業と俳句業の双方を担わせるほかなくなったのである。

本来は兄が継ぐべきだった俳人蛇笏の跡目を否応なく引き受けることになった龍太にとって、父の存在はどう映っただろう。むろん尊敬もしていただろうが、巨大な障壁でもあったはずだ。一言では片づかない思いは、初期の作品にも反映されている。たとえば掲句は、しばしば恋の季節を謳歌する鳶への賛歌と解されるが、「寄り」「別れ」「高む」と動詞を矢継ぎ早に畳み掛けた措辞は、喜びよりも狂おしさの方をむしろ強調してはいないだろうか。それはもちろん、生殖の使命を何に替えても果たさなくてはならない鳥獣の狂おしさなのだが、それを仰いでいる主体にも伝播し、胸を掻きむしりたくなるような切なさと苦しみの声が底から聞こえてくる。「一句に一動詞」が原則と言われる俳句において、これほどまでに動詞を多用した異形の文体には、一刻も早く偉大な父・蛇笏の句境に近づかねばならないという龍太の〝性急さ〟が反映されているようだ。

龍太の句には、こうしたファルスをなぞるような垂直性の動きがしばしば見られる。

雪の峯しづかに春ののぼりゆく　（『童眸』）
秋冷の黒牛に幹直立す
炎天のかすみをのぼる山の鳥　（『春の道』）
朧夜のむんずと高む翌桧　（『山の木』）

こうした句の屹立する雲や樹木などに、父・蛇笏の面影を見ることはたやすい。だが、正確には、蛇笏俳句の凜々しい句の立ち姿への憧憬が、こうした垂直のモチーフとして、龍太俳句に折々噴出するのではないか。

しかし、若き龍太は父・蛇笏の作風に甘んじることはなかった。

黒揚羽九月の樹間透きとほり　（『百戸の谿』）

漢文調の硬質な調べを得意とする蛇笏と比べれば、龍太の調べは軟質である。かといって、散文的、説明的に緩んでいるというわけではない。一本筋は通っているのだが、その筋はしなやかで、曲がることを怖れない。蛇笏が孟宗竹なら、龍太の句は真竹の趣である。龍太自身の資質か。戦後という時代の自由な雰囲気ゆえか。おそらくはその両方なのだろう。蛇笏の句は孤高のたたずまいで近づきがたいが、龍太の句は親しみやすく、覚えやすい。

この句の場合、「くろあげは」「くがつ」と軽快に韻を踏みつつ、「透きとほり」と連用形で力を抜いた締め方をしている点、龍太の音感の良さを示している。夏の盛りの頃より衰え始めた九月の森の印象を、「透きとほり」で手際よく押さえている。「黒揚羽」もまた、活動力を失って、残像さながらに漂うばかりなのだろう。冷たい水を泳ぐような心地よさをもたらしてくれる句である。

露の村墓域とおもふばかりなり　（『百戸の谿』）

『百戸の谿』は、龍太自身が後に述べているとおり、憂愁の色が濃い句集だ。國學院大學に学び、一時は都会の空気を吸ったからこそ、家を継ぐために甲斐の境川村に定住せざるを得なくなったことの鬱屈は、より深いものになっただろう。甲斐の地が悪いというのではない。若者にとっては、山に囲まれた地が、あまりに狭すぎたということだ。

父・蛇笏の高名な「芋の露連山影を正うす」に見られるとおり、「露」は草木に宿る。「村」全体に掛かっているかのような「露の村」の表現は、相当の誇張である。しかし、草の生い茂った「村」ならば、大きく「露の村」と括っても、さほど無理はない。

「村」という人間の存在を色濃く感じさせる語のために、「露」は本来の自然現象としての意味合いが薄れ、儚いものの代表という古典的な本意が、前面に引き出されてくる。朝、そこかしこの草木ばかりか藁屋根までもが露にしとどに濡れた村は、栄華や発展とは程遠く、静まり返っている。「墓域」とたとえたのは、老人ばかりで、死にゆく者が多いというのもあるのだろうが、その湿っぽさ、活気の無さを含めての侮蔑的比喩である。侮蔑ではあるのだろうが、不快な感じがしないのは、「ばかりなり」というところに、当事者としての意識が垣間見えるからだ。「墓域」と蔑んでいる主体は、旅人などの部外者ではない。村に関わりのある人間だ。彼自身の生活もまた、墓域の一部として在り、すでに死者となってしまったような気分に陥ることもあるのだろう。「ばかりなり」という下五には、「つくづくそう思う」というニュアンスがある。村の事をよく知っている人間だからこそ、どう繕ってもやはり「墓域」としか思えないのだ。

直接的な内面吐露といい、強引な締め方といい、けっして巧みな句ではない。若書きの拙さは覆うべくもないのだが、歎息まじりにそういうほかないという底知れない諦念には切迫感があり、捨てがたい句である。

いきいきと三月生る雲の奥　（『百戸の谿』）

「三月」という、ある時間を指す言葉が、「生る」という動詞と接続することは、通常の文章では起こりえないはずだ。「三月はじまる」「三月来る」などと比べてみると、「三月生る」の奇妙さに気づかされる。奇妙な措辞なのだが、いよいよ春がはじまるという「三月」という季節は、いかにも雲の奥から生まれてくるというにふさわしいと、読んだあとではすとんと胸に落ちる。魔術に掛かったかのような鮮やかさだ。そして、この句を一度体験して以降は、三月の雲を仰ぐたびに、この句が胸を過ぎるようになる。初期の龍太句の傑作と言っていい。

自然豊かな甲斐の風土を讃えた句という大かたの評価は、けっして間違いではないのだが、やはり今自身が立っている場ではなく「雲の奥」という彼方へとまなざしを向けているところには、龍太の脱出願望が投影されているといえるだろう。喜びの季節は、龍太にとっては、山国の内から沸き起こってくるのではなく、山の彼方からやってくるものであるのだ。

遠方の雲に暑を置き青さんま　（『童眸』）

この句が最高点を取った「雲母」の句会において、蛇笏が異を唱えたという話を、龍太が書き残している。蛇笏によれば「青さんま」の新しさは、「不安定からくるあやういもの」であり、龍太の句でいえば「秋冷の黒牛に幹直立す」の方が上等で、「龍太の若さなんてたいしたものじゃあない」と言い切ったという（『自選自解飯田龍太句集』）。

蛇笏と龍太。二人の俳人の相違を暴くような、興味深い逸話である。蛇笏にとっては、「遠方の雲」から食卓の「青さんま」まで一気に視点が飛躍する構造が、いかにも鬼面人を驚かす類の表現に見え、そのような色気や媚を嫌うために、地味ではあるが確かな黒牛の存在感を言い当てた句の方を良しとしたのだろう。だが、この言葉の飛躍こそが龍太の持ち味であり、龍太が蛇笏から独立した俳人として歩み始めたことの証ではないだろうか。

雲のぎらつきにまだ夏らしい日差の強さは認められつつも、地上はずいぶん秋めいてきているのだ。食卓の秋刀魚が、初秋の感をより高めてくれる。「遠方の雲に暑を置き」も、外連味のある表現だ。「置き」の主語は、四季の運行をつかさどる造化ということになるのだろうが、まるで使い終わった道具を箱に片づけるかのように、軽い気持ちで作者自身が「暑」を遠くの雲に「置いた」ようにも見えるところに面白みがある。立秋以後、暑さが執念深く残っている折の感慨である。

高き燕深き廂に少女冷ゆ　（『童眸』）

飛躍を意識する龍太の志向は、この句にも明らかだ。大空をたかだかと飛ぶ燕から、軒深くで息をひそめている少女へと、視線ががらりと変わるのを、「高き」「深き」と言葉の上でも明らかに示している。

蛇笏は『青年俳句とその批評』（厚生閣、昭和十七年）の中で、若手の作風について、次のように苦言を呈している。「現今、想を新たにして制作されるものは、俳壇随所に見かけられるところであるが、いづれもそれが新しきを強い、うまさを自慢げに押し売りするが如き感じを受ける。ところが、無条件で頭を下げさせるようなものを見ることが尠いのである。それは、結局、想が沈滞することなく、余りにも表面化し過ぎることに因るのである」。

龍太が俳句の世界に打って出るよりも前の言葉であるが、たとえばこの句の「高き」「深き」の対比は、蛇笏によって「表面化し過ぎ」ているとして、批判されるかもしれない。それでもこの句においては、少女の孤独をよりくっきりと浮き上がらせるために、「高き」から「深き」への飛躍によって、燕が飛ぶ空とはうって変わって暗く狭い屋内のありようを強調することが求められているのだ。

夏の雲湧き人形の唇ひと粒　（『麓の人』）

これもまた、「夏の雲湧き」から「人形の唇ひと粒」への、大胆な飛躍に賭けた一句である。屋外から屋内へ、極大から極小へ、ほとんど瞬間移動さながらの、イリュージョンめいている。大空へ力強く成長していく入道雲が、おとなしく置かれている静かな人形に変じ、さらには雲の白さが、唇の紅色に変じるのも、眩暈がするような転換だ。いわゆる二物衝撃の作り方で、山口誓子の「夏草に汽罐車の車輪来て止る」や西東三鬼の「昇降機しづかに雷の夜を昇る」といった句に典型的だ。蛇笏は、こうした距離感のあるもの同士をぶつける作り方はしない。新しみを求め、蛇笏直系ではない作風にも学んだからこそ生まれた句といえよう。

第一句集の『百戸の谿』刊行後、少しずつ、蛇笏の磁場を離れ、龍太独自の句境が拓けてくる。昭和三十七年、父蛇笏を失った第三句集『麓の人』以降、龍太の更なる模索と挑戦がはじまる。

手が見えて父が落葉の山歩く　（『麓の人』）

龍太の父・蛇笏は昭和三十七年の十月に逝去。その二年余り前の昭和三十五年二月に作られた句である。そのことを知らなくても、どこかこの句の「父」は、すでに冥界にいるような趣がある。自解によれば、竹林の中を歩む父を見つけ、「明るい西日を受けた手だけが白々と見えた」ことに発想の契機があったという。とりわけて父の「手」に着目しているのは、やはり手というものが、身体の中で、創造的行為にもっとも深くかかわる部位だからだろう。一般的に、文学における父というものは、腕力、権力の代行者として子の前に立ちふさがるものだが、そうした父の気配は、ここにはない。

落葉の乾いた色との対照によって浮かび上がる「手」の白さは、力の強さよりもむしろ、精神性の高さを思わせる。とはいえ、ただ父の高い精神性への憧れを表明するばかりで終わっていないのは、「山歩く」の締めくくりのためだ。高い精神性を持った父が、落葉の積もった山で、何をするでもなくぶらぶらと歩きまわっている。創造行為とは、まるでかかわりのない山歩きをしているという展開に、ほのかな可笑しみすら漂うのである。「手が」「父が」は、「手の」「父の」とすれば調べの濁りはなくなるが、あえて口語的に「が」を用いているところには、一句の日常性を削がないようにする配慮がうかがえる。

親族を句にしようとすると、親愛の情を詠うか、あるいはその逆に反抗を詠うかのどちらかに制限されてしまいがちだが、龍太の句における「父」への思いは、一筋縄にはいかない。もう一つ、「見えて」の表現についても触れておきたい。作者にとってはあくまで「見えて」いるにすぎず、積極的に「見て」いるわけではない。もちろん、近づいていって、歩みを共にしようとするわけではない。だが、はからずも「見えて」しまった「手」の白々とした美しさ、「山歩き」の親しみ深さは、父の心と、ひとすじの細い糸でつながっていることをうかがわせる。父と子の、馴れ合うことなく、かといって疎んじ合うこともない、緊張感のある関係性が想像される。

龍太の「父」を詠んだ句は、このように、情緒に傾きがちな題材でありながら、作品としての完成度を誇っている。蛇笏と龍太の親子の物語を前提にしなくても、完全に独立した作品世界を持っているのだ。

龍太自身も、自分の「父」の句が、蛇笏の面影を重ねて詠まれることを、必ずしもよしとはしなかった。「手が見えて」の句と近い時期の「露の父碧空に歳いぶかしむ」という句を自解して、龍太は次のように述べている。

俳句は私小説だと言った人がある。私はむしろその「私」的部分をなるべく消す努力をしたいと思っている。たとえばこの「父」の場合でも、たしかに私の父だが、同時に「父一般」に通ずるものがないと作品としては不完全だ。他に通用しないものなら堂々と「露の蛇笏」とすべきだろう。だが、そうなると作品は更に下落する。

（『自選自解飯田龍太句集』）

龍太が「父」を俳句に登場させれば、読者はたちまちそれを「蛇笏」に置き換える。そうした読解が何度も龍太の前に繰り広げられたであろうことは、想像に難くない。しかし、龍太は、あくまで自分の句が「記録」や「日記」の類ではなく、「作品」であることを意識していた。「作品として完全」なものを理想とするからこそ、龍太俳句には、余人の及ばない言葉の緻密さ、繊細さがあるのだ。

亡き父の秋夜濡れたる机拭く

（『麓の人』）

遺品の机を濡らして拭い、清めている場面だろう。「机」は、まさに父の「手」が、創造的行為を行っていた場所である。そこを拭うという行為は、父の「手」の記憶にみずからの「手」を重ねることで、父の精神と交感しようとする行為に映る。「机」を拭くという何でもないことが、この句においては祈りにも似た敬虔な行いに見えてくるのは、「秋夜」の静けさともあいまって、「手」を介した魂のやりとりが成されているからではないだろうか。

この句の文体は独特である。たとえば、「亡き父の濡れたる机秋夜拭く」などとしてみると、すっきりした表現にはなるだろうが、一句の風趣は台無しになってしまう。

龍太の句は、「亡き父の」のあとに軽い切れがあり、一句全体を追悼の思いで包みこんでいる。また、「秋夜濡れたる机拭く」とすることで、「濡れたる」が「秋夜」にも「机」にも掛かり、夜長のしんみりとした情趣を感じさせている。さらには、涙で眼を濡らしているイメージも裏に潜ませているのだ。龍太らしい、こまやかな言葉への配慮である。

因みに、蛇笏忌は十月三日。龍太の記録に拠れば、夜九時十三分に息を引き取った。自宅の書斎を病床にしての、安らかな最期だったようだ。

一月の滝いんいんと白馬飼ふ　（『麓の人』）

私が龍太の作品に強く魅かれるようになったきっかけの一句だ。私はここに、よく龍太俳句に冠される「風土俳句」という評価を超えた何かがある、と感じた。だが、それが何かということを、具体的に指摘することは、容易ではない。冬の滝のイメージと白馬との、言葉の上での衝撃を認めることもできる。あるいは、従来の雅俗の対立を超えた、独自の対立軸で作られていると指摘することもできる。にもかかわらず、この句における、もっと根源的な問題――「白馬」が実体としての動物であるのか、滝飛沫の比喩であるのかを（自解ではそのイメージが語られている）、はっきりさせることすら、できないのだ。むしろ、謎めいていて、句意が一つに定まらないところにこそ、龍太の句の真価があると考えたい。

少し手を加えるだけで、一句のイメージや、言葉の意味するものは、明瞭になる。仮に、この句が、「一月の滝のほとりに白馬飼ふ」であったとすれば、私は「なるほど、山の中ではこんな風景もあるんだろうな」という共感と納得はできただろうが、おそらくは、この句について一文字も言葉を費やす気にはならなかったはずだ。曖昧さをなくしてしまうことは、同時に、詩から遠く隔たることを意味しているのだ。

緑蔭をよろこびの影すぎしのみ　（『麓の人』）

この句もまた、曖昧さを持っている。「よろこびの影」がなんであるのか、十七音の言葉は、何も語っていない。はしゃぐ子供たちなのか、新婚の夫婦なのか、どんな人物像を想定してもかまわない。あえて具象的に書かないことで、喜びの感情の迸りという、形のないものを表し得た。写生は、対象の輪郭をくっきりさせるものだが、この句においては、むしろ輪郭を曖昧にして、形のないものを捉えている。龍太の句は、その意味において、反写生である。蛇笏の死後、龍太は「曖昧さの詩学」というべき独自の方法を身に着けたのではないか。

どの子にも涼しく風の吹く日かな　（『忘音』）

一見、曖昧さの微塵もないような句であるが、子供たちはどこにいて、何をしているのか、つまびらかではない。余白の部分が大きいのである。そしてこれ以上余白が拡大してしまうと霧散してしまうという、寸前のところで踏みとどまり、読者の胸中に涼しげな表情をした屈託のない子供たちの顔を揺曳させる。だがしだいにそれも残像として薄れていき、やがては綺麗に消え去ってしまう。これほどに〝喉ごし〟の良い句も珍しいだろう。

もちろん、龍太一流の技巧の冴えは認められる。まず、「涼しく」「吹く」とさりげなく韻を踏んだ調べの軽快さが、子供たちの溌剌たる生命力を思わせている。また、締めくくりを「吹きにけり」ではなく「吹く日かな」として、涼風はその一瞬のみ吹いたのではなく、その一日がまるごと涼しい日であったとすることで、一句に膨らみが生じている。子供たちが住んでいる土地の豊かさや、かかわる人々の優しさまでが感じられるのである。だが、技巧が使われていることに気づかないほどに、平明で簡潔な言葉づかいで、臭みだとか癖とかいったものを持たない句である。

さきほど掲げた『自選自解』の文章に在ったように、「私」的部分を消していき、普遍性を追い求めていくと、こうした境地に辿りつくのだろう。この句の舞台が、龍太の住む甲斐の山村である必要は、まるでないのである。鄙の地であっても、都会であってもかまわない。過去を追憶した句と取ってもいいだろうし、今、実際に作者が目にした風景を詠んだとしてもよい。そして、未来においても子供たちにこんな幸せな一日が訪れることを、祈念した句と見てもよいのだ。

一月の川一月の谷の中　（『春の道』）

「曖昧さの詩学」の最たるものがこの句ではないだろうか。龍太の句という署名があれば、私たちはこの句の舞台を甲斐の山中に設定するが、この句に書かれた風景自体は、あらゆる国や時代に遍在するものであろう。これ以上に「私」を消した句は、龍太のほかの作品を探してみても、見当たらない。あるいは、その範囲を、俳句の歴史全体に拡大してみても、結果は同じにちがいない。はるか高みからの視点で作られているという点では、次の句を先行例として挙げられる。

稲妻や浪もてゆへる秋津洲　蕪村

「秋津洲」、すなわち日本列島を鳥瞰した句であるが、蕪村の句が国誉めの句として豊かな情感を持つのに対して、龍太の句はもっと冷厳で、いわゆる「風土詠」が持っているはずの讃頌の気分に乏しい。それだけに龍太という個人の感慨から隔たり、冬も深まった山河の景として、誰しもが持っている記憶に、直に結びついていく。

蛇笏の活躍した時代は、「ホトトギス」という俳壇の中心となる巨大な結社があり、高浜虚子という圧倒的な権威を持つ選者がいた。龍太の時代には、俳句観が多様化し、句の価値を決定する絶対的な存在はいなくなった。それは、経験や美意識や教養もさまざまな、顔の見えない無数の読者を相手にしなくてはならなくなったことを意味する。龍太の句の曖昧さ——どんな読者にも対応できる余白を残すこと——は、その意味で、戦略だったともいえる。

比喩は、私たちの日常生活にもなじんでいる、ごく一般的なレトリックである。当然、俳人も比喩を武器にすることは多いが、龍太の比喩は、ひとくせもふたくせもある。たとえば、次の句を見てみよう。

眠る嬰児水あげてゐる薔薇のごとし　（『山の木』）

深く眠るみどり子を、水を吸い上げる薔薇にたとえた、思い切った比喩の句である。それでいて、滋養を得て成長するみどり子と、水を吸い上げて命をつなぐ薔薇の花とを重ねるのは、いかにも自然に思われる。まだ日に焼けることを知らないみどり子の肌の純白と、薔薇の花の深紅との映発も鮮やかだ。

下五は「薔薇のごと」などとして五音におさめることもできたはずだが、あえて字余りにして比喩の部分を強調している。いささか強引な比喩をあえて強調して、読者をねじ伏せるように納得させてしまう、力技の字余りである。

雪の日暮れはいくたびも読む文のごとし　（『春の道』）

「薔薇」の句と同様に大胆な比喩の句である。「嬰児」と「薔薇」とはともにイメージ上の類似性があったが、この句の「日暮れ」と「文」との間には、それがない。「日暮れ」という事象を「文」という物象にたとえているという点で、相当の飛躍がある。しかし、どこかに共通性や類似性がないと、比喩としてはなりたたないはずだ。俳句の場合、共通性や類似性は、二つの物の形象や質感の上に認められることが多いが、この句は「雪の日暮れ」の持っている意味性や情感を汲み取らない限り、「いくたびも読む文」との結びつきは、見えてこない。

「雪の日暮れ」は、「雪の降っている日暮れ」とも「雪の降った後の日暮れ」とも解せられるが、私としては、後者だと取りたい。きりもなく雪が降っているさまは「いくたびも」と合致するようであるが、かえってベタ付きの感が否めなくなってしまうからだ。降りしきる雪はすでにやみ、降り積もった一面の雪がしずかに夕映えの色に染まっている時間なのだと取った方が、何度も同じ文を読み返すしんみりと落ち着いた心持と適っているだろう。雪が降っているときに払いがたくつきまとう不安感は、「いくたびも読む」という豊かな時間の妨げになってしまう。もちろん底には、白居易のよく知られた詩句「雪月花時最憶君」(「寄殷協律」)を響かせている。おそらくこの「文」とは、心から慕う遠方の友よりの文書であろう。

龍太が写生派の俳人と一線を画しているのは、こうした句に明らかだ。イメージよりも、俳句を構成する一つ一つの言葉の意味や情感を優先する句作りに、龍太の真価はある。

もう一つ、付け加えておきたいのは、この句の大きな特徴である、大幅な字余りについてである。龍太に、字余りの句は珍しいわけではないが、「雪の日暮れ」の句は自由律に近いとすらいえ、龍太の句の中でも異色と言ってよい。

この句は七七六というリズムを持ち、五七五を期して読む者からすると、どうしても読みづらさを感じてしまう。しかし、その読みづらさは、龍太によって仕組まれたものだとみるべきだろう。

定型からのはみ出しは、まさに読者に「いくたびも読む」ことを求め、この独特の比喩をメタ的に支えている。さりげないがしたたかなギミックである。

冬深し手に乗る禽の夢を見て　（『山の木』）

龍太は変化する俳人であった。龍太の初期の句集『百戸の谿』『童眸』には境涯性の強い句が見られたが、「一月の川一月の谷の中」の代表句を得た『春の道』の後、『山の木』『涼夜』『今昔』と続く句集では、反写生ともいうべき、空想的、物語的な句が増えていく。

掲げた句も、龍太俳句に特徴的な解釈のブレ、揺らぎを含んでいる。「夢を見て」の主語が、定かではないのだ。「手に乗る禽」（文鳥のような鳥だろう）が、作者の手の上で眠り込んでしまって、夢を見ている、という句なのか。あるいは、小禽を手に乗せるという夢を、作者が見ているのか。句の表現は、どちらとも取れるようになっている。諸家の解釈も、一定していない。

こうした句の場合、どちらとも取れるままにしておくのが良いのではないだろうか。この句のポイントは「夢」である。季語の「冬深し」の「深し」は、「夢」にも掛かり、深い夢の中の、現実とも幻ともつかないような境目にあって、自分と小禽との区別も曖昧になっていくような幻想性が、この句の持ち味だ。

龍太の句の幻想性については、多分に前衛俳句の影響を受けていたと、私は考えている。「言葉こそ感銘の源」と題されたエッセイでは、前衛俳人の阿部完市の作品についての自身と飯島晴子の解釈の違いに触れつつ、前衛俳句の言葉の特色を考察する（「読売新聞」昭和五十一年十月三十日）。

たとえば一位の木のいちいとは風に揺られる　　阿部完市

龍太は、一位は寒冷地に生える常緑樹であるから、季語はないけれど、一句の背景に冬景色を想像したいと、現実的な解釈をしていた。しかし、飯島晴子はそれに異論を呈し、「ただ白っぽい一行がゆらゆらと揺れて」いるのが心地よい句で、具体的なイメージはあえて消されているのだとした。現実の一位の木とは関わりなく、阿部は言葉の力によってのみ一句を成り立たせているという飯島の見解に触発された龍太は、「感銘のよりどころはもとより表現であり、その媒体であるコトバなのである」と述べている。その点では、「遠山に日のあたりたる枯野かな」という虚子の句と変わるところはない、というのだ。

虚子の句は「物とコトバが一枚になった作品」であるのに対して、阿部の句は「実像と虚像の揺れそのものを表現した」という、二句の違いについても言及し、自身は虚子の側に立つという自覚を表明する。ここで示した「冬深し」の句のように、龍太には、実像か虚像かで揺れているような句が多い。現実と言葉との位相の違いを、阿部完市や金子兜太らによる同時代の前衛俳句を通して感じ取ったことが、こうした句の誕生に関わっていたのではないか。

「今日の俳句は、あまりにも経験に従属しすぎている」として、想像力こそが詩の正統であると訴えたのが、前衛俳句の旗手だった高柳重信だった（「写生への疑問」、「俳句」昭和三十一年）。重信は、「飯田龍太の俳句の言葉の切れ味は端正な品位を持ち、早くから『言葉を知っている』と思わせた少数の俳人の一人であった」と、龍太の句を高く評価していた（「手に乗る禽」、「飯田龍太読本」（「俳句」一九七八年十月臨時増刊号）)。そして、重信が龍太の愛誦句として筆頭に挙げているのが、この「冬深し手に乗る禽の夢を見て」の句であった。

本当にすぐれた句については、伝統的だとか、前衛的だとかいう区分けは、宇宙から見たときの国境同様に意味をなさないのである。

雛を手に乗せて霞のなかを行く　（『山の木』）

この句も、写実的というよりは、幻想的な趣を持っている。まず、「雛」は、ひな鳥であるのか、ひな人形であるのか、判然としない。「雛」と「霞」との関連から、山中で拾った鳥のひなだろうと想像されるが、決定的にひな鳥であるとも定めがたく、てのひらの上で小さな鳥と小さな人形とがちらちらと入れ替わるような夢幻的なイメージが展開する。さらに、「〜のなかを行く」というフレーズは、ある目的があって進んでいるという印象を与えるにもかかわらず、その目的を匂わせるものは、一切書き込まれていない。また、和歌や連歌に由来する「霞」は本来、彼方の山に棚引いているものであるが、この句の主体は「霞」の只中に居るという錯誤が起こっている。これらの曖昧さによって、現実感は薄れ、まさしく読み手も「霞」の中を歩いているような浮遊感が生まれている。

高浜虚子が唱え、かつて俳壇全体を覆っていた「花鳥諷詠」「客観写生」の磁場が、かなり弱まっていることを、龍太の句は感じさせる。ただ、それは衰退したというよりも、変容したというべきだろう。人は一日の半分近くを眠って過ごす。そして、どんなリアリストにせよ、空想や夢想と無縁だという人間は、存在しない。夢や幻は、存外、私たちに近く、それもまた「写生」するべき世界の一部であることは、間違いないのだ。

かたつむり甲斐も信濃も雨のなか　（『山の木』）

雨に対してかたつむりを配合するのは、勇気のいることだ。かたつむりは、雨に誘われて活発に動きまわる。両者は、切っても切り離せない関係にある。一緒に詠みこめば、おおよその場合、いわゆる「つきすぎ」として、平板な句になってしまうだろう。

それでも、ここで季語として「かたつむり」が選ばれているのは、中七下五の「雨」の捉え方が新鮮で、それでじゅうぶん一句として成立しているという確信ゆえだろう。「甲斐も信濃も雨のなか」、すなわち、隣り合う二つの国にかけてすべて雨に包まれている、という気宇壮大な雨の捉え方は、星の数ほどある雨の句の中で、従来はなかったものだ。現実に即して考えれば、地面を歩くほかない人間には、いま自分が立っているところのほかが雨天であるかどうかはわからないわけで、そういう意味で「甲斐も信濃も雨のなか」とは、超現実的表現なのである。つまり、二国にわたって降っていると思わせるほどに、雨の量がすさまじい、ということを言っているのだ。もちろん、人には想像力があり、はるか上空から鳥瞰する視点で詠むことも可能なのであり、たとえば「春の水山なき国を流れけり　蕪村」は、そうした想像力の生んだ名句の一つであるが、龍太の「甲斐も信濃も雨のなか」は、想像力だけで辿りつくことが可能であろうか。やはり、ここには、人工衛星からの映像が届くようになった現代の気象テクノロジーの恩恵があり、それを「甲斐」「信濃」という古名を用いることで、自然な形で俳句の中に生かした点に、龍太のしたたかさが見て取れる。隣国同士であれば「尾張も三河も」でも「越中も越後も」などでも良さそうなものだが、「甲斐も信濃も」が的確であるのは、どちらも山国で、おびただしい雨を浴びた緑の息吹の盛んなるさまが伝わってくるからだ。加えて、「かたつむり」と「甲斐」のカ音がよく響き、一句の声調に緊張感を与えていることも、ないがしろにはできない。すぐれた俳人は、だれしも豊かな音楽的センスを持っているが、龍太も例外ではない。

白梅のあと紅梅の深空あり　（『山の木』）

白梅と紅梅の花期がわずかにずれているという事実を述べているにすぎないのだが、下五の「深空」への展開によってのみ成立しているという、思えば危うい均衡の上に立っている句である。

通常の文法では、「白梅の上に深空」あるいは「紅梅の上に深空」となるのだが、ここは「紅梅の深空」という表現を取っていることで、切り取っている空間が格段に広くなった。「紅梅の上に深空」では視点は青空に移って消失してしまうが、「紅梅の深空」だと、梅と空とで緊密に構成された画面が読む者の脳裏に展開する。「あり」の結末の一語も力強く、釘で打ち付けたかのように一句の言葉として定着させている。簡潔さということが、名句の条件であることを証明している句だ。

黒猫の子のぞろぞろと月夜かな　（『山の木』）

「ぞろぞろ」は、小さな虫が這いまわるさまをいう言葉で、不快なものについて使うのが本来だ。たとえば「駅へ向かってぞろぞろと人が歩いている」というときには、羊のように従順で鈍重な市民への批判的なニュアンスがこめられてくる。ここでは「ぞろぞろ」という語を使って、足の先まで真黒な子猫たちが闇夜にまぎれて動いている不気味さも感じさせているが、やはり見るべきは「月夜かな」のまとめで、清澄な月の光で一句の世界を満たすことによって「ぞろぞろ」と言いながらも、可愛らしく健気な子猫たちの夜間の小旅行を描き出したところだろう。

童画的な優しさのある句で、こうした句は父・蛇笏には書けなかったのではないか。


水澄みて四方に関ある甲斐の国　（『山の木』）

平成二十六年の秋に山梨県立文学館の敷地内に建てられた龍太の句碑には、この句が刻まれている。

「甲斐の国」を守るかのように取り囲む山々の堂々たるさまを表現した句、そしてその山々の恵みである水の清らかさ——季節感としての「水澄む」を超えて、常に清冽な水が湧き出ていることを暗示している——を讃えた句として、まさに甲斐の地に建てられるのにふさわしい一句といえよう。

しかし、一方で、風土讃嘆という単純な主題にこの句を落とし込んでよいかどうか、疑問も残る。それは「関」という言葉が使われていることだ。「四方に山ある甲斐の国」ではなく、山中の「関」に焦点が絞られている。シンプルに郷里の山誉め、水誉めをしているのではないということだ。「関」は、そこに住む民の安寧を守るだけではない。民の流出と逃亡を防ぐものでもある。山と関所に守られた安心感と、それらによって自由な行き来を妨げられている閉塞感と――その二つが入り混じった複雑な感情がこの句には書き込まれているのではないか。

そのように見ていくと、この句の季語が「空澄みて」や「秋澄みて」ではなく「水澄みて」であることも、気になってくる。風土を讃頌するのであれば、「空」や「秋」でもよかったはずだが、これらに比べて、「水」は流体であり、移動するものだ。同じく移動するものとして、「水」は「関」にかかわりがないが、人は「関」とかかわらざるを得ない。

ただ風土の水の清らかさを称えるばかりではなく、「天地を自由にめぐる水」と「しがらみにとらわれた人」との、対比構造が潜んでいるのではないだろうか。

第一句集の『百戸の谿』で、

露の村墓域とおもふばかりなり

と詠んだ龍太の思いは、変わらず、「水澄みて」の句にも流れ込んでいる。ただ、「露の村」の句が「露」といい、「墓域」といい、故郷への違和感や嫌悪が言葉の上にも如実に表れているのに比べて、「水澄みて」の句において、表面上作者の地声は聞こえてこない。それは、龍太の風土への対し方や、感情に、いっそう深みが加わったということだろう。違和感や拒否感情は、けっして消えてはいないのだろうが、「水」にとって「関」は無力であるというアイロニカルな見方のうちに、そうした露骨な感情を昇華させる術を得たのだ。

冬晴れのとある駅より印度人　（『涼夜』）

『涼夜』は少し不思議な句集で、このあたりから龍太はさまざまな素材や書き方を試みていたふしがある。『涼夜』について筑紫磐井氏が「ヘンな句集」と評している（『飯田龍太の彼方へ』）とおり、この句の「印度人」という新奇な素材も、今までの龍太には見られなかったものである。ターバンを巻いていたり、サリーをまとったりしていて、目に見えて印度人とわかるような人物なのだろう。「冬晴れのとある駅より」と持って回った表現で読者の気を引いておいて、最後に唐突に「印度人」が登場するという、読者を面食らわせるような展開にも、龍太らしくない外連味がある。インドといえば南部の熱帯気候のイメージもあるから、そこに生まれた人が日本の「冬晴れ」の下にいる、というのも、いささか理屈っぽい混ぜっ返しだ。風土俳人としての龍太のおもかげは、この句には薄い。

この時期の龍太は、物語的で、「虚」を意識した作に流れる傾向がある。

畦火いま水に廓の情死行　（『山の木』）
大樹もとより獄舎また梅雨景色　（『涼夜』）
ある夜おぼろの贋金作り捕はれし　（『今昔』）
乱心の姫のありけりミソサザイ

一句目は、駆け落ちの客と遊女が、田園の中をひたに駆けぬけていく場面だろう。畦火が、花街をはるかに遠ざかったという思いをかきたて、それが水に迫っているというのは、二人の恋の悲劇的結末を暗示している。

二句目は、大樹の中に巣くう虫や鳥類を、閉じ込められた存在とみて「獄舎」にたとえているのだろう。暗くじめじめした「梅雨景色」も、なるほど自然の牢獄といえるかもしれない。「大樹」「獄舎」「梅雨景色」と全く質の違う言葉を、同じ意味のものとして扱っていることに、強烈な主観が入っている。

三句目は、「ある夜」の導入からして、物語めいている。現実に偽造通貨を作った犯罪者が逮捕されたというニュースがあったのかもしれないが、「贋金作り」からは何といってもアンドレ・ジッドの同名小説が想起され、その入り組んだストーリーが、いっそう「おぼろ」の感を強くする。読者をけむに巻くような句であるが、贋金づくりの怪しさはたっぷり感じられる。

四句目、「乱心の姫」とはどういった人物を指すのか。明瞭ではないが、「ミソサザイ」の丸く可憐な姿は、姫の乱心の果ての転生の姿を思わせる。

「印度人」の句も、街角のスナップとして現実的に見るよりも、〝虚〟の句として受け取ればよいのだろう。「とある駅」というぼかした言い方も、語りの文体を連想させる。また、「インド人」ではなく「印度人」という時代がかった表記も、タイムスリップしてきたような場違いな感じを起こさせる。こうした場違いな思い、自分がいるべきではない場所にいるかのような思いというのは、誰しも感じたことがあり、この句はそのときの気分を可笑しみとともに思い出せる点、ただの絵空事ではなく、実感もあるのだ。これまでの自分の作風を特徴づけていた境涯詠、風土詠から抜け出ようとした龍太が掘り当てた、一つの新しい水脈といえる。

柚の花はいづれの世の香ともわかず　（『今昔』）

この句は、龍太の〝虚〟への志向性をよく表している。柚子の花の香り高さが、この世ならぬ世界へ心を誘う。「わかず」とは消極的な語感だが、この句では、むしろ曖昧であることに趣を見出している。写真撮影における焦点をぼかす技巧のように、あえて柚子の花の香りを、ぼんやりとさせ、現実から引き離そうとしている。そのことで、柚子の花の香りの、今の時代には失われた貴い趣をたぐり寄せ、ひいては、われわれが現実と感じているものも、実は仮象にすぎないという真理をあぶりだしている。

言語は虚に居て実を行ふべし　（『国の花』「陳情ノ表」）

蕉門の各務支考のこの言葉は、時代を超えて、俳句作りの真理を伝えている。現実に拘っていては、句作りは成らない。虚構の要素を取り入れることで、はじめて真実にたどり着く。「俳諧といふは別の事なし、上手に迂詐《うそ》をつく事なり」（『俳諧十論』）とまで言い切った支考の考え方は、極端なようにも思えるが、芭蕉の「閑かさや岩にしみ入る蟬の声」や「病雁の夜寒に落ちて旅寝かな」といった名句は、〝虚〟の要素なくしては成り立たなかった。

〝虚〟への傾斜は、龍太の挑戦の一つであったのだろう。だが、「畦火いま水に廓の情死行」（『山の木』）「ある夜おぼろの贋金作り捕はれし」（『今昔』）など、〝虚〟が勝ちすぎると、物語風になり、俳句であることの根拠が揺らぐのも確かだ。
とはいえ、龍太の〝虚〟の実験が徒労ではなかったことを、次のような句は証明している。

河豚食うて仏陀の巨体見にゆかん　（『今昔』）

全体としては、河豚料理を食べて、そのあとで大仏見物にいったという、ごく日常的な〝実〟が描かれている。大仏を「仏陀の巨体」と表した〝虚〟は、ごくさりげないものだ。だが、その〝虚〟によって、信仰の対象というよりも、巨大な像としての面が強調され、ふくれた「河豚」の体とオーバーラップする。この句の持っている俳味は、そうした〝虚〟と〝実〟の絶妙なせめぎあいから生じているのだ。「見にゆかん」の伊達な語調ともあいまって、河豚賞味も大仏観覧も貪欲に楽しむ、寛闊な趣味人の様相を浮き上がらせる。

露骨な〝虚〟ではなく、〝実〟の中に潜ませた、自然体の〝虚〟を、龍太は掌中のものとしている。ここに至って、龍太はさらに数歩、句境を深めたのだ。

俳句人生の中で、いっとき、まばゆいほどの詩情を発揮した作者が、年を追うごとに、自己模倣の駄作に埋もれていく惨事を、俳句史の中に見つけることは、けっして稀なことではない。龍太はしかし、初期から中期、後期と、ひとつところにとどまる気配をみせず、たえず作風を変化させている。その陰には、失敗作も無数にあるのだが、新機軸を開くためには、必要な礎であったといえる。虚実皮膜の内に磊落な風流人のおもかげを屹立させた「河豚食うて」の句は、若き頃の龍太には、けっして作れなかった作であろう。

裏富士の月夜の空を黄金虫　（『今昔』）

くろぐろとした富士を背景に、きらりと光る飛翔物が見えた。それは、月の光を反射した黄金虫だったというのだ。

木々の鬱蒼とした山国ではありそうなことでもあるが、やはりどこかに〝虚〟が潜んでいる。「裏富士」の暗さから、「月夜」の明るさへ移り、そこに月の光を引き継ぐかのように登場する「黄金虫」という展開が、ある物語性を帯びているからだ。

「黄金虫」の句といえば、高浜虚子の「金亀虫擲つ闇の深さかな」が良く知られているが、龍太の句と比較してみると、虚子の句は、物語とは潔く縁が切れている。夏の夜、迷い込んできた金亀虫を外へ逃がすという、誰でも体験していそうな〝実〟に足がかりを置き、作り事めいたところは微塵もないのだ。

龍太の「黄金虫」の句は、現実的な写生というよりも、土俗的で、かつ耽美的な物語性にこそ、本領がある。ただ物語性と言っても、『涼夜』や『山の木』に見られたような、あからさまな創作というわけではない。現実との紐帯をしっかりと持っている。そのために、「黄金虫」の「黄金」の語に月夜の輝きの意味も担わせたレトリックも、嫌みと感じることなく呑みこめる。

良夜かな赤子の寝息麩のごとく　（『今昔』）

龍太の比喩の鮮やかさについては以前にも述べたが、「赤子の寝息」を「麩」にたとえたこの句も、その類の傑作の一つである。

気体である「寝息」を、個体である「麩」にたとえたのは、意表を突く。もっとも、無茶な結びつきというわけではない。「麩」は個体というよりもむしろ気体に近い。「麩」の柔らかさは、確かに赤子の健やかな寝息を思わせる。もちろん、満月の豊かな光があってこその、幻想である。

蛇笏に「春灯やはなのごとくに嬰のなみだ」という句があり、龍太が「良夜」の句を作るにあたって、意識していたかもしれない。たちまち消えてしまう幽かな赤子の涙を「はな」とたとえた蛇笏の句は、春灯の華やぎもあいまって、小さな箱庭の世界を見るかのように、いかにも調和のとれた美しい作だ。これに対して、龍太の「良夜」の句は、その魅力の多くを比喩の意外性に負っていて、突拍子もないたとえが、ほのかな可笑しみすらも生んでいる。

「いぎたない」という言葉があるが、いびきや歯ぎしりのすさまじい人と枕を並べていると、はじめは眠りを妨げられた憤りを感じるが、だんだん心配にもなってくる。本来は安らぎの時間であるはずの睡眠の姿が醜くなるのは、体の内に蓄えられた人生の苦痛が、夢の中におさまりきれず、溢れてくるからだろうか。

その点、赤子の寝姿というのは、安穏なものだ。寝息も、あるかなきかのかそけきもので、「麩のごとく」とたとえられるのも納得である。「麩」は、赤子の無垢な肌の質感をも伝えている。

「かな」の切字は、一句の最後に置くのが通例であり、この句のように、上五に使う例は、珍しい。龍太ほどの手練れであれば、用語をさしかえたり、語順を変えたりして、句の形を整えることもできたはずであるが、あえて「良夜かな」と異色な文体を取っている。しかし、異色という印象を抱かせないほどに、この句の「良夜かな」の上五はしっくりおさまっている。それは、この句が、赤子のいのちへの深い感動をうたい上げているからだ。それが「良夜かな」という強い詠歎と、よく釣り合っている。名月の素晴らしさへの詠歎は、そのまま、夜の間にすくすくと成長する赤子への讃嘆へとつながっているのだ。

初夢のなかをわが身の遍路行　（『今昔』）

夢ではどんな突拍子もないことでも起こり得る。〝虚〟を作りやすい設定だが、それだけ安易に流れやすいともいえる。この句でも、「初夢のなかの遍路行」というだけであれば、さして驚くに値しない。「わが身の」と、あえて身体を示すことで、〝虚〟の中に〝実〟を混ぜ込んでいるところに、この句の手柄はある。夢の中であっても、五感が冴えているのだ。遍路行の足の運びや、身を攻める風雨、疲労感まで想像され、夢なのか現実なのかわからなくなっているあやふやな感覚が、よく出ている。

踏み入りしことなき嶺も淑気かな　（『山の影』）
手毬唄牧も雪降るころならむ
朧月露国遠しと思ふとき
鏡餅わけても西の遥かかな

『今昔』につづく『山の影』では、「ここではないどこか」への思いが、いっそう強まっているようだ。

「淑気」の句。自分の立ち入ったことのない山への憧憬と畏怖を、新年の「淑気」の季語に委ねている。

「手毬唄」の句。手毬唄を聞いているうちに募ってきた旅への思いが、雪降る牧のイメージとなって結実した。

「朧月」の句。あたたかな朧月の光に包まれながら、逆にロシアの月の寒々しさは如何ばかりであろうと思いを馳せている。

「鏡餅」の句。東西南北の中で、とりわけ「西」が遥かというのは、西方浄土が意識されるからだろう。円い形をして、方位を持たない「鏡餅」から、「西」を思い立った発想がユニークである。

いずれも、はるかな遠方を思いやった、〝虚〟の要素の色濃い句である。

若き頃の「露の村墓域とおもふばかりなり」「ふるさとの山は愚かや粉雪の中」(『百戸の谿』)は、現状拒否と脱出願望に裏打ちされていたが、ふるさとを抜け出した先のことは、定められていない。ただ、ここから逃げだしたいという思いがあるのみだ。しかし、後期に至って〝虚〟に意識的になることで、龍太はふるさとの先にあるものを見出した。それは、未知の山峰であったり、雪降る牧であったり、外国であったり、架空の西方浄土であったりと、さまざまであるが、重要なのは、現状を拒絶する気持ちは薄れているということだ。「淑気」「手毬唄」「朧月」「鏡餅」が、作者の置かれている現状を表したワードであるが、現状においてもその境遇に満ち足りていることを暗示している。そして、はるかに見ている嶺や、牧や、露国や、西方の地を、時間や空間を超えて結びつけることで、その情趣や浪漫を引き込み、いま自分が置かれている場に、新たな価値と美を付与しようとしている。単純な脱出願望ではなくなっているのだ。

竜の玉升《のぼ》さんと呼ぶ虚子のこゑ　（『山の影』）

聞こえないものを聞く。これも〝虚〟の働きである。「升さん」すなわち正岡子規も、彼を慕った高浜虚子も、すでに遠い昔の死者である。しかし、強い絆をもって結ばれていた二人の、仲睦まじい呼応が、聞こえてきたというのだ。

草の中に深く潜む「竜の玉」が、過去につながる妙薬として、まことに的確である。虚子の「竜の玉深く蔵すといふことを」の句を踏まえながら、虚子にとっての子規の思い出の大切さ、そして今の俳人たちにとっての子規・虚子の存在感の大きさを示している。

春の夜の氷の国の手鞠唄　（『山の影』）

夜に手鞠唄が歌われているというのは、現実的には、あまり考えにくい。また、「氷の国」でその土地の「手鞠唄」を歌っているのか、それとも、「氷の国」から伝わってきた「手鞠唄」を、どこか別の土地で歌っているのか、はっきりしない。仮に、「春の夜や氷の国の手鞠唄」「春の夜の氷の国に手鞠唄」とすれば、曖昧さはなくなるが、同時に魅力も消えてしまう。

「春の夜」から「氷の国」へ、「の」でつながりながら、あたたかさから寒さへの不意の逆転が起こることで、「氷」の冷やかさが強調され、「手鞠唄」の歌詞に潜む一抹の残酷さまで感じられる。

龍太の〝虚〟の名句の一つであると位置づけられるだろう。
次は、最後の句集『遲速』を取り上げる。

円熟の境地とは、俳人の晩年の句業を評するのにしばしば用いられる語であるが、しんじつ、円熟の境地を迎える俳人は、どれほどいるのだろうか。それは多くの場合、低迷・衰退の事実を糊塗するための安手のペンキのように用いられているのが実態であろう。しかしながら、龍太の句業については「円熟の境地」と評するのに、一切の躊躇いはない。最後の句集『遲速』とその後を見ていきたい。

礁魚《かくれいは》出で入りす俊寛忌　（『遲速』）

「三月某日となすは、もとよりかりそめと思へども」の前書がある。島流しにあった俊寛は絶望の末絶食し、自ら命を断つ。忌日は一般的に陰暦三月二日とされるが、定かではない。なぜ晩年に唐突に俊寛に思いを馳せ、季語として定着していない忌日を詠んだのだろう。さらに「元日の礁出入りする魚の影」という句が以前の句集『今昔』におさめられており、これでは自己模倣と批判されても仕方がない。そこには、そうまでしても作らなければならない強い動機があったのではないか。
俊寛は、平家転覆の謀略に加担した仲間とともに、喜界ヶ島に流された僧侶である。やがて特赦の使者が島を訪れるが、自分だけが許されないと知り、浜辺で地団太を踏んで悔しがったという。

悲運の人生は能や狂言になって語り継がれている。

龍太の句の「礁魚出で入りす」は、喜界ヶ島の岩礁を思いやったもので、魚が気ままに泳いでいる穏やかで長閑な春先の海浜を感じさせる。悲惨な死を迎えた俊寛の忌日に、あえて安らいだ風景を取り合わせることで、龍太は俊寛とともに、自分自身の運命をも救っているようだ。

なお、父の飯田蛇笏にも、俊寛を題材にした、

俊 寛 の 枕 な が る ゝ 千 鳥 か な　　蛇笏

の句がある。これは季語の「千鳥」に、近松門左衛門作「平家女護島」の「俊寛」の段に出てくる海女の名を掛けている趣向だが、やはり郷里への複雑な思いを抱えていた蛇笏の流離の思いも関わっているだろう。蛇笏の跡を継いで甲斐に住み続けた龍太もまた、俊寛という人物に他人事ではない共感を覚えていたに違いない。

龍太は平成四年、主宰誌「雲母」を終刊させ、俳句界から退くが、最後に「雲母」に発表した句に「遠く」のフレーズが入っていることは、興味深い。

遠 く ま で 海 揺 れ て ゐ る 大 暑 か な　　（『遲速』以後）

大暑のぎらぎらとした日差しの下で、見渡す限り穏やかな海が詠まれている。自由を得られないことを、俊寛のように悔しがった時期もあっただろう。だがこの句の「遠く」にはかつてのような脱出願望は認められない。龍太がこれまで詠んできた荒々しい山の川は、この穏やかな「海」へつ

ながっているのだ。山の向こうにも、海のはるかにも、距離に関わりなく、自在に心を飛ばす。そんな境地に龍太が至ったことを思わせる。

龍太はその俳人人生において、長らく山々を詠んできた。それは山々との格闘であったと言い換えてもよい。言葉の力によって、山々をあるときは美しく、またあるときは厳しく描き出し、俳句を通して山国・甲斐を受け入れようとした。その苦闘の末、句業の最後に至って、郷里の山々と和解したのだといえよう。諦念まじりの苦い和解であっても、それが龍太の晩年の句に、深い安らぎと穏やかさをもたらしたことは間違いない。

さて、龍太の突然の引退については、その理由をめぐって、さまざまな説が飛び交った。龍太は「雲母」の誌上で、体力の衰えを理由に挙げているが、それでは人々が納得しなかったのは、俳句は病気や加齢による衰えによっても作ることができる文芸だという通念があったからだろう。龍太の本心は知る由もないが、引退後の貴重な証言を見てみたい。龍太は平成十六年の四月に「山梨日日新聞」誌上で、歌人の三枝昂之、今野寿美夫妻と鼎談を行っている。そこで、三枝氏から「今も俳句はお作りでしょうか」と尋ねられた龍太は、長年の習慣だから俳句は自然と生まれてくる、ただ記録していないだけだと答えている。その理由については「そんなにいいのはないですから……」とあっさりと答えている。「誰かがこういうことを言っていましたよ。年をとってまともな作品を作った人はいない、と」。

「誰かが」と伝聞の形で語っているが、実は龍太自身の言葉であり、考え方だったのではないか。ここに読み取れるのは、自身の満足のいく句が作れなくなったから引退した、という単純にして明快な理由だ。

『飯田龍太の時代』（平成十九年、思潮社）所収の追悼座談会では、最後の句集となった『遲速』に編集者として関わった宗田安正氏が、龍太が句集制作にあたって非常に厳しい自選で臨んでいたと証言している。このことからも、龍太が自作に対して緩みを許していなかったことが、裏付けられる。

もちろん、これはあくまで自己評価であり、龍太の最後の句業、つまり『遲速』以降の句を見ていくと、思いのほか秀句が多い。以下、『飯田龍太全集　第二巻』の「『遲速』以後」から引く。

冬の海鉄塊狂ひなく沈む　（『遲速』以後）

中七下五に掛けての句またがりが、沈んでいく「鉄塊」の重量感を伝えている。「冬の海」の水よりも、さらに冷たい「鉄塊」である。錨のことだろうが、そうとははっきり書かなかったことで成功している。「鉄塊」の画数の多い熟語は、字面自体が重さを感じさせ、ある象徴性を帯びてくる。「鉄塊」に、かつての戦争で沈められていった無数の戦艦を思う読者もいるだろう。あるいは、作者の内面に蟠る情念を「鉄塊」に見る読者もあるだろう。「狂ひなく」と否定形を使っているがゆえに、かえって「鉄塊」に潜む「狂」の気配が読む者に強く迫ってくる。

芭蕉の晩年の境地は、作意や渋滞のない、平淡でさらりとした「軽み」にあったと、しばしば言われる。龍太の晩年にも「軽み」志向の句は散見される。「去年今年尻ポケットの皮財布」「春夕べ魚屋の前の四五人も」「如月や真夜のテレビに京の川」（いずれも『遲速』以後）など、ごく日常的で気取らない題材を、軽やかに詠んでいる。龍太はもしかしたら、老境の自在と謳いつつ、こうした句を作りながら俳人としての経歴を重ねることもできたはずだ。だが、龍太はこれらの句を発展させる気はなかった。

龍太の晩年における新境地として、あるモチーフに注目したい。すなわち、「獣」である。

冬深し真夜に目覚めし獣の香は

眠る獣目覚めの獣と雪の夜を

山青し骸《むくろ》見せざる獣にも

（『遲速』以後）

「獣」のモチーフは、これまでの龍太にはあまり見られなかったものだ。龍太に多いのは、「鳥」のモチーフである。「春の鳶寄りわかれては高みつつ」（『百戸の谿』）「燕去る鶏鳴もまた糸のごと」（『麓の人』）「炎天のかすみをのぼる山の鳥」（『春の道』）などの句における「鳥」のモチーフは、故郷脱出の障壁となる「山」をかるがると越えていく自由の象徴でもあっただろう。直接的に「鳥」は出てこなくても、「大寒の一戸もかくれなき故郷」（『童眸』）や「一月の川一月の谷の中」（『春の道』）といったように、風景を鳥瞰した句も多い。自身を「鳥」になぞらえて、その視点から風土を捉えることで、風土を客観視する距離を保っている。「鳥」の目になってはじめて、甲斐の風土は、龍太の前に厳然たる美をまとって現れるのだ。

では、句業の終盤において、空を馳せる「鳥」とは対照的な、地を這う「獣」が詠まれていることの意味は、どこにあっただろう。

先に掲げた「獣」の例句の中で、はじめの二句は、ともに寒い冬の夜に目覚めた「獣」を詠んでいる。「冬」と「獣」の組み合わせは、冬眠の獣を思わせるが、「夜」という時間を示していることは、目を引く。冬眠は夜も昼もなく獣が眠ることであって、単に冬眠の獣のことを指すのであれば、あえて「夜」と設定する必要はない。「夜」の「目覚め」としたことで、この句は単純に冬眠の獣を詠んでいるのではなく、「夜」に本来であれば眠る人間を重ねていることが暗示されている。

はからずも真夜中に目覚め、しずかに闇の中の雪に耳を澄ませている人物がいる。闇の向こうに、自分と同じように起き出している獣の存在を感じながら――。龍太自身が仮託された山住まいの人物の目覚めは、山の獣の目覚めと、同期しているのだ。

ほかの獣たちが眠っている中で、ひとり起きだしてしまった獣の、過敏な神経と孤独な心境とが、これらの句の主題であろう。ここには、「鳥」の自由に憧れるような気持ちは、欠片もない。かわりに、穴の中でひそやかに、ときに孤独に襲われながら暮らしている「獣」に自身を重ねているのだ。

晩年の句として、あまりに寂しい気もするが、「山青し骸見せざる獣にも」の句は、それだけには終わっていない。「骸」という言葉には、死の予感があるが、けっして暗鬱な句ではないのだ。山は青葉の頃で、獣の骸を覆い隠す。朽ちていく姿を見せない「獣」は、潔く、誇り高い。青葉を茂らせる山に、みずからを滋養とせよと、血肉を捧げているかのようだ。「獣にも」の「にも」には、そんな獣の死に方を自身に引きつけ、自身もまた末期はそうありたいと願う心を託している。

一般的に「獣」のイメージは、高潔とは遠い。獣とは、四足で歩き、他の獣を食らいながら生きている、血なまぐさい存在だ。文学では、その野卑な存在感を逆に利用して、ダーティな人物のたとえにも使われるが、龍太にはそんな気取りはない。一口に言えば、ここでの獣は、隠者のメタファーなのだ。山に抱かれて死んでいく獣は、俊寛の変化した姿であり、龍太の理想とする晩年の在り方だった。

だが、もちろん、人は獣になることはできない。最終的に、龍太は何になったのか。「雲母」平成四年八月号に「山青し」の句と一緒に掲載された、龍太生前の最後の発表作の中に、次の句がある。

またもとのおのれにもどり夕焼中　（『遅速』以後）

龍太の句においては、主体は作者自身とは重ならない。「おのれ」は千変万化する。「鳥」であったときもあり、最後には「獣」になった。そうした態度は、俳句の有り方からはみ出たというよりは、本質に立ち返った、というべきだろう。すなわち、俳句は十七音の片々たる言葉による構造物であり、フィクションであるという本質に、である。甲斐の山河という圧倒的なノンフィクションに縛りつけられながら、フィクションとしての「おのれ」を生き切ったところに、龍太の真価があるのではないか。だからこそ龍太にとってはノンフィクションである「もとのおのれ」に戻るということは、フィクションとしての俳人としての死を意味していた。その意味から、これは龍太ならではの〝辞世の一句〟と呼んでよい。

西東三鬼

聖燭祭工人ヨセフ我が愛す　（『旗』）

大戦下、トーアロードのホテルに集まって暮らす異国人の人間模様を面白おかしく書いた西東三鬼の小説「神戸」に、ホテルの前支配人である老紳士が登場する。彼は宿の女たちに「パパさん」と呼ばれて慕われている。ホテルの実権を奪われてからも、傾きかけたホテルの帳簿を担当していて、あるとき心労がたたり、「帳場の椅子に掛けたまま、心臓麻痺で頓死してしまった」。

彼のあだ名が「ヨセフ」であった。「私もこの老人が好きであった」という「私」は、「ヨセフ」についてこう描写している。「善良なること神の如き人物、いつも閑な時には金槌を持って女達の部屋部屋を廻る」。

「工人ヨセフ我が愛す」と詠んだ三鬼の脳裏には、この老支配人の面影があったのだろう。篤実で清廉な「ヨセフ」は、戦中戦後の混乱期において、三鬼の理想とする人物であったことは、想像に難くない。

「工人ヨセフ」は、イエスの養父、マリアの夫。「聖燭祭」は、マリアとヨセフが生後四十日のキリストをエルサレムの教会に連れていき、清めの儀式を受けさせた記念の日で、現在の暦では二月二日にあたる。受胎告知の日やクリスマスをはじめ、マリアとヨセフのことを思う日は他にもあるだろうが、「聖燭祭」を選んだのは、それがキリストがヨセフの子ではなくなった、決定的な日であったからだろう。

ただし、「我が愛す」という、かなり強い親愛の表現には、時代の暗鬱とは別の理由もあったのではないか。

ふたたび、手がかりとして、「神戸」をひもといてみよう。「ヨセフ」とあだ名された老支配人は、「猫きちがいのコキュ」と題された章で、現在のホテルの支配人から、辛辣な目に合わされる。俗物の現支配人は、勝手にホテルの備品を盗んでは売りさばいて私財を蓄えていたのだ。「ヨセフ」がかわいそうだから力になれと、女たちが「私」のもとを訪ねてくるが、有効な法律上の対処ができないで手をこまねいているうちに、「私」はむしろこの豚の様に肥った現支配人の方に共感を寄せるようになる。この現支配人の妻が、新しくホテルに入って来た東京の青年と、密通を重ねるようになったからだ。「コキュ」、すなわち寝取られ男となって、代りに猫へと異常なまでの愛情を注ぐ現支配人に、「私」は他人事ではない感情を覚える。「私」の愛人・波子もまた、放埒な性格で、手を焼いていたからだ。

前支配人・ヨセフの敵として、現支配人・猫きちがいのコキュがいる。この構図を考えたときに、「工人ヨセフ我が愛す」のフレーズに、只ならぬ思いがあることに気づく。三鬼に生涯ついてまわった性の懊悩とは、隔たった境地にいる者として、「ヨセフ」という人物は位置づけられているのだ。裏切り裏切られる男女の愛憎の泥沼が背景にあるからこそ、「聖燭祭」から連想される無数の燭台と、聖家族のイメージに、途方もない尊さが宿るのだ。

聖書には、懐妊したマリアを、姦通の女としてヨセフが責めたことが伝えられる。しかし、ヨセフはやがて、キリストが神の子であることを受け入れて、彼の養父となる。ヨセフもまた「コキュ」であることの苦しみに、一度は突き落とされているのである。生まれつきの清廉、篤実な人物ではないからこそ、三鬼はヨセフに、そしてその名を冠した老支配人に、「我が愛す」と言い切れたのだろう。

水枕ガバリと寒い海がある　（『旗』）

あまりにも有名な句であるために、私たちはこれを「俳句」として自然に受け取っているが、実のところ、あまり「俳句」らしくない句だと私は思っている。

「寒い海」という直接的なたとえや、「ガバリ」の荒っぽい語感のオノマトペは、熟練の俳人であれば、避けるだろう。「〜がある」という表現も、伝統的結社の句会であれば、散文的と評されて、否定的に見られるのではないか。そもそも「寒い海」というフレーズ自体に、拙さがある。言ってみれば、素人くさいのだ。

実際、三鬼が俳句にかかわりを持ったのは三十を過ぎてからで、しかもいきなり新興俳句の流行の中に飛び込んだのだ。正規の技術教育を経た痕跡が薄いという意味で、アウトサイダー・アートに近いともいえる。

しかし、アマチュアの作品が、プロの作品を超えることがけっして珍しくないことは、文芸や美術の歴史をひもとけば、だれもが直面する事実だ。この句の洗練されていない表現が私たちの胸を打ち、「俳句」というジャンルの代表作として位置付けられているということは、必ずしも俳句史だけにみられる椿事というわけではない。

このたどたどしい表現は、病中の麻痺した頭が捉えたイメージであることと、密接に関わっている。麻痺した頭の中では、言葉がとり散らかる。自身の夢うつつに見た幻影の冬海を、練りこまれた表現で伝える方が、不自然というものだろう。

私はさきに、ひとまとまりのフレーズとして「寒い海」を取り上げたが、この句は「寒い／海がある」と中七下五で句またがりになっている効果が大きい。「寒い」で句の切れ目があるために、読み切った際に「寒い海」とはわかっていても、「寒い」の語が脳の襞に焼きつけられたまま、読後感までも支配する。ただ水枕の冷たさや、冬の寒気、病による悪寒を連想させるばかりでなく、その一語には心理的な寒さ――孤独感や寂寥感――も包含されている。

俳句をよく知らない者にも訴えかけ、この句がしばしば教科書にも取り上げられるのは、「寒い」という語に、季語のルールを超越した言葉の力があるからではないか。

算術の少年しのび泣けり夏　（『旗』）

この句もまた、伝統的な俳句の手法を身に着けた作り手にとっては、恐ろしくて手を出せないような思い切った表現がとられている。下五で「泣けり」といったん句を終わらせるようでいて、どんづまりに「夏」と持ってくるという表現である。

ほとんどの場合失敗する方法だろうが、この句においては、「算術」「少年」「しのび」というサ行の音を基調にした音調の軽快さがあり、むしろ最後の強引ともいえる「夏」の闖入が、序破急の急として働き、単調に陥るのを妨げている。
　これが幼い少年を主人公にした句であることも、忘れてはならない。まだ悲しみを充分に言葉にすることのできない少年が主人公であるからこそ、この稚拙ともいえる文体が、功を奏しているのだ。

　緑蔭に三人の老婆わらへりき　（『旗』）

　口語体をふだん使い慣れている私たちにとって、文語体は、たとえそれが正しくても、奇妙な響きを伴うものだ。古文の授業で暗記させられた「あり・おり・はべり・いまそがり」とか「ぞ・なむ・や・か・こそ」といった古語の羅列は、どことなく呪文めいていた。この句の「わらへりき」は、文法的には間違っているわけではないが、いかにも奇怪である。この奇怪な語感が、そのまま「老婆」たちの異様な存在感につながる。木陰で老いた婦人たちが楽しげに会話している場面など、さして珍しくもないのだが、「老婆」という呼称や、「わらへりき」の奇怪な語感によって、『マクベス』に登場する三人の魔女を想起させるのである。

　湖畔亭へヤピンこぼれ雷匂ふ　（『旗』）

三鬼の言葉は、あまりに奔放でありながら、ふと繊細な一面をのぞかせることがある。「ヘヤピンこぼれ」で、女性が艶めかしく髪をほぐす姿を想像させるのはいかにも三鬼らしい外連味だが、「ヘヤピン」の金属の質感と、「雷匂ふ」の冷え冷えとした空気感とが、まことに精妙な配合を見せている。低俗なようであって高貴、繊細でありながらも大胆という、相反する印象を持ちながら、それでいて確かに避暑地の実感が伝わってくるのだから、見事である。

女立たせてゆまるや赤き旱星　（『夜の桃』）

立小便の句である。かたわらにいる「女」は、おのずから、深い関係にあることが暗示されている。句の題材としては低劣ともいえるが、俗臭は嗅ぎ取れない。堂々と、ぬけぬけと言い切っているから、むしろすがすがしさすら感じる。「赤き旱星」の「赤き」が良い。全体的に退廃的で暗鬱な色調の中で、「旱星」（火星やアンタレスを指す）の一点の赤さが鮮やかで、読み手の心に強く刻印される。

露人ワシコフ叫びて石榴打ち落す　（『夜の桃』）

随筆「隣人」（「朝日新聞」昭和二十九年十月二日）の中で、三鬼はこの句について自解している。小説「神戸」にも書かれたトーアロードのホテル暮らしをしていた頃、隣人は「六十歳位の白系ロシア人」で、その若妻は肺を病んでいて、やがて死んでしまう。「ある朝、隣人は長いサオを持ち出し異様な叫びと共に手当り次第にザクロをたたき落していた。隣人のこの仕業は、死んだ女の思い出のザクロがいまいましいからか、肺病の女から解放された歓喜か、単に食いたいからか、私には判断がつきかねたのである」。

随筆に書かれた出来事と句の内容とは、矛盾することなく一致していて、ありのままを書いたものだといえる。しかし、三鬼——伝統から切り離されたところから俳句を作りはじめた限りなく素人に近い感覚の持ち主——でなければ、これをそもそも十七音の言葉にしようとは思わなかったのではないか。なぜかといえば、この句がつまるところは暴力を題材にしているからだ。人の血肉を思わせる「石榴」は、「露人ワシコフ」の暴力の犠牲として、じゅうぶんな象徴性を帯びている。

ふだんは倫理と法律によって潜在している暴力が、最も顕在化するのは戦争時であるが、ここに書かれているのは個人の中の暴力衝動である。戦争の暴力とも地続きである個人の暴力衝動は、多くの文学作品の主題ともなっているにもかかわらず、俳句では、これに正面から取り組んだものはきわめて少ないのだ。

暴力行動に走る「露人ワシコフ」を、三鬼はけっして糾弾しているわけではないというのは重要である。「露人ワシコフ」や、彼の行いに対しての親近感——もっといえば、愛のようなものすら感じる。「ヨセフ」であることに憧憬しながら、「ワシコフ」であることにも愛着する三鬼の姿は、高潔と獣欲の間でつねに揺れ動く市井の人々にぴたりと重なる。だからこそ、三鬼の句は、新興俳句の波が去ったあとも、愛誦され続けているのだろう。


大寒や転びて諸手《もろて》つく悲しさ　（『夜の桃』）

「大寒」の季語と、転んで両手をついてしまった惨めさや悲しさは、連想の飛躍に欠けるのではないか。あるいは、「悲しさ」という手放しの感情表出は幼いのではないか。句としての弱さもはらんだ句であるが、私にとっては忘れられない作である。
三鬼は、重力に敏感な俳人である。重力に縛られる、あるいは重力に身をゆだねるというモチーフが扱われた三鬼の句を、年代順に追いながら、見ていこう。

水枕ガバリと寒い海がある　（『旗』）

この初期の代表句からして、病身にのしかかる重力の、絶対的な力が前提になっている。三鬼に「寒い海」を見せたのは、病ばかりではないのである。

白馬を少女瀆れて下りにけむ　（『旗』）

白馬にのぼるところでも、駆るところでもなく、下りるところが切り取られている。駆ける馬にまたがっている間は、重力を忘れることができる。だが、そのわずかな時間が終わり、重力に身を任せた瞬間に、何かを失ってしまったことが、ひとしお迫ってくるに違いない。重力は、夢の時間の終わりを告げるのだ。

道化師や大いに笑ふ馬より落ち　（『旗』）

「サアカス」と題された連作の一つ。「落ちる」という現象は、重力に引かれるということ。三鬼にとっては、深い「悲しみ」であるはずである。ところが、サーカスのピエロは、落下しても笑っている。わざと落ちたのかもしれない。不慮の落下であったとしても、咄嗟に笑いに変えようとしているのかもしれない。いずれにせよ、三鬼には、その姿がひどく奇怪に映ったのである。「道化師や」で切れ、「大いに笑ふ」で、また切れる。ブツ、ブツと言葉が切れる、訥々とした調べが、道化師の笑いの不気味さをかきたてている。

湖畔亭へヤピンこぼれ雷匂ふ　（『旗』）

ここでは、重力に縛られているのは、「へヤピン」である。その落下の音に、はっと意識を向けたのは、三鬼の重力への並々ならぬ関心の高さをうかがわせる。重力によって、へヤピンは、女の髪を彩る飾りから、床の上の醜い金属片に変貌する。

わが来し天とほく凍れり煙草吸ふ　（『旗』）

三鬼に「飛ぶ話」（「俳句研究」昭和十五年二月号）という愉快な随筆がある。飛行機に乗って俳句を作ろうとする話である。言語を絶するような富士山の美しさを眺めて「少しは清浄な人間になつた様な気がする」などという。機上からの景観をぞんぶんに楽しんだあとで、着陸したときの感慨を、三鬼は次のように書く。

地表がスーッと音もなく、近づく、ガクンと車輪が地に触れる。なんだまた地上の動物に逆戻りかといふ気持と、やれ〳〵大地は何と頼もしい突つかひ棒だらうといふ気持が混合する。

ここには三鬼の、重力に対する、率直な感想が述べられている。重力に支配されている間は「地上の動物」であるという表現が面白い。醜く、理知なく、動物に等しい存在として、三鬼は自分を見ている。天上にいれば、「少しは清浄な人間になつた様な気がする」のであるが。

「わが来し天」の句は、「飛ぶ話」のしめくくりに置かれている。「煙草吸ふ」を置いたのは、重力に対するアンビバレントな感情をよく形象化している。まずは、寛いだ気分を読み取ることができる。だが、「わが来し天とほく凍れり」との兼ね合いで、煙草の煙が高く空にのぼっていくイメージが展開することにも注意したい。天に吸い込まれてゆく煙には、天上で「動物」であることから解放されたいという願いもこめられている。安心感とともに、どこか未練も感じられるのである。

絶 壁 に 寒 き 男 女 の 顔 な ら ぶ　（『旗』）

この句には、直接的に、転ぶとか落ちるということが書かれているわけではない。しかし、この「男女」が、ただ絶壁で景色を眺めているだけだとは、とうてい思えないのである。実際に行動に移すかどうかは別にして、やはり、この「絶壁」からの身投げを、見る者に思わせるような、そんな「男女」なのである。

み な 大 き 袋 を 負 へ り 雁 渡 る　（『夜の桃』）

自解によれば、神戸駅での嘱目だという。ぎっしりと詰まった袋を負って、地を這うように進む人々。彼等は重力の奴隷である。飛翔する「雁」を配しているところに、三鬼の〝毒〟がある。

露人ワシコフ叫びて石榴打ち落す　（『夜の桃』）

著名なこの句もまた、三鬼が重力に聡い俳人であったことの証拠の一つといえるだろう。放っておいても、石榴は熟れて落ちたはずである。ここでは、石榴が「落ちる」のではなく、強制的に「落とされている」。「露人ワシコフ」は、重力をみずから作り出す存在、いうなれば重力の体現者なのである。だからこそ、三鬼はこの「露人ワシコフ」に衝撃を受けたのではないか。そして、われわれ読者もまた、この「露人ワシコフ」に圧倒されるのは、荒ぶる神を彼の上に重ねるからではないか。

限りなく降る雪何をもたらすや　（『夜の桃』）

「何をもたらすや」の述懐には、深い絶望と諦念とがこめられている。なぜ、こうした溜め息のような句が生まれるのか。それは、雪がひたすらに「降る」ものであり、重力の絶対性を、絶え間なく見せつけてくるからではないか。重力のままに、ただ降り、一片たりとも重力に逆らうことのない雪に、三鬼はいらつき、失望している。そこには、重力に縛られ、地上をうろつきまわるばかりの、愚鈍なみずからへのもどかしさが感じ取れるのである。

三鬼にとって重力とは、避けがたい運命の暗喩であることは、明らかである。そして、三鬼の個性は、重力＝運命をしぶしぶ引きうけて、醜くも愚かにも生き抜こうとするふてぶてしさにある。この句も、本当に降る雪が何ももたらさないと悟っていれば、一句の後半は、「何ももたらさず」

となっていたはずである。「何をもたらすや」と、問いかけの表現になっていることは、重く見なくてはなるまい。無駄に見える雪もまた、溶けて水になって土に沁み入り、春に向けて草木を養うのである。運命に流されて生きている自分にも、何か有益なできることがあるはずだ。そんな微かな希望の声も、この句からは聞こえてくる。

穴掘りの脳天が見え雪ちらつく　　（『今日』）

「穴掘り」や「地下」は、三鬼の句における、重要なキーワードである。三鬼にとっては、重力から解放され、天上にいることが憧れなのである。地上にいることは、葛藤の中で生きることである。穴を掘ったり、地下に降りたりすることは、地上からさらに下、どん底に行くことを意味する。したがって、穴を掘る人や、地下に生きる人々は、三鬼の世界観の中では、哀れの極みとして位置づけられる。

自分の身丈がすっかり隠れてしまうほどに、深く穴を掘った男の姿が、無様で滑稽である。「雪ちらつく」は、せめて最後に地上に残された「脳天」はうつくしく飾ってやりたいという三鬼の優しさではないだろうか。

秋の暮大魚の骨を海が引く　　（『変身』）

「海が引く」が力強い。これまでの三鬼の句では、重力にふりまわされ、くるしむさまが詠まれてきた。しかし、ここでは重力を超越する〝海の力〟が詠まれている。巨大な魚の骨が、海にひきずりこまれようとしている。殺伐としているようにみえるが、見方を変えれば、平穏な情景とも映る。大魚の骨は、地上で晒されるよりも、海に還ったほうが幸せなはずなのだ。たしかに、自然の中に身をゆだねれば、人間の運命など物の数でもない。三鬼の晩年の傑作と言われるこの句は、天啓のようなものかもしれない。

さて、重力をテーマにした三鬼の句を見てきたいま、あらためて前述の「大寒や転びて諸手つく悲しさ」を見てみれば、この句の「大寒」の季語や「悲しさ」の直情表現といった〝過剰さ〟も、必然であったことに気づく。転んで、両手をつくことによって、「地上の動物」であることを――運命からはけっして逃れられないことを――痛感させられるのである。それは三鬼にとっては「悲しさ」というほかない感情なのであった。

重力に対して過敏であるからこそ、飛翔や上昇への憧憬も強くなる。

昇降機しづかに雷の夜を昇る　（『旗』）

エレベーターが、ビルの中を上昇する。ビルの外では、激しい雷が、天空をところせましと駆けめぐっている。この句が作られたのは、昭和十二年。日本橋の高級百貨店である高島屋に設置されたのが昭和八年であるから、エレベーターは当時、最先端の装置であった。本格的な普及が始まったのは昭和三十九年の東京オリンピック以降である。「飛ぶ話」で触れた飛行機と同様、重力をものともしない昇降機という装置に、三鬼は強く惹きつけられている。

ちなみにこの句は、「気象の異変と機械の静粛との関係を詠ひたかつただけ」（『三鬼百句』）にもかかわらず、特高課の警部補によって「雷の夜すなわち国情不安な時、昇降機すなわち共産主義思想が昂揚する」という解釈をされたと、『俳愚伝』に書きのこしている。

百舌に顔切られて今日が始まるか　（『夜の桃』）

百舌の鋭い鳴き声に、朝の寝ぼけた心が、しゃっきりと立て直されたのである。重力からの解放を期する三鬼にとって、すでにそれを達成した鳥という存在は、輝かしく、貴ぶべき存在である。地上で単調な生活を繰り返す胡乱な自分は、「顔を切られ」るようなショックを与えられても、むしろ感謝するのみである。

雨の中雲雀ぶるぶる昇天す　（『今日』）

三鬼の鳥の句では、この句が忘れがたい。飛んでいるだけなのに、「昇天す」は大袈裟だろうか？否。三鬼にとっては、重力の支配のない大空は、すでにして天国なのだ。だが、愚鈍な人間にとっては、そこまでの道の険しいことも、三鬼は知り尽くしている。「雨の中」を、「ぶるぶる」と震えながら、重力から懸命に逃れようとしている雲雀は、三鬼自身でもあるだろう。その懸命さが、滑稽だ。この悪魔的な笑いの才能が、従来の〝俳諧味〟を引き継ぎつつも圧倒的に独創的であるがゆえに、三鬼は唯一無二の俳人として、今もなお新しい読者を獲得し続けているのだ。

秋元不死男

子を殴《う》ちしながき一瞬天の蟬　（『街』）

「な、殴ったね」「二度もぶった」「親父にもぶたれたことないのに！」

昭和五十四年放送のアニメ「機動戦士ガンダム」の主人公アムロ・レイが、上官に鉄拳を食らってこう叫ぶ、有名なシーンがある。

父が子を殴る風景がさして珍しくはなかった秋元不死男の世代からすれば、たしかにアムロは「ニュータイプ」（作中で呼称される新人類のこと）なのである。

さらに時代が下り、父が子を殴る行為がはっきりと「家庭内暴力（ＤＶ）」とみなされるようになった現代においては、この句にこめられた父の複雑な感情もまた、理解しがたいものと受け取られるかもしれない。

しかし、私にはこの句は、家父長制の時代の残滓として捨て去ってしまうには惜しい魅力があると映る。

それは、「ながき一瞬」という、撞着表現の面白さゆえだろうか？　たしかに、それも一役買っている。この句の肝であるところの、「本当は殴りたくなかったのに殴らざるを得なかった複雑な心境」というものは、この表現に宿っているからだ。

だが、それだけでは、物足りない。私は、この句の真の価値は「天の蟬」の「天」の一字にあるのではと考えている。

個人的な家庭内の事象を、あたかも神話級の出来事――たとえば父クロノスとその息子ゼウスの対立――に匹敵するものとして、描いているのだ。上五中七から下五に到る展開に、大きな飛躍がある。この飛躍を理解しようとして、私たちの脳は慌ただしく動く。そのとき、私たちはすでに、この句のとりことなっているのだ。

そもそも、「天の蟬」という言葉から、どんなイメージを結べばよいのか、戸惑ってしまう。樹の高くから、蟬の声が聞こえてくるのだろうか。はたまた、蟬は、空高くに飛び去っていったのだろうか。地上の蟬とは異なる、天上界の蟬の声が降ってきているようにも解される。

いずれにせよ、「天の蟬」といういささか謎めいたフレーズが、この句を看過できないものにしていることは、間違いない。


不死男は昭和二十九年九月号の「俳句」に「俳句と『もの』説」という評論を発表する。後年、いわゆる「俳句『もの』説」として知られるようになった論だ。この中で秋元は、俳句は「事」をあらわすものではなく、「もの」で語らせる詩であるとして、表現における即物性を重視している。たとえば芭蕉の「さまざまの事思ひ出す桜かな」については、一句の背景となった芭蕉と蟬吟の物語を説明しなくては分からないために、批判的に捉えている。「事」を説明する言葉が十七音の中に入り込むことで、一句が弛緩してしまうことを危惧したのだ。

虚子が本質的に主観的作家であったのにもかかわらず理念としては「客観写生」を掲げたのと同じように、じっさい不死男自身は、語るべき「事」を多く持っていた。労働者の現実、自身の貧困。そして昭和十六年に新興俳句弾圧事件で検挙されたことなどは、その最たるものであろう。戦後に刊行された第二句集の『瘤』には、

降る雪に胸飾られて捕へらる　（『瘤』）
独房に釦おとして秋終る
冬に負けじ割りてはくらふ獄の飯
歳月の獄忘れめや冬木の瘤

といった、治安維持法違反での逮捕、二年間に及んだ拘留の日々、その後の有罪判決を受けての解放といった出来事を詠んだ句をおさめている。事実の重さゆえに、ともすればルポルタージュ調になりそうなところを、「胸」「釦」「飯」「瘤」といったような具体的な物に焦点化することで克服しているわけだ。

述べたい事があるから物に託するわけであって、物自体を表そうとしているわけではない。この二つは、似ているようで違うことに、留意するべきだろう。「俳句『もの』説」は、けっして人間の感情や内面を俳句では詠めないといっているわけではない。不死男の実作もまた、情緒や主義主張を、ありあまるほどに抱えている。

幸《さち》さながら青年の尻菖蒲湯に　（『瘤』）

青年が、のびのびと菖蒲湯に浸かっている。「尻」に「幸」を見ているというのが良い。青年といえば、その逞しさを示唆するために、胸だとか額だとかを持ってきそうなところであるが、それでは常套的である。真に青年らしさの発揮される部位と言えば、なるほど「尻」というほかない。いっさいのたるみのない、ひきしまった「尻」こそが、青年期の若さの象徴なのだ。

ところで、この句の「菖蒲湯」という季語の使い方は、いささかユニークである。菖蒲湯を沸かす端午の節句は、男子の成長を祝うためのものであり、たくましく育った「青年」には、いささか遅いようでもある。しかし、それが「青年」にまだ残る幼さも匂わせていて、一句の味わいを深くしている。

鳥わたるこきこきこきと罐切れば　（『瘤』）

ここにも、不死男の天上界への憧れが見て取れる。地上で罐切りに夢中になっていた自分が、ふと天を振り仰いだとき、北国から渡ってくる鳥たちの飛翔をまのあたりにしたのだ。罐を切るということは、中の食物を求めているのであり、人間もまた動物であるということを、強く認識させる行為だ。食べることもしないで空高くをひたすらに飛んでいく鳥たちの高貴さが、余計に眩しく見えたことだろう。

「こきこき」でも十分なところを、「こきこきこき」と三回も繰り返しているのは、もちろん中七におさめるための音数合わせのためなどではなく、その音に意識を傾けていることの証しなのである。屈みこんで、ひたむきに罐切りを動かしている姿は、なんとも切ない。

へろへろとワンタンすするクリスマス　（『瘤』）

語感が良い。「へろへろ」も「ワンタン」も「クリスマス」も――一句を構成する語彙が、同じ音、もしくは似た音の繰り返しで出来ている。あたかも、「ワンタン」も「クリスマス」も、オノマトペの一種に聞こえてくるのだ。

もちろん、一句の狙いは、豪華な料理ではなく、いかにも庶民的なワンタンを「クリスマス」に啜っているという落差にある。しかし、〝音の快楽〟を抜きにしては、この句を語れまい。天界からの落とし子であるキリストの誕生を祝う「クリスマス」に、そこに介入することができないでうつむいてワンタンを啜る人物は、地上に痛ましく縛りつけられている。この句からも、神の国を追われた者の歯がみの音が聞こえてくるようだ。

向日葵の大声で立つ枯れて尚　（『万座』）

上五中七まで読むと、今を盛りと咲き誇っている向日葵の像が思い浮かぶ。そこから「枯れて尚」に到る落差は、ほとんど絶叫マシーンで急降下するに等しい。

「大声で立つ」の比喩の卓抜さも、指摘しておきたいところ。向日葵の花の特徴といえば、日を追って咲く、つまり常に上を向いて咲くところだ。「大声で立つ」は、そんな向日葵の特質を、わしづかみにしている。また、放射状に花びらをひろげて咲く向日葵の花のありようも見えてくる。

この比喩を思いついただけで、じゅうぶんともいえるが、上五中七で満足しないで、下五まで粘ったのが、非凡なところだ。腐っても鯛、枯れ果てても向日葵。赤茶けてもなお、そこには気魄をとどめている。天上の太陽に憧れながら、地上で咲き続ける花の、しぶとさ、したたかさといったものが一句の主題であろう。


売文や夜出て髭のあぶらむし　（『万座』）

「売文」の一語が、「や」の切字とともに使われている。こんな俗っぽく、無風流な言葉が、「や」とともに上五に置かれているというのは、ちょっと奇異な眺めであるが、戸惑うのははじめだけで、何度も読むうちに、しっくりと馴染んでくる。力技である。

「夜出て髭のあぶらむし」の取り合わせの手柄といえるだろう。「あぶらむしの髭」ではなく「髭のあぶらむし」といっているところは、些細なようであって、ないがしろにはできない。「髭の」が、「あぶらむし」の二つ名のようで、嫌われ者のあぶらむしに、なんとなく親しみが湧く。そういえば、豊かな髭をたくわえて「ヒゲの羽切」とあだ名された、羽切松雄という大戦時の軍人がいた。

たしかに、「あぶらむし」のトレードマークは、あの「髭」であろう。正確には触角である。あの髭を動かすことによって、あぶらむしは餌の位置を探っているという。夜中、売文の徒が机にかじりついて、しこしこと原稿用紙の隙間を埋めている部屋に出てきて、さかんに髭をふっているさまが、自分を嘲弄しているように見えたのだ。部屋の汚さ、ひいては、売文の徒の貧しさを彷彿とさせる効果も、「あぶらむし」にはあるようだ。

ライターの火のポポポポと滝涸るる　（『万座』）

秋元不死男の句は、内容だけ見ていては、もったいない。言葉そのものの面白さがある。ヒューマニズム溢れる内容は、たしかに人の心を感動させる。だが、不死男の句の言葉は、内容に奉仕しているのみではなく、自律的に躍動している。

このライターの句はその好例といえよう。ガスやオイルが尽きかけたライターの、気の抜けた火の音である「ポポポポ」が、乏しい滝の水の音にも掛かっている。人の手によるものと、自然のもの。火と水。熱と冷気。対照的な二つが、「ポポポポ」のたったひとことで結びついてしまうのだ。「ポポポポ」の破裂音のつながりが、洗練からはほど遠く、赤子や幼児の言葉に近いというのも、面白い。

橋に乗るかなしき道を道をしへ　（『甘露集』）

なぜ、橋に乗っている道を、不死男は「かなしき」と見たのだろう？　それは、地から解き放たれて、空中にかかる橋に乗りながらも、やはり道というものは、天へは届かないからだ。橋の道とは、疑似的な天への道なのである。

ねたきりのわがつかみたし銀河の尾　（『甘露集』）

「絶句」と題された一句である。昭和五十二年、不死男は直腸癌により逝去する。病中吟には、「床ずれや天に寝返るつばくらめ」もある。不死男にとって、「天」と、その逆である「地」とは、大きな主題であった。不死男の句における「天」は、「地」を這いずりまわるものの、憧れや、もどかしさや、疚しさなどの感情を、まるまる吸い込んで澄みわたり、特別の輝きを放っている。

天に向かって差し伸べ続けた腕は、人生の最後に至って、ついに銀河の尾をつかみとったのだ。十七音の言葉の中で。

夏目漱石

漱石と子規の往復書簡を、折に触れて読み返す。俳人にとってまず興味深いのは、松山での同居生活を経て俳句に目覚めた漱石が、子規に自作の俳句を送るようになり、子規がそれに斧正を入れた句稿が残っていることだ。「マヅイ」「初心」「平凡」「イヤミ」「陳腐」など、手厳しい評ばかりで、笑ってしまうくらいだが、今もなるほどと思わせられるところが多い。

文学の道に野心を持つ二人が、激しく文学論を戦わせているところも、思わず引き込まれる。たとえば明治二十二年十二月三十一日付の子規宛の書簡の中で、子規の文章を批判して、思想が何よりも重要なのであり「文字の美、章句の法などは次の次のその次に考ふべき事にて Idea itself の価値を増減スルほどの事は無之《これなき》やうに被存候《ぞんぜられ》」と述べているのは、二人の資質の相違にとどまらず、俳人と小説家にまで敷衍しても、じゅうぶん話は通じると思われるのである。俳人は書きたいことがあるから書くというよりも、定型があり、季語があり、だからこそ書きたいことが生まれる、あるいは書いてから「これが書きたいことだったのか」と気づく人種であるが、小説家は、書きたいことがなければ書き始められないだろう。この発言のとき二十二歳であった漱石の、定型詩についての無理解といってしまうこともできるだろうが、「文字の美、章句の法」にばかり拘ってその先に何があるのかという、現代の俳人にも有効な批評に聞こえるのだ。

俳句にイデア（理念）を持ち込むのは不向きだという考えは根強いが、漱石の俳句作品を見てみると、そう断言するのは早計だろうと思わせられる。漱石の句には、確かにイデアがある。しかも、俳句ならではの方法でイデアを表明している。すなわち、観念や抽象的命題をそのまま入れるのではなく、具象物を示してそこに寓意性を持たせることで、多義性を保ちつつもそこにイデアを盛り込んでいる。漱石俳句における意味深長な具象物の一つは「鶴」である。

人に死し鶴に生れて冴え返る　（明治三十年作）

一羽の鶴を眺めながら、あれは人から転生した鶴だと直感する。春になってもなお冷たい外気に晒される鶴は、いかにも哀れだ。しかも、もともと人だとすれば、野生に生きる辛さはひとしおだろう。たとえ「冴え返る」の頃でも、いや、「冴え返る」という折だからこそ、鶴の凛とした気品が際立つのだ。隠遁して梅と鶴を伴侶とする暮らしを送ったという中国宋代の詩人・林和靖のおもかげも潜んでいそうだ。

春寒の社頭に鶴を夢みけり　（明治四十年）

朝日新聞に入社し、職業小説家として立つ決意を胸に京都にやってきた頃の思い出を書いた「京に着ける夕」に出てくる一句である。つまり、ここでの「鶴」は、さらに直截に、作者自身の理想の生き方に結びつく。

この句のように、願望や希求や夢想の表現のある句には、漱石の思想がわかりやすく露呈している。

菫程な小さき人に生れたし　（明治三十年作）

短編小説の「文鳥」に、愛玩する文鳥が籠の中で餌を食べている描写として「菫程な小さい人が、黄金の槌で瑪瑙の碁石でもつゞけ様に敲いて居る様な気がする」という文章がある。菫や、それにたとえられる文鳥は、漱石の理想美の具現であったのだ。

「生れたし」という願望の表現に注目したい。「〜をしたい」という願望の表現は往々にして、逆説的に「〜するのは到底無理である」ことを強調するニュアンスを帯びる。やすやすと実現する願望であれば言葉にする——それもわずかな十七音の制限の中で——必要はないからだ。

この句でも、「生れたし」というと、読者の連想は「菫のように無欲な存在として生まれてこられるはずもない」「でもそう思ってしまう」「そう思ってしまうのは、今があまりに菫のような人生とはかけ離れているからだ」というふうに広がっていく。一見ロマンティックな夢物語に見えるこの句の底には、冷厳な現実認識がある。

秋高し吾白雲に乗らんと思ふ　（明治二十九年作）

雲に乗ってどこか遠くへ行きたいというモチーフ自体は、陳腐ともいえる。この句で見るべきところは「乗らんと思ふ」、つまり乗ろうとしているだけで、完遂していない点だ。当然そんなことはできないという醒めた認識が、背景にある。老子や荘子のように自然に従って生きようなどという願望は、滑稽なほど現実離れしている。そのことを作者本人もじゅうぶんに分かっているふしがある。

無人島の天子とならば涼しかろ　（明治三十七年作）

ここでも「とならば」という、仮定表現がとられていることに注意したい。誰もいない無人島で、ひとりだけの君子となることができれば、暑苦しい浮世を忘れ、涼しく生きることができる。だが、それがあくまで夢想であることも承知している。「涼しかろ」の浮かれたような調子が、浮わついて聞こえないのも、作者の現実認識が信頼できるからだ。

配達ののぞいて行くや秋の水　（明治二十九年作）

秋、水は澄んで橋の下を流れている。郵便配達の男が、橋を渡りながら、その照り返しに気を引かれたのか、ふと下をのぞきこむ。ところがほんの数秒も置かないうちに、頭を上げて、また家々をめぐる仕事に戻っていった。そんな場面だろう。

一見、思想とは何の関係もなさそうな句だ。たとえば坪内稔典氏は「なにげない日常の一面をうまく切り取った句」「水彩画のよう」（『俳人漱石』岩波新書）と評しているが、それだけだろうか。

配達人は生きるための仕事をしている。その彼が、つかの間、秋の水の輝きに魅かれたという、さりげなさが肝要なのだ。ここでじっと見つめ続けてしまうようであれば、彼の美への傾斜は行き過ぎる。真剣に向き合っているのではない。かといって、彼はやはり、秋の澄んだ水に気を引かれずにはいられない。「配達のかけぬけゆくや秋の水」としてみても、それなりの句にはなる。俗世の配達人と、風雅の世界の秋の水とを、対置する作り方だ。ただ、それでは、単なる街角のスナップにすぎない。ここは、郵便配達人と、秋の水との間に、かすかなつながりが持たされているというのが肝なのだ。秋の水をのぞきこんでいるわずかな時間だけ、彼は実利の世を外れて、別天地に心を遊ばせている。

これらの句に端的に見られるように、漱石のイデアの一つは、隠遁思想であった。

とはいえ、漱石のそれは、鴨長明、西行、それに色濃く影響を受けた芭蕉といった先人たちとは、大きく隔たっている。漱石の句は、情緒よりもむしろユーモアの割合が大きい。厭世、遁世を題材にしていても、句が重くならない。どこか醒めていて、書きぶりに落ち着きと余裕がある。

俳句的小説とみずから称している『草枕』において、山道をのぼり温泉宿をめざす画工には、いにしえの遁世者のおもかげが重ねられている。ただ、この画工は、いうなれば中途半端な遁世者である。

いくら雲雀と菜の花が気に入ったって、山のなかへ野宿するほど非人情が募ってはおらん。こんな所でも人間に逢う。じんじん端折りの頬冠りや、赤い腰巻の姉さんや、時には人間より顔の長い馬にまで逢う。

どこまで行っても、人は人からは逃れられない。そこで画工は、俳句の中に、苦悩から解放される方策を見出そうとする。

芭蕉と云う男は枕元へ馬が尿するのをさえ雅な事と見立てて発句にした。余もこれから逢う人物を――百姓も、町人も、村役場の書記も、爺さんも婆さんも――ことごとく大自然の点景として描き出されたものと仮定して取こなして見よう。

『草枕』の画工は、人間を「大自然の点景」とみなすことによって、行きづらい世の中に処そうとする。そのときに、俳句的な物の見方が参照されているのだ。それは、「見る処花にあらずといふ事なし。思ふ所月にあらずといふ事なし」（『笈の小文』）と語られるところの、芭蕉の俳句観である。俗世界のいかなるものであれ、余裕ある心で一歩引いて見てみれば、すべて詩趣あるものに映る。画工の挙げている「蚤虱馬の尿する枕元」という芭蕉の句では、蚤や虱が、実に生き生きと飛びはねている。

漱石にとって、俳句は何であったのか。

正岡子規との友情の証し。手紙の結びに添える、気の利いた挨拶。あるいは、単に、鬱屈と病気の日々の気散じ。どれもが正しいのだろうが、それだけではない。漱石にとって俳句の十七音は、理想の小天地だった。

若葉して手のひらほどの山の寺　（明治三十年作）

湧くからに流る丶からに春の水　（明治三十一年作）

草山に馬放ちけり秋の空　（明治三十二年作）

こういう句をみると、「とかくに」「住みにくい」（『草枕』冒頭）と断じられた「人の世」に、まだまだ美しいもの、価値あるものが残されているのだと思わせられる。一句目が暗示しているように、それは「手のひら」ほどの理想郷かもしれないが、たしかにこの小さな十七音の中には、生きるに値する世界が存在している。

漱石は、現世の利益に汲々とする生き方はできなかった。では遁世するかといえば、それができていない。あるいは、しようとはしない。中途半端だ。

木瓜咲くや漱石拙を守るべく　（明治三十年作）

正月の男といはれ拙に処す　（明治三十一年作）

といった句に見られる「拙」の思想もまた、漱石俳句のイデアの大きな柱だ。「拙」とは、不器用で、世渡り下手のこと。どっちつかずで、中途半端だからこそ、その句からは、相反する思いのはざまに煩悶する、人間の生の声が聞こえてくる。

ユーモラス、軽妙、洒脱。そして、漱石自身がいうように、きわめて「簡便」（「俳味」明治四十四年八月号の談話）。漱石俳句はしばしばそのように評される。ただし、簡便であるというのは、簡単であることとは、大きく異なる。簡単は怠惰からも生まれるが、簡便はそうはいかない。簡単は受動的で、簡便は能動的だ。それは、複雑で混沌とした現世に対する、挑戦ともいえるのだ。

波多野爽波

昔、若い詩人たちと行っていた勉強会で、波多野爽波を取り上げたときに、

真白な大きな電気冷蔵庫　（『鋪道の花』時代）

という句を、「これは詩ではない」と正面から言った詩人がいた。この句を「ばかばかしい面白さがある」などとしたり顔に解説していた私は、ぐっと詰まってしまった。確かに詩かと問われれば、そうともいえない。いや、そもそも詩とは何なのか？　俳句は詩なのか？　さまざまな問いが頭をめぐり、彼に答えることができなかった。

爽波の句はそんなふうに、俳句とは何か、詩とは何かを、読む人に考えさせる。

現代において俳句を作ったり読んだりしている人は、程度の差こそあれ、多少なりとも詩的な営為にかかわっている、と思っているに違いない。俳句に触れるとき、詩的と感じる理由の一つは、季語にあるだろう。たとえば「螢」。「螢」は古典的な情緒をたっぷりと含んだ、詩的な語だ。「思ひ」の「ひ」に「灯」を掛けて、恋の場面の小道具として使う。和泉式部の「物思へば沢の螢もわが身よりあくがれ出づる魂かとぞ見る」（『後拾遺集』）は現代人にも恋心の歌として愛誦されている。ところが爽波は「螢」を、次のように詠む。

螢とぶ下には硬き鋪道かな　　（『鋪道の花』）

「螢とぶ下には」とくれば、私たちはそのあとに続く展開として、どうしても川や草原を期待する。そのほとりには、もちろん恋の思いを秘めた人物がたたずむのだ。ところが人工的で味もそっけもない「硬き鋪道」があるといわれると、そんな気分は一気に吹き飛んでしまう。蛍狩りといったって、人跡稀な深山に赴くわけではない。鋪装された道を、車で通っていくのが実情だ。そんな現実に引き戻される。冷たい水をかけられたようなショックだ。しかし、「螢」の情趣に飽き飽きしている読者には、その感覚が心地よい。これもまた、たしかに私たちが住む世界の一つの相であることに気づかされる。

季語にあらかじめ付与された情趣や意味は、やわではない。覚悟をして向かわないと、すぐに呑みこまれてしまう。

我々が作句に取りかかる際には、その目、その心は「日常」にまみれ、「常識」にまみれ果てているのだと自覚するべきである。（「選後に」・「青」平成三年一月号）

爽波の言葉である。「日常」や「常識」は、人生において私たちが何よりも重きをおいていること。だが、俳句では邪魔になる。「螢」といえば、恋の思いが形となったもの——そうした「常識」が築くのは、類句の山ばかりだ。

では、どうすればよいのか。爽波が実践したのは、早く作ること。たくさん作り、捨てること。

俳句以外の文学に関心を示さなかったという爽波が芭蕉の「物の見へ《ママ》たる光、いまだ心に消へ《ママ》ざる中にいひとむべし」（土芳『三冊子』）という言葉は大事にしていた。「光」というたとえが自身の作句の実感に近かったからだ。

　結果、生まれるのは、詩なのか、只事であるのか、分からないような言葉の塊。爽波の句は、詩と詩でないもののはざまにある。危うい橋を渡っている感じだ。いや、より正確にいえば、詩と詩ではないものの違いに、こだわらない。橋の上を渡っていく鳥のようなものだ。「写生の世界は自由闊達の世界である」と爽波はみずからの句集のエピグラフに記した。自由闊達の爽波の翼なら、どこへでも行ける感じがする。爽波の作品が、いまだに大きな存在感を持っているのは、そんなところに理由があるのではないか。

春宵や食事のあとの消化剤　（『鋪道の花』）

「春宵」といえば、「春宵一刻　値千金」という蘇軾の「春夜」の一節が、誰でも思い浮かぶ。春の宵のゆかしさは、大金にも値するというのだ。ところが爽波、そんな春の宵に、胃もたれでもしているのか、消化剤を呑んでいるところを詠んだ。俗のきわみともいえる。詩的な雰囲気とは、縁遠い。しかし、実のところ「春宵」の情趣に浸るためには、胃もたれはしていられないのであり、「食事のあとの消化剤」なくしては、「春宵」の詩情も風雅もあり得ないというのもまた真理だ。

　何が詩であるかを、はじめから決めてかかる態度そのものが、ひょっとしたら詩からはいちばん遠い態度なのではないか。爽波の句は、そんなふうに語り掛ける。

夜の湖の暗きを流れ桐一葉　（『湯呑』）

「桐一葉」とは、「一葉落ちて天下の秋を知る」という詩の一節を、落葉の早い青桐の葉と見たのを所以とする季語。したがって、「桐一葉」はその後に「落ちる」という言葉を期待させるのだが、ここでは落ちたあとで、夜の湖の上にゆらゆら浮いているところを捉えた。「桐一葉」には落魄の季節の到来を告げる情緒的気分があるのだが、この句における闇の中を流されていくばかりの「桐一葉」には、見てはいけないものを見てしまったような痛ましさがある。「夜」とはじめに断っておきながらさらに「暗き」と重ねていることで、闇の深さが分かる。作者によれば、着想の元になった体験はあるようだが、句そのものはどこか現実離れしている。それでいながら、これぞ現実そのものと思わされる、生々しさもある。

ソース壜汚れて立てる野分かな　（『一筆』）

「野分」は台風の古い呼び名。文学史上、よく知られているのは『源氏物語』の「野分」の巻で、宮中の格子を吹きはらい、庭の萩を荒らして、人々の心を不安に陥れる。『源氏物語』を知らない読者にとっても、「台風」というよりも「野分」の方が古雅な情趣をまとった言葉だという印象を抱くだろう。

ところが爽波は、「野分」という季語を使って、こういう句を作ってしまう。ソース壜が汚れている眺めは、私たちになじんだものだ。ソースを皿の料理に掛けると、たいていの場合には剰余が注ぎ口からこぼれて、壜の表面に伝い、赤茶けた筋を残す。いくつもそうしたことを重ねて、いつしか壜そのものが錆びた鉄骨さながらの様相を呈する。

そこまでは納得できても、それが、野分とどうかかわってくるのか。作者はなぜわざわざ「野分」という言葉を使ってこういう景色を詠んだのか、そこの理由はなかなか見えてこない。芭蕉や蕪村は、

芭蕉野分して盥に雨を聞《きく》夜かな　　芭蕉
鳥羽殿へ五六騎いそぐ野分かな　　蕪村

などと、野分という季語を使って、もっと詩的な句を詠んでいる。

爽波の句において、「野分」という季語が、意味を成していないわけではない。それは、たとえば

ソース壜汚れて立てる秋の風
台風や汚れて立てるソース壜

などと、類似の季語に置き換えてみると、一気につまらなくなってしまうことからも明らかだ。

野分によって秋の草々が倒れ伏すさまと、汚れ果てたソース壜とは、全く無関係ではない。草々が濡れて泥にまみれた色は、ソース壜の赤茶けた色を思わせる。吹き倒されて朽ちていく秋草の哀れは、汚されてかえりみられることのないソース壜の哀れに通う。『源氏物語』の「野分」は、た

しかに爽波の句のソース壜にも吹いているのだ。季語の情趣を極限まで抑えこむのが爽波の方法だった。季語にまとわりつく既存の情趣に対するには、自分自身の実感に徹して、眼前・只今のイメージをぶつけるほかない。そこで、食卓のべたべたのソース壜が召喚されたわけである。

これまで取り上げて来た「螢」「春宵」「桐一葉」「野分」は、和歌にも用いられた歴史のある「縦の題」である。これらの季語（爽波自身は「ホトトギス」の慣習に拠って季題と呼んでいた）にまつわる伝統的本意を意識的に回避するのが爽波の方法論であったが、爽波が真に得意としたのは、「横の題」を詠みこなすことだった。「横の題」は、俳諧で新しく詠まれるようになった季語で、冒頭に挙げた「冷蔵庫」などは、「横の題」の典型といえる。この句を「これは詩ではない」と言った詩人には、やはり私はこれも詩なのだと答えたい。ものを冷やす機能でもって人の役に立っている冷蔵庫を、「真白な大きな」と、一つの物体として捉えている。岩のような、ビルのような、巨大物体としての冷蔵庫の姿は、私たちの日常感覚を揺さぶる。冷蔵庫が、急に怖ろしい家庭への闖入者のように見えてくる。じゅうぶんな異化効果が見て取れるのだ。

「横の題」で作られた爽波の句をいくつか見ていきたい。

腕時計の手が垂れてをりハンモック　（『鋪道の花』）

「ハンモック」の季語としての歴史は浅い。その分、「ハンモック」の語にはべたべたとした手垢がついていない。「腕時計の手」といって、人そのものよりも手の腕時計に注目しているのが面白い。

この人は、いわば〝腕時計人間〟――時間に支配されている人だ。爽波には「紫陽花や家居の腕に腕時計」（『湯呑』）という秀句もある。「腕時計」は、正確さの要求される機械。社会的で、情の入り込む隙が無い。そこを爽波は気に入っていたのかもしれない。

冬空の汚れか玻璃の汚れかと　（『鋪道の花』）

「冬の空（冬空）」は爽波愛好の季語の一つである。「冬空や猫塀づたひどこへもゆける」（『鋪道の花』）「裏庭に冬空の立ちはだかれる」（同）「冬の空昨日につづき今日もあり」（同）「戸袋にかくれゐる戸や冬の空」（同）「天ぷらの海老の尾赤き冬の空」（『骰子』）など秀句も多い。「春の空」「夏の空」「秋の空」は、それぞれ季節に合った情感を持っているが、これらに比べると「冬の空」は特徴に乏しい。そもそも、冬は寒いので、空を見上げる機会も、おのずから他の季節よりも少なくなる。素っ気なく、情緒の乏しい「冬の空」こそ、爽波にとっては使いやすかったのではないか。

この句で爽波は、冬空の汚れが気になっている。「〜か」と問いかける口調になっているが、もちろん冬空が汚れるわけではなく、窓ガラスが汚れているのに決まっているのである。でも、問いかけざるをえないほどに、冬空の汚れが気になる、もっといえば許せないのだ。きっぱりと、汚れのない冬空を、爽波は欲している。純粋で、シンプルなものへの志向を、そこに見て取ることができる。

最後に付け加えておきたいのは、爽波の中に、こうした〝俳句でしかない俳句〟〝純粋な俳句〟を求める心のありながら、一方で、美意識の高く、詩的な句も少なくないということだ。爽波の美意識は特に初期作品にあらわで、しだいに自身の方法論を確立するにあたって沈み込んでいったのだが、次のような句の輝きを爽波らしくないとして切り捨ててしまうのはいかにも惜しい。

桜貝長き翼の海の星　（『湯呑』）

「長き翼」とは、海の星の光の比喩である。朧がかった、じんわりとにじんだ光を思わせる。「ホトトギス」の俳人鈴木花蓑に「大いなる春日の翼垂れてあり」があるが、日の翼よりも星の翼の方がより作者の美意識の顕著な表現と言える。ラテン語のステラマリス（Stella Maris）、すなわち「海の星」がキリスト教における聖母を表すことも、この句が甘美な雰囲気をまとっている理由の一つだろう。夜の渚歩きをしつつ、聖母のふところに包まれているような、陶然とした気分に浸っているのだ。爽波の純粋さは、ときに私を怯ませる。美意識で濁ったこの句にこそ、親しみを感じてしまう。

川崎展宏

エゾハルゼミと教へてくれし事務の人　（『葛の葉』）

昭和三十六年に、作者は米沢に転居する。当地の短期大学に勤務するためだった。広島に生まれ、東京の大学に学んだ作者にとって、雪が珍しかったのであろう、その時期には雪国の風物を詠み込んだ句を多く作っている。その中の一句である。

油蟬や法師蟬とも異なる声に耳をすましていると、「あれがエゾハルゼミですよ」と教えてくれた人がいた。「エゾハルゼミ」は、必ずしも寒冷地でしか見られないわけではないが、その名前に「エゾ」と入っていることから、まさしく自分が雪国に住んでいるという感を深くしたのだ。

作者の境遇を鑑みると、「事務の人」は大学事務の人ということになる。「事務」という言葉は無機的で、文化的・詩的とはいえない風合いがある。そうした人の口から床しい「エゾハルゼミ」の名が出てきたことに、はっとさせられた。「事務の人」もまた、雪国で暮らし、その土地の言葉や文化を深く内面化させた一人の人間であることに気づかされたのだ。

蝦夷春蟬ではなく「エゾハルゼミ」とカタカナにしているところは無視できない。これだけで、作者が「エゾハルゼミ」をたちまち漢字表記に直すことのできないエトランゼであることが分かる。

また、「エゾハルゼミ」という名前の響き自体に興を催していることも分かる。それがセミの名前であることすら意識しないで、ただ呪文のような、あるいは祝詞のような「エゾハルゼミ」の音を楽しんでいる。

そう、川崎展宏は、〝声〟を大事にする俳人だ。

「エゾハルゼミ」と「事務の人」の取り合わせが一句の眼目であることは間違いない。だが、作者は、〝その名を教えてくれた〟ことに、関心を払っている。取り合わせの方法としては、珍しい。たとえば、「エゾハルゼミ」と置いて、そのあとは「事務の人」のたたずまいを描写したりする書き方もあったはずだ。あるいは、「エゾハルゼミ」の方を指さした、とか、いっしょに耳を傾けた、とか、「エゾハルゼミ」と「事務の人」とをいかに関連付けるか、その選択肢は、さまざまあったはずである。

「エゾハルゼミ」の〝声〟、そして「事務の人」の〝声〟という、〝音〟でもって二つを関連付けたのは、川崎独特の叙法といっていいだろう。

押し合うて海を桜のこゑわたる　（『義仲』）

「桜前線が北上中です」……テレビのアナウンサーはそういってすませるが、おおよそ俳句で「桜前線」という言葉を使って成功した例を見たことがない。こういう便利な言葉を使わないところに詩人たる矜持を見せるべきではないのか。

川崎の句も、要するに「桜前線北上」を言っているわけだが、このありふれた言葉では到底表しきれないような、桜の猛々しいともいえる生命感が捉えられている。

この〝こゑ〟は耳で聞くものではない。空気の震えではない。全身で捉えるべきものであろう。謡曲風に〝桜の精〟というべきか、SF風に〝生命エネルギー〟というべきか、押し合いながら無数の桜の〝こゑ〟が、海上を渡り、また着いた先で桜を咲かせる。ばらばらだったエネルギーが、平面の「海」の上で一つの方向性に定まっていくという展開に爽快感がある。

桜を僂く哀深い花、と詠ってきたいにしえの歌人たちがこの句を見たら、度肝を抜かれたことだろう。


鶏頭に鶏頭ごつと触れゐたる　（『観音』）

この句も、声なき〝こゑ〟を聞き留めた句である。

本来、「ごつと」の音がふさわしいのは、花ではない。たとえば、拳。ある硬さと、重量のあるモノ同士がぶつかりあうときの音である。

しかし、あらゆる花の中で、「鶏頭」に限っては、「ごつと」の音を立てるかもしれない、と思わされる。血流が凝固したような、濃密で重量感のある鶏頭の花ならば、あり得る、と。


ほッ春筍買ふまいぞ買ふまいぞ　（『秋』）

話し言葉をいきいきと取り込むのも、川崎展宏の得意とするところ。この句は、十七音すべてが、話し言葉で出来ている。「春筍」は、「はるたけのこ」ではなく「しゅんじゅん」と読みたい。「しゅんじゅん」の軽快な音が、一句の雰囲気には適っている。

晩春、店先に並べられた筍に「もう出たか」と目を奪われる。いち早く食べたい思いが湧いてくる。だが、値は張る。焦る必要はない。もう少し待てば、旬の筍の出回る頃となる。節制に励まねばならない庶民感覚の一句である。

「はい、はい」とか「だめ、だめ」というように、強い調子の言葉も反復することで、切実さが薄れる。「買ふまいぞ買ふまいぞ」も、二回繰り返しているから、それほど逼迫しているわけではない。迷うことそれ自体を楽しんでいる風だ。

かみ殺した喜びが「ほッ」には感じられる。細かいところだが、「ほっ」では駄目だ。カタカナの促音が醸し出す茶目っ気が、この句の命といっても過言ではない。晩春の陽気も思わせている。これもまた、川崎展宏という人の〝こゑ〟へのこだわりを示している。


あ初蝶こゑてふてふを追ひにけり　（『秋』）

さきほどの「ほッ」もそうであるが、上五から砕けた話し言葉を入れるのは先例が乏しく、勇気がいるはずだ。この句でも導入部の「あ」には驚かされる。「あ初蝶のこゑ……」としてしまいそうなところ「あ初蝶こゑ……」としているのも、一句の声調を引き締めている。

〝こゑ〟というものを、作者がどう捉えているのか、よくわかる作例だ。飛んでいく初蝶の実態を、「あ初蝶」という〝こゑ〟が追いかけていくのである。ただ呼びかけたというのではなく、実体と言葉とが、まるで二頭の初蝶のように戯れている。この作者の句においては、〝こゑ〟は実体を持ち、質量すらも備えている。それは、言葉は物の記号であるという考えに、真っ向から対立している。作者は、物にある言葉がつけられたのは、何か必然的な理由があると捉えている。言葉の持っている力を信じているのだ。

冬と云ふ口笛を吹くやうにフユ　（『秋』）

「冬」という言葉の音が気にかかる人は、そうはいるまい。言われてみると、「ふゆ」というときの唇は、口笛を吹くときの形によく似ている。この句には音しか書いていないのだが、冬空の下、息を吸い込んで口笛を吹くときの、唇の冷たさや、肺に入る空気の冷えが、たちどころに心地よい記憶として、時間の奥底から引き出されてくるのだから、玄妙だ。

声にせずふくら雀と呼びかけて　（『冬』）

ここでは、あえて「声にせず」と言っている。大の大人が雀に「おう、おまえさんまさに『ふくら雀』だな」と話しかけるのが恥ずかしかった……というわけではなく、みだりに声に出さない方が、ふくら雀を驚かさないで（飛び立ってしまってはただの雀だ）、その眺めを楽しむ最良の方法だと心得ているのだ。声が風雅の妨げになることもある。心の中でつぶやくだけでじゅうぶんという場面もあるのだ。

いろいろあらーな夏の終りの蟬の声　（『冬』以後）

晩年の川崎展宏の句には、長谷川櫂の言葉を借りれば「この世に生きすぎてしまったという悔恨の思い」(「まぼろしの春――『冬』以後」解説」、『川崎展宏全句集』)が表面化する。これはその中の一句。「いろいろあらーな」は、死にゆく蟬を見届けての作者の内面の声であり、あえてべらんめえ口調を取ったのが、自暴自棄の感もあって、滑稽だ。生きていくことの面倒を投げやりに託ちながらも、「いろいろあらーな」の〝こゑ〟の力でそれをまぎらわそうとしている、あるいは乗り越えようとしている。

「あらーな」と伸ばす音を入れているのが、蟬の鳴き声そのものにも聞こえてきて、蟬たちの「俺たちだって」という訴えにも思えてくる。蟬と労い合っているようで、死を間近にした者同士とは思えない程に屈託がない。そこに救いがある。

〝こゑ〟を主題にした川崎展宏の句を見てきたが、この俳人における〝こゑ〟は、我々がふだんコミュニケーションの道具としている〝こゑ〟とは必ずしも一致せず、柿本人麻呂の歌にいうところの「言霊の幸はふ国」(『万葉集』)において信じられていた、力ある言葉なのである。

療養中の句に「セーノヨイショ春のシーツの上にかな」があるが、「セーノヨイショ」という日常的な言葉が、祈りの言葉になっているのは、いかにもこの作者らしい。もう蔵に入ってしまったような畏まった古い言葉ではなく、生活の中で血色の良いくちびるから発せられる生きた言葉にこそ、「言霊」を見出すのが川崎展宏なのだ。

この俳人の音感の良さは特筆に値する。たとえば、天の川水車は水をあげてこぼす　（『葛の葉』）

代表句として著名なこの句は、すさまじく字余りが効いている。水車にのせられて、昇っていった水が、ある時点で一気に零れ落ちる。水車の鈍重な動きが、下五の字余りで言い当てられているのだ。

むろん、水車が働いているのは川辺であるのだが、「天の川」の取り合わせによって、まるで天の川から流れてきた水をくみ上げてはこぼしているようにも思われてくる。水のしぶきがまるで星屑さながらに輝いているさまが見えるようではないか。

昼月は空のうすらひ伊賀に入る　（『夏』）

「昼月は空のうすらひ」の卓抜な比喩表現にどうしても目が行くが、真に唸らせられるのは、下五の「伊賀に入る」である。下手な下五を付けてしまえば、上五中七のせっかくの着想・表現も、だいなしである。歴史の中心であった京や奈良とはいささか隔たった「伊賀」の昼月には、文学的な臭みがなくて清々しい。芭蕉の故郷であったことを鑑みると、そこに俳聖への敬意が読みとれるくらいだ。何よりも「イガニイル」の音調が快い。余裕のある上五中七の調べが、性急な下五に到って、読者を飽きさせない。

晴れぎはのはらりきらりと春しぐれ　（『秋』）

そこに降っているのは、もはや雨ではなく、光なのだ。「ハレギワ」「ハラリ」「ハルシグレ」と軽快に頭韻を踏み、さりげなく「ハラリ」「キラリ」と脚韻を踏んでいる。雨上がり、春の光に溢れた景と、そこにたたずむ人物の胸中が、そのまま韻律に再現されている。

私は大学生の頃、川崎展宏氏と、数回会ったことがある。法学部の英語の教授だった星野恒彦先生に誘われて、神楽坂での川崎展宏代表の「貂」の句会に出たこともあった。そう、たしかに〝こゑ〟の良い人だった。良い〝こゑ〟で、厳しい句評をするので、余計に恐ろしかった。お道化たように甲高く、それでいて照れたようにくぐもったあの独特の声が、氏の俳句作品を読むたびに、よみがえってくる。

林田紀音夫

棚へ置く鋏あまりに見えすぎる　（『風蝕』）

肺結核による病臥の日々、戦中の軍隊経験、戦後の貧困生活……青年期から人生の苦渋を舐め続けた林田紀音夫にとっては、季題趣味は、生活の現実とは乖離した思想に他ならなかった。無季俳句に行きついたのも道理。ドストエフスキーは小説『悪霊』の中で無神論者キリーロフの口を借りて「神が存在しないならば自分が神である」と言ったが、紀音夫は季題趣味の信仰を捨てて、他の誰にも書けない紀音夫自身の俳句を書いた。

十七音のあまりに片々たる言葉である俳句は、どこかに〝錨〟のように重さを持たないと頼りなく漂い出してしまう。そこで、さまざまな古典文学の凝縮ともいえる季語を〝錨〟とするわけだが、それを用いない林田の場合は、死というテーマそのものを〝錨〟とする。彼の作品は、一貫して死というものへの恐れや憧れを底流に持っている。

掲げた句では、物を切るための道具である「鋏」が、「あまりに見えすぎる」ということで、それが肉を切り裂き人に死を与える凶器にもなり得るという事実を、読み手にあらためて突きつけることになる。「棚へ置く」が、さりげないがよく効いている。いかにも生活感があるのだ。ふつうの生活を送っている大概の人にとっては、「棚に鋏が置かれていること」など何の変哲もないことだが、心が死に取りつかれた人間にとっては、おぞましい眺めに見える。

病床の正岡子規の随筆「仰臥漫録」明治三十四年十月十三日の述懐を思い出す。硯箱の「二寸ばかりの鈍い小刀と二寸ばかりの千枚通しの錐」をふと目にして、錐で心臓に穴を開けたら死ねるだろうかという妄想にとらわれたという述懐だ。子規の場合は、肉体的苦痛に起因する死への衝動であり、精神的苦痛に起因する紀音夫の場合とは異なるといえども、ともに、死に至る理由とか死とは何かという定義よりも、死に導く道具に拘っているのが興味深い。

子規も、紀音夫も、死について、徹底して客観的に把握しようとする。「錐」や「鋏」は、死の手段にすぎないのだが、これらをまるで主役のように扱っている。「錐」や「鋏」という日用品でやすやすと失われてしまうのが命なのだ。ここには、命の重みすらも相対化する強靱なアイロニーの精神が息づいている。

鉛 筆 の 遺 書 な ら ば 忘 れ 易 か ら む　　（『風蝕』）

筆書きであろうと、鉛筆書きであろうと、遺書は遺書であり、本来は文字の薄さなど問題にならないはずである。しかし、紀音夫はそこにこそ拘っている。鉛筆の薄い字で書くから早く忘れてほしいと言わんばかりのこの句、当然、その裏には、忘れてほしくはないという叫びにも似た思いもある。死にゆくものの錯綜した感情を、俳句という短い詩形で言い切った。

黄の青の赤の雨傘誰から死ぬ　（『風蝕』）

紀音夫の卓抜なのは、死という抽象的なテーマを扱いながら、必ず具象物を一句の中心に据えているところだ。この句の場合、「雨傘」は、だれもが同じイメージを心に浮かべる、きわめて具象的なモノである。さらにここでは、「黄の青の赤の」と、イメージに色付けも施している。ひとびとが行きかう街中の風景が、たちどころに読者の脳内に招来されるのである。

「具象の入口があって、抽象の出口があらねばならぬ。そこに〃あやしさ〃が残る」とは、ただ一人の弟子であった福田基に、紀音夫が語った言葉だという（「幻想の林田紀音夫」、『林田紀音夫全句集』）。「あやしさ」とは、複雑性ということであると私は解する。「誰から死ぬ」とは、紀音夫に特有の逆説的な言い回しであって、本当は誰から死のうともそれは関心ごとではないのである。「誰もが死ぬ」ということこそが言いたいのだ。このメッセージを、箴言のようにわかりやすいものにしないために、雨傘がひしめく具象が必要なのだ。カラフルな雨傘が行きかう風景から、ふつうの人間は都会的で快活な気持ちを引き出されるだろうが、紀音夫は逃れがたい死の宿命から来る絶望を呼び起こされる。

ラーメン舌に熱し僕がこんなところに　（『風蝕』）

同年作の「舌いちまいを大切に群衆のひとり」が有名だが、こちらも魅力的だ。「ラーメン舌に熱し」は、人の世を生き抜くタフネスを感じさせるが、続く「僕がこんなところに」は、ふとそんな自分に違和感を覚えたということだ。生きるために働き、生きるために食う自分など、本来の自分ではない。一刻も早くこの世から足を踏み出したいのに、自分はなぜのんきにラーメンなどすっているのか。破調のリズムが、忸怩たる思いを語る。「僕がこんなところに」の口語が、いかにもふっと口を突いて出たという自然体を演出する。

レールをわたる女たちそのひとりの生誕　（『幻燈』）

「長女亜紀誕生」の前書がある。今生まれたわが娘もいずれは踏切を渡る女性たちの一人としてこの社会で生きてゆくだろう、と娘の未来を祝福している。昭和二十七年に作られた、

月になまめき自殺可能のレール走る　（『風蝕』）

という句と比べてみると、同じ「レール」を素材にしながらも、趣が大きく異なっていることに気づく。紀音夫にとっては「レール」はまさに現代の断頭台であり、「鋏」同様、みずからを死に導く道具の一つであった。ところが十余年を経て、昭和三十九年に作られたのは、そうした「レール」を超えてゆく女たちのたくましさを讃える内容の句であり、自分の子を持ったということが、紀音夫の俳句にも大きな転機であったことを示している。

ここから、娘・亜紀の成長を詠んだ句が多産されることになるのだが、弟子の福田は批判的であった。福田は師と酒を酌み交わしながら、句集『幻燈』について、面と向かってこう言ったそうだ。

先生、確かに気持ちはわかります。生命の脆さも儚さも理解できます。けれども、自分の子供のみが可愛くて儚いと思うのは、先生ひとりの概念ではありません。世の中一般の概念であります。その九十句近い作品は、自己中心主義、つまり、ナルシシズムの塊です。それについては読者に甘いと言われてもいたし方はありません。（前掲書）

師と心の通った弟子だからこその、厳しい言葉である。我が子を詠んだ句はどうしても手放しの愛情がこもってしまうため、福田のいうとおりに甘くなりがちだ。ただ、紀音夫の吾子俳句は、一読者としてみれば、それほどに甘いという印象ではない。

歩きはじめてこがらしの声聞く幼児
壊れた形の積木に薄日幼女逃げ
砂深く幼女が父の悲しみ掘る
寝て育つ幼女流氷の一片抱き
凩の幼女を迎え夕日のポプラ立つ
（『幻燈』）

たとえば三句目。砂遊びの子供を見ながら、子供が砂を掘るにつれて父である自分の悲しみを掘り深めている、と詠むのは、やはり尋常の父親の感慨ではあるまい。四句目の、すやすやと眠る幼子が「流氷の一片」を抱えているという見方も、その肉体の内にあるのは、すぐに溶けたり砕けたりするような、流氷にも似た脆い命にすぎないという醒めた見方がある。娘に対して「幼女」という呼称をしばしば用いていることも、記事や報告書めいた無機質なニュアンスを出して、一句がけっして愛情の沼地から生まれたものではないと証明したかったのだろう。

子供が生まれたとしても、死への誘惑や人生の倦怠が払われるとは限らず、むしろ子供のうちに命の儚さを見て、いっそうそれらの感情が深まってしまう、ということもある。紀音夫俳句が死のテーマから離れたのは、有季定型へ回帰した晩年であり、『幻燈』においてはなお死の気配は濃厚に漂っている。たとえば「万緑の中や吾子の歯生え初むる」という中村草田男の生命感溢れる句に代表される、いわゆる〝吾子俳句〟とは大きな隔たりがあるのだ。

娘を詠んだ紀音夫の句の中で、ちょっと不思議な題材が詠み込まれている作を挙げよう。

ねむる子の手に暗涙の鈴冷える　（『幻燈』）

この句についてては『現代俳句全集　六』（立風書房、昭和五十三年）に自解の文章を残している。自身でも思い入れのある作だったのだ。曰く「私の俳句の世界における彼女は、所詮、私の影でしかない。〈暗涙〉にしても、いまだ無垢の形で眠りつづける嬰児には、何のかかわりもなかったのである」。吾子とはいえど愛おしいという愛情だけではなく、突き放して詠んでいることを訴えている。

「暗涙」とは、人知れず涙すること。自解も踏まえて解釈すれば、「暗涙の鈴」とは、眠る子がひそかに流す涙の暗喩ということになろう。安らかに眠っているような子も、すでに地獄の別名である現世の住人であり、眠りの中に密かに涙をこぼしているにちがいない――と散文にしてしまえばいかにも陳腐だが、紀音夫の非凡なところは、「暗涙の鈴」という魅力的なフレーズを創出したことそのものにあるだろう。こぼれる涙が鈴になり、子はその鈴を手にして握っている、握っていてもあたたかくなるどころかむしろ冷えていく、というイメージは、それ自体が一つの美しくも哀しい情感を訴えかけてくる。この句について、「鈴」は何の暗喩であるのかとか、それが冷えていることや吾子の手の中にある意味だとかは、定かに読み取らないほうが良い。

紀音夫は幾度か、この「子と鈴」のモチーフを繰り返している。

幼女より鈴こぼれ身を父は折る
鏡を抜けて鈴の幼女が胸にくる
風の梢にねむる幼女の鈴かかる

（『幻燈』）

「鈴」とは、いったい何であろう。「涙」のつぶ？　女の子の甲高い声？　小さな命の象徴のようでもある。いくつかの解釈は可能だろうが、それらを一つに絞りこむ必要はない。読後、どこかもの悲しい鈴の音が、われわれの耳に残響として聞こえれば、それでじゅうぶんなのだ。

佐藤鬼房

縄とびの寒暮いたみし馬車通る　　（『夜の崖』）

鬼房の句は、切れが弱い。何か言わんとする姿勢、伝えようとする姿勢が強いあまりに、はっきりと切らない。

たとえば、この高名な「縄とび」の句においては、「寒暮」と「いたみし」の間が、切れているか切れていないか、はっきりしない。一般に、「縄とびの寒暮」と「いたみし馬車通る」の二部構成で成り立っていると見るのが自然だ。つまり、子供たちが縄とびに興じている寒い冬の夕刻、彼らのかたわらをおんぼろの馬車が通り過ぎていく、という情景である。しかし、このように「縄とびの寒暮」と「いたみし馬車」を切り離して解釈するのにあたって、決定的な根拠があるわけではない。俳句鑑賞の慣習として、そうなっているというだけだ。金子兜太氏も、そのあたりの〝揺れ〟を感じ取っている。

「縄とびの寒暮」があり、そこを「いたみし馬車通る」であることは言うまでもない。それにもかかわらず、私の中では「寒暮」がそのまま「いたみし馬車」のごとしと受け取れるのだ。

「縄とびの寒暮いたみし」であり、「いたみし馬車」である。「寒暮」すなわち「いたみし馬車」の映像に、みちのくの土着者が体感している風土がある。

（「佐藤鬼房展〜その生涯と俳句の世界」図録より）

金子氏は、「いたみし馬車」は「寒暮」の比喩と取っている。独特の解釈であるが、これは、「寒暮」と「いたみし馬車」との間の切れの弱さが、そう見せているのだ。

私としては、「いたみし」がちょうど掛詞のように、「馬車」に掛かると同時に、「寒暮」にも掛かっている構造に思える。「いたみし寒暮」という言葉の塊の詩的魅力ゆえに、どうしてもそう解したくなるのだ。

縄とびの音が、まるで時を刻むかのように響く中、日は落ち、身にしみる寒さが迫ってくる。「寒暮」の「寒暮」たる虚しさ、厳しさを強調する「いたみし寒暮」という言葉が、一句の中に刻印されているように感じるのだ。

さらにいえば、「いたみし」がひらがなであるがゆえに、「傷み」「痛み」「悼み」という複数の同音異義語——どれも不穏な意味を持つ——を引き寄せてきて、一句の印象をより複雑なものにしている。「縄とび」という、子供たちの歓声が聞こえてくるような場面からはじまっていながら、一句を読み終え、噛みしめているうちに、しだいにこの句の内奥にあった苦々しい抒情が、じわじわと滲み出て来るのだ。

通常であれば、切れの弱さは調べの弛みや、冗漫につながるであろう。しかし鬼房の場合、そのデメリットをものともしないで、切れの弱さを、自分の表現として取り入れてしまっている。それは、次の句についてもいえよう。

馬の目に雪ふり湾をひたぬらす　（『風の樹』）

これも、慣習的には「雪ふり」のあとに切れが入ることになる。つまり、「馬の目に雪ふり」と「湾をひたぬらす」とは、別々に解釈する――近景である馬にも、遠景である湾にも雪が降っている、と解して一応は納得するのだが、それでは絵画の遠近法を言葉に移しただけの、凡作というにすぎない。この句の真価は、遠近法というありふれた方法では説明できない、切れの弱さが生む言葉の緊密さにある。

「雪ふり」のあとに「ひたぬらす」という言葉があれば、間にいくら切れを仮想しようが、読者はやはり「馬の目に雪ふり」と「湾をひたぬらす」を分けて考えることなど、できはしない。馬のいるところと入り江とは遠く離れているということは重々承知ながら、やはり「馬の目に雪が降りこんでいるから湾も濡れたのだ」と思ってしまうだろう。馬の目の中に小さな湾があり、そこにも雪が降っているような、いや湾そのものが、実は巨大なる馬の目であるような……鬼房の魔術に、いつの間に私たちははまってしまっている。

ビジネス文書では5W1Hをはっきりさせるようにというのが鉄則であるが、俳句では「誰が、何を……」などと決めれば決めるほどにつまらなくなる。この句でも、雪が降っているのはどこか、などということは明らかにしないのが良策だ。

とはいえ、俳句を読むときにも、誰の行為か、誰の視界なのか……ということを明らかにしたくなるのが人情で、

霜の墓抱き起されしとき見たり　波郷（『惜命』）

の句について、「抱き起されし」の主語をめぐって、自分なのか墓なのか、山本健吉と森澄雄の間に解釈の相違が生まれたエピソードなども思い起こされる。この波郷の句においても、「霜の墓」のあとに切れがあるのかないのかで、解釈が分かれてしまった。

鬼房の句では、こうした主語当ては、そもそも意味を成さない。

蟹と老人詩は毒をもて創るべし　（『何處へ』）

この句の「老人」を、鬼房自身と取るか、第三者と見るか。意味のないクイズだ。

よるべなき俺は何物牡丹の木　（『地楡』）

宵闇のいかなる吾か歩き出す　（『何處へ』）

という句がいみじくも示唆しているとおり、鬼房にとっては「俺」「吾」とは自明のものではない。

胸ふかく鶴は栖めりきKaoKaoと　（『名もなき日夜』）

地吹雪や王国はわが胸の中に　（『半跏坐』）

といったように、その体内には、「鶴」が生息し、あるいは「王国」が広がる。等身大のわれなどは、ありえない。

われのなかにいるのは、高貴なものばかりではない。


吐瀉のたび身内をミカドアゲハ過ぐ　（『鳥食』）

で「吐瀉」の苦しみを、自分の体内を「ミカドアゲハ」が通り過ぎていくことになぞらえた。「ミカドアゲハ」は南方系の蝶で、鬼房の風土であるみちのくには見られないはずだが、ここでは「ミカド」という名を冠しているからこそ選ばれたといえよう。アオスジアゲハでも、カラスアゲハでも、ジャコウアゲハでもなく、「ミカドアゲハ」でなければならない必然があった。

「アテルイはわが誇りなり未草」（『何處へ』）と告白する鬼房にとって、中央権力を示す「ミカド」という言葉は特別な意味を持つだろう。まして、一兵卒として敗戦を体験した鬼房である。「吐瀉」とは、自分の中の毒素を取り除く行為。悪しき記憶から逃れようとするたびに、「ミカド」が執拗に苦しみを与えてくる……鬼房が、鬼房という俳人たる自らの輪郭を維持するのに、並々ならぬ精神的葛藤があったことを、この句は伝えている。

鬼房にとっては、自他の区別など、さしたる問題ではない。


観念と俳句とは、本質的に溶融し難い。観念俳句といふものは短歌の劣等遺伝である。鬼房君は俳句性に従ひつゝ、観念を生かす方法を発見してゆかねばならない。

師であった西東三鬼が、句集『夜の崖』の序で書いているとおり、鬼房の句には観念的ワードが頻出する。たとえば、次の作。

切株があり愚直の斧があり　（『夜の崖』）

「愚直」の語を俳句に詠もうとするのは、俳句について何も知らない人か、あるいは知り尽くしてなお果敢に挑もうとする人かの、どちらかであろう。鬼房はむろん、後者である。本来は人について使う「愚直」という言葉を、「愚直の斧」と使ったことで、そこにはやはり「斧」の持ち主の「愚直」を思わないわけにはいかない。しかし、あくまで表面的には、切株に食い込んだままの斧があるだけである。いったい、「愚直」なのは誰（何）であるのか？　作者自身なのか、それとも第三者である木樵なのか、あるいは斧そのものなのか。複数の答えが想定されることで、「われ」というものの容易ならざる有様を浮き彫りにしているのだ。

鬼房は、死生観も独特である。

死後のわれ月光の瀧束ねゐる　（『愛痛きまで』）

「死後」を詠んだ句は古今の作からいくらでも拾うことができるが、ここでは「死後」と未来を表す言葉で始まりながら、「束ねゐる」と現在のこととして終わる、文法的な矛盾に驚かされる。これではあたかも、生前の我が、死後の我の仕業を眺めているようではないか！

「月光の瀧」は、滝のように流れ落ちる月光ということか、あるいは、月光に照らされた滝か。

いずれにせよ、生きながらにして死んでいる自分のことを見ているような、時間を超越した視点が、「月光の瀧」をいよいよ神秘的な美しさに見せている。

「羽化のわれならずや虹を消しゐるは」（『霜の聲』）という同想の先行句もあり、ここでは「ならずや」と判断を保留しているが、後にはっきりと「死後のわれ」と断定するに至っている。

鬼房における複雑な「われ」の有様を知れば、次のような句を、単純に読み取ることはできないと悟る。

艮《うしとら》に怺へこらへて雷雨の木　（『朝の日』）
長距離寝台列車《ブルートレイン》のスパークを浴び白長須《しろながす》鯨　（『瀬頭』）
翅を欠き大いなる死を急ぐ蟻　（『幻夢』）

こうした句における「雷雨の木」や「白長須鯨」や「蟻」は、あきらかに言葉に表れているモノだけではないはずである。それは、たしかに「雷雨の木」「白長須鯨」「蟻」でもあり、鬼房そのものでもあり、あるいは、同じ時代を生きた同胞でもある……それらが、一句の中に同時に混沌として存在するというのが、鬼房俳句の特徴だ。そこでは、通常の俳句の読み方が通用しない。

蟾蜍長子家去る由もなし　草田男（『長子』）
蝦蟇よわれ混沌として存へん　鬼房（『半跏坐』）

たとえば、同じヒキガエルを詠んだ句でも、草田男と鬼房では、叙法にあきらかな違いが出てくる。草田男は「蟾蜍」のあとにはっきりとした切れを入れている。それは「蟾蜍」と自分とを同一視しているようでありながら、「蟾蜍」をあくまで象徴として客体化することであり、むしろ自意識の強さの裏返しといえる。その強さが、「長子家去る由もなし」と言い切る決意の強さを語るのである。

対して鬼房は、「蝦蟇よ」と呼びかけて、自分と蝦蟇とを同じ地平に置く。「われ混沌」といって自分の内実を言っているようであって、蝦蟇の体にまとわりつくぐちゃぐちゃの泥も思わせる。ここでは、われと蝦蟇とが、まさに「混沌」として混ざり合っている。

「混沌」は鬼房のキーワードでもあるだろう。近代的自我に裏付けられた「写生」を超える、一つの答えを、鬼房は「混沌」の中に見出した。今後、何度も参照されるべき俳人である。

鈴木真砂女

初凪やもの丶こほらぬ国に住み　（『生簀籠』）

真砂女の第一句集『生簀籠』冒頭の一句である。

波や海という語は使っていないのに、おだやかな波や、広がる海の絵面が、ありありと脳裏に展開する。「こほらぬ」という打消しの語を使っていることで、凍結した北方の海がイメージされ、そのイメージとの比較のうちに、一年中変わらない波音を聞かせてくれる温暖な海のありがたさを、読者は作者とともに嚙み締めることができるのだ。「初凪」の新年のめでたさもおさえた、堂々たる句である。

鈴木真砂女といえば、安房鴨川の老舗旅館の娘に生まれて以来の波乱の人生——夫と選んだ人は博打で大穴を開けて出奔、姉の夫だった人と再婚するも、客として知り合った海軍仕官と恋に落ちて夫婦関係は破綻、やがて故郷を追われて銀座の小料理屋の女将となる——に、多くの読者の関心は向くだろう。また、その人生の反映である数々の恋句——「羅や人悲します恋をして」「すみれ野に罪あるごとく来て二人」「人は盗めどものは盗まず簾巻く」——なども彼女の代表作として人々の口にのぼる。私にとっては真砂女の恋句はやや強烈に過ぎて、むきだしの心情の発露の前にたじたじとなってしまう。

個人的にはむしろ、海辺に生まれ育った真砂女の、海を詠った潮の香のする俳句の方を愛誦している。

秋風や波の残せし波の泡　（『生簀籠』）

師である久保田万太郎が、はじめて高く評価してくれた句だという。季語の配合や文体に堅苦しさは感じるものの、波打ち際の泡という細かなものに着目して、その微かな震えを確かに読者に手渡すことに成功している。「波の残せし波の泡」に、すでにして象徴性をまとわせている作りに、後に述べるような真砂女俳句の特性がすでに萌している。

初蝶やそれより白き波がしら　（『卯波』）

「初蝶や」ときて、たちまちにイメージは海の波にすり替わる。波しぶきを花にたとえるのは陳腐であるが、蝶にたとえるというのはなかなか目にしない。波の粒と蝶とは、イメージの上であまり連関はないが、ここでは色に着目したことで、無理のない比喩になった。ともに白いという、色を通して連結させたことで、到底結びつかない波と蝶とのたとえが成立したのである。もちろん、ただの蝶ではなく、「初蝶」というところも効いている。ういういしく、小ぶりな初蝶であれば、波しぶきの一つ一つになぞらえても、納得がいく。海の名句は古来より数多あれど、「それより」というひとひねりした文体の独創性とともに、記憶しておきたい一句である。

夏に入るや瞼の裏に海生れ　（『夏帯』）

海を慕うあまり、ついには、目をつむっていても海が見えてくる。「瞼の裏」の閉ざされた空間から、「海生れ」で一気に開けた視界に移る展開が快い。下五が仮に「海映り」「海見えて」であれば、どうだろうか。比べてみると明らかだが、通常は用いない「海が生まれる」という言い方をしていることがこの句の命なのである。海を思えば、たちまちに海が心の中に広がっていくというほどの愛着の深さは、「海生れ」でなければ出ないだろう。

冬ざれの海を見たくて来しわれか　（『夏帯』）

「波百句詠まんと寒き波に立つ」という句もあるくらい、真砂女にとって海は自身の俳句の大きなテーマであった。この句には、そうした自分自身の執着を、客観視しているようなところがあり、正統派の海の句とは異なる妙味がある。漁師も海女も遊山の客もいないような「冬ざれ」の浜に、自分を連れてきたのは、いったい何者であったのか。いつの間にか浜辺に立っている自分自身に当惑しているような感覚だ。

初夢の大波に音なかりけり　（『都鳥』）

「初夢の大波に音」までは、こちらを呑みこもうとするばかりにふくれあがった波がイメージされ、当然そのあとには崩れるに伴っての大きな音が想定されるので、後半の「音なかりけり」は意表を突く。一年の吉兆を占う「初夢」のことだから、何か大きな脅威が音もなく迫ってくるようで、ただの夢とはすませられないイメージだ。

さて、真砂女の海の句といえば、次の句はとりわけ重要な位置を占めている。

あるときは船より高き卯浪かな　（『生簀籠』）

陰暦四月の季節の変わり目に荒立つ波を、その頃に咲く卯の花のなびくさまになぞらえて「卯波」という。

この句について考えるとき、避けて通れないことがある。それは象徴性の問題である。

真砂女は次のような自解の文章を残している。

小舟が一つ波にあやつられうねりの陰に見えなくなったかと思うと再び姿を見せる。人生も波の山から奈落へ。そして再び浮かび上がる。

（『自註現代俳句シリーズ・Ⅱ期21　鈴木真砂女集』）（昭和五十四年）

明らかに真砂女は、海を象徴として用いているのだ。卯浪とは、人生の荒波。船とは、その中を生きていくか弱い人間の象徴というわけだ。ただし、作者の自解に引きずられて、この句の「卯浪」を人生の象徴とだけ見てしまっては、かえって句を浅く見ることになりはしないか。この句の面白さは、北斎の「神奈川沖浪裏」ばりに、卯波の高さをダイナミックに描き出したところにある。卯の花のように白いしぶきが「船」にかぶさってくる絵面が力強く、美しい。

「あるときは」という上五は無駄なようでありつつ、ふいにたかぶった波に翻弄される船乗りたちの心の動きまで感じさせて、絶妙の五音である。

一般には海の象徴するものといえば、「母なる海」という言葉に示されているように母性である。真砂女俳句においてはそれに加えて、ふるさとそのものでもあり、人生という時間の流れでもあり、自分の心のありようでもあるという、より多彩な象徴的意味合いを持たせられている。

冬の夜海眠らねば眠られず　（『夏帯』）
遠き遠き恋が見ゆるよ冬の波　（『都鳥』）

海は、たとえば一句目では、昂る心の象徴であり、二句目では過ぎ去った過去という時間の象徴である。たえず波立ち、変化している海は、見る者の心を投影して、さまざまな様相を見せる。真砂女は、海を縦横無尽に詠み尽くそうとしている。

郷里を離れて銀座の路地暮らしがはじまった昭和三十二年以降の作に、海そのものを詠んだ句は減るが、それでも句集のページをめくるたびに潮の香りが漂うのは、女将の商売を通じていつも海産物に触れていたからだろう。市場や厨房において、魚介類に触れた体験が、そのまま句になっている。

真砂女の句で取り上げられる海産物は、見目麗しいものよりも、蛸や蟹、あるいは鮑や栄螺や海鼠といった、どちらかといえば不気味で醜悪なものが多い。

悪相の魚は美味し雪催　（『都鳥』）

という句からすれば、見た目よりも味を真砂女は重視したために、そうした醜い生き物に関心を向けたとも思えるが、この「悪相の魚」にはやはり象徴的意味合いがあり、まっとうな人生を生きられなかった作者自身とも思われる。世間でいうところのふつうの母、ふつうの妻になれなかったことを自嘲ぎみに詠う句は、真砂女に多い。自嘲を句の上に直接的に出すのではなく、こうした象徴化によって間接的に示すことで、句は深みを得ている。

鯛は美のおこぜは醜の寒さかな　（『夕螢』）

という代表句についてては、やはり「おこぜ」の側に真砂女は加担しているといってかまわないだろう。この句、「おこぜは醜の寒さかな」は常識的だが、対句風に「鯛」と「おこぜ」を並べつつ、ともに「寒さ」の中に置いたことで、人間の決めた美醜などは一面的なものにすぎないことを思い知らせる。人間の支配の及ばない海に心を寄せ続けた真砂女ならではの把握である。

海産物は、食材であるとともに、海を思い出すよすがとして、真砂女の句においてまことに丁寧に詠まれている。幸い、小料理屋「卯波」の隣は魚屋であり、日々新鮮な魚を手に入れることができたために、海の記憶を絶やすことはなかった。

春の雪切身にしても鱈は重し　（『夕螢』）

「たらふく」が語源であるといわれる大食の鱈は、重量感がある。食い出がある。切り身を「重い」と形容してみせた誇張に、嘘はない。「鱈は重し」の字余りが、持ち上げたときにずっしりと手に感じる肉の厚みをくきやかに伝える。「春の雪」には、しだいに鱈の季節も終わる予感がある。旬を惜しむ心が潜むのだ。

やりくりの思案の鯵をたたくかな　（『夕螢』）

まな板の上で鯵のたたきを作りながら、頭の中では金勘定をしているという。まだ目途がついていないのに、支払いの期限が迫っている案件があるのだろう。「やりくり」「たたく」という音の調子の良さは、リズミカルな包丁の動きを思わせる。あまり深刻味はなく、その苦労をむしろ楽しんでいる風でもある。

初買の手を汚したる烏賊の墨　（『居待月』）

「汚したる」といいながら、鮮度の高さを示す瑞々しい烏賊の墨を愛おしんでいる。「初買」のめでたさで、手の汚れを包み込んでしまっているのが読みどころだ。

目刺し焼くここ東京のド真中　（『都鳥』）

「私はね、銀座にいても海の句ならいくらでも詠めるの。体の中に海があるのよ」と真砂女は語っていたらしい（「春燈」平成三年一月号の木村傘休の証言）。ほんの目刺し程度の海のかけらであっても、真砂女にとっては、「東京」の中で生きていくため、強く握りしめるふるさとの形見であったのだ。

種田山頭火

山頭火ほど、その来歴と俳句とを紐づけられて語られる作家もいるまい。

生死《しやうじ》の中の雪ふりしきる

たとえばこの句の「生死」という言葉は、子供のころに井戸に身投げして母が死んだという山頭火の伝記的事実を知れば、がらりと見方が変わる。みずからも、自裁への誘惑を宿痾のように持ち続け、「生活難じゃない、生存難だ、いや、存在難だ！」（昭和十二年十一月二十日の日記の短詩「自殺について」より）と叫んだ山頭火だからこそ、「雪ふりしきる」の激しさにも納得がいく。ごく一般的に生きている人が詠んだ句といったら、ほとんど関心を持たれないのではないか。

それはしかし、山頭火の句が必ずしも短詩として独立して鑑賞するに足りないことを意味しない。たとえば山頭火の自由律を見ていると、語尾のバリエーションの豊富さに驚かされる。有季定型の場合、「古池や蛙飛びこむ水の音　芭蕉」式に、体言で止めることが多い。山頭火の場合も、

ちんぽこにも陽があたる夏草　（昭和七年作）

といったように体言止めの句がある。しかし、有季定型の体言止めとは異なって、「陽があたる」から「夏草」の名詞に移るという唐突感が強い。自由律の特徴の一つに、「や」「かな」「けり」に代表される切字の使用頻度が低いということがある。芭蕉の句にあった「や」の切字のインターバルがなくなるため、唐突感が強くなるのだ。「夏草にもちんぽこにも陽があたる」とでもすればわかりやすくはなるが、一気に魅力が減ってしまうのは明らかだろう。ちなみにこの句、唐突な語の運びに驚かされるが、句の情景はたいへんわかりやすい。野原で立小便をしているのだ。じつはアヴァンギャルドな言語実験をしているのだが、意味や情景は受け取りやすくできている。詩としての技巧の高さと一般読者への親しみやすさを、両方兼ね備えているのが山頭火の俳句なのだ。

自由気まま、息を吐くように句を作ったといわれる山頭火であるが、じつのところさまざまに表現を工夫していたことは、もっと注目されてよい。

鉄　鉢　の　中　へ　も　霰　（昭和七年作）

山頭火の代表句の一つで、これも体言止めである。しかし、この体言止めに至るまでに、山頭火は山あり谷ありの句作の苦労を重ねたようだ。

一応、句の作られた来歴を紹介しておこう【注】。作られたのは、昭和七年の一月十三日。福岡の名刹正覚寺（油山観音）への道すがら、寒さの中で行乞をしていた折に「しょうぜんとして、それではいい足らない。かつぜんとして、霰が落ちて来た。その霰は私の全身全心を打った。いいかえれば、私は満身満心に霰を浴びたのである。笠が音を立てた。法衣も音をたてた。鉄鉢は、むろん、金属製の音を立てた」。

この山頭火の随筆そのものも、場の雰囲気を伝えて読みごたえがあるが、やはり山頭火にとっては、そこからいかなる句を生むかが重要であった。さまざまな表現を試みたことが書き残されている。

けふは霰にたたかれて　（試案—1）

用言の言いかけの語尾である。この場合、「たたかれて」のあとにさらに話題が続くような感覚を読み手に起こさせ、それが中途で断たれていることでその後に続く時間の厚みをむしろ感じさせる働きがある。それが山頭火の果てのない行乞のストーリーとも合致しているのだ。山頭火がこの試案について「センチが基調になっているから問題にならない」と自解しているのは、そのたっぷりとした余白の部分に、情緒を感じ取らせてしまうと考えたのだろう。私見では、もともと勢いのある「霰」に「たたかれ」という表現をあてたのは新味が乏しいという点に、この試案の問題はある。

鉄鉢へ音たてて霰　（試案—2）

地面ではなく、「鉄鉢」に「霰」が降るという、言葉のユニークな結びつきが、この試案では見て取れる。問題は、「音たてて」と言ってしまっているところだろう。極端なことをいえば、「鉄鉢」「霰」という言葉を二つ並べただけでも、読者は霰が鉄鉢にあたるときに発する金属的な音をじゅうぶん想像できるのである。つまり「鉄鉢」と「霰」をどう結びつけるかというところを試されるのだが、この句では「音たてて」では肝である音を明示してしまっているところがあけすけで、芸がない。

霰、鉢の子の中にも　（試案―3）

「にも」で終わっている、倒置法のかたちである。「鉢の子」は「鉢」と同じ意味。しかしやはり、「鉄」の字は一句の中にあるほうが、金属音が聞こえやすくなる。また、切字の役割を担わせるために入れたであろう「、」が、霰のスピード感を殺してしまっているのが致命的だ。「、」は、句の勢いを、おそらく作者の想定以上に削いでしまっている。これでは霰が止まって見える――とまでは言いすぎだろうが、突然降ってきて人々を驚かせる「霰」という気象現象のありかたからすると「、」はいかにももたついている。

このように、いくつかの試案を経て（その順番は定かではないが）、「鉄鉢の中へも霰」の名作は誕生した。

この句で注目するべきは、まず「中にも」と「中へも」の違いだ。「中へも」によって、霰が降ってくるさまがムービー風に捉えられている。「霰」と体言止めにしたことで、スピード感をもって降りこんできた霰が、激しい音を鳴らしたあとは、鉄鉢の底に静止しているさまが浮かんでくる。「テッパツ」という促音と破裂音を含んだ強い響きの語も、肝であるところの金属音を、よく再現している。入念に錬磨された表現というべきだろう。

この句は発表当時から評判を呼んだらしい。このような試案を紹介しつつ自解を施しているのは、この句を愛誦する読者への要望に応えるという意味もあった。

しかし、驚くべきことには、山頭火自身はあくまで「鉄鉢の中へも霰」は「未完成」だといっているのだ。どのように直してみても、「私が表現しようと意図するものが、外面的にしか出ていない気がする、そしてここまでくれば、それは私にとって、単に推敲とか技巧とかいうものではなくて、因縁の熟する時節を待つ外あるまい」と述べているのは、山頭火に特有の照れ隠しなのか、あるいは真に後悔があって歯痒がっているのかはわからない。

いずれにせよ、山頭火という人は、なるほど生活者としては不真面目だったかもしれないが、創作者としては自分の作品に妥協をしない、たいへん誠実な人であったということが、こういうエピソードからうかがえる。

さて、「鉄鉢の中へも霰」の体言止めにずいぶんかかわってしまったが、ほかの語尾についても見ていこう。

こゝにも春が来て生恥をさらしてゐる　（昭和八年作）
ことしもをはりの憂鬱のひげを剃る　（昭和九年作）
おちついて死ねさうな草萌ゆる　（昭和十五年作）

用言で止める文体は、一般の平叙文とあまり見分けがつかない。

たとえば、それぞれの句は、

こゝにも春が来て私は生恥をさらしてゐる
ことしもをはりに憂鬱でひげを剃る
おちついて死ねさうなここの草萌ゆる

など、少し手を加えるだけで、平板な述懐に変わってしまうのだ。一句目は「私」という主語を抜いたことで、「来て」と「生恥」の言葉の間に飛躍が生まれ、あたりの春めいてきた季節感になじまない自身の暗い境遇が強調される。三句目も、場所を示す言葉を省いているのが重要で、まるで「草」の上で死を迎えるような奇妙なヴィジョンが生じている。二句目は「憂鬱のひげ」の語が独特だ。「憂鬱の気分」とはいうが、「憂鬱のひげ」とはふつう使わない。「憂鬱なひげ」ならまだしも乗れそうだが「憂鬱のひげ」となると、やはり奇妙としかいいようがない。年末に、一年を振返って憂鬱にとらわれるということはよくあるだろうが、そんな常識的解釈を忘れるほどに、「憂鬱のひげ」の語が眼前に迫ってくる。「ことしもをはりの憂鬱」と「憂鬱のひげ」とで、掛詞ふうに「憂鬱」の語をどちらにも利かせつつ、ただならぬ憂いにとらわれたひげ面が浮かぶように、言葉がじつによく配慮されている。

うしろすがたのしぐれてゆくか　（昭和六年作）

試案としては「うしろすがたのしぐれてゆく」あるいは「しぐれてゆくうしろすがた」でも良かったはずだ。「か」の疑問形を入れることで、これは他人ではなく、見えない自分自身の後ろ姿を思いやっている句だとわかる（仮に、この句に付された「自嘲」という前書がなかったとしても）。地を這う自らの視点とは別に、自分を天より眺めおろすような視点を持つがゆえに、そこには可笑しみが生まれ、現実のむごたらしさを軟化させている。チャーリー・チャップリンが「人生は近くで見ると悲劇だが、遠くから見れば喜劇である」といったように、遠くから見ることで、時雨に濡れていくみじめな後ろ姿もどこか微笑を誘うようにみえるのだ。

ほかにも「憂鬱を湯にとかさう」（昭和五年作）「秋日あついふるさとは通りぬけよう」（昭和八年作）「鴉とんでゆく水をわたらう」（昭和十四年作）などといったように、だれにともなくつぶやくような語尾、「寝てゐる猫の年とつてゐるかな」（昭和五年作）「寝ころべば信濃の空のふかいかな」（昭和十四年作）といったスタンダードな切字「かな」を使った語尾、「水音、なやましい女がをります」（昭和七年作）「更けて戻れば人形倒れてゐます」（昭和十四年作）といった口語調の語尾など、語尾に限っていっても、山頭火はさまざまな文体を試行していたことがわかる。

これは、定型に囚われない自由律俳人だからこそ可能だったのであり、有季定型俳句にはかかわりのないことだといえるだろうか。文体は、内容にも密にかかわってくるはずで、定型によりかかりパターン化した文体に安住している俳句は、それだけ内容もパターン化しているおそれがあるのではないか。

山頭火の人生の特殊性にこだわっていると、かえってその句が持つ主題や思想の豊潤さを見落としてしまう。たとえば「うしろすがたのしぐれてゆくか」は、自己実現に何よりも価値を置く個人主義の現代人にとって、一顧すべき思想を孕んでいるように思える。山頭火はまだ、掘りつくされてはいない。

【注】「三八九」第五集（昭和八年一月二十日発行）と同第六集（昭和八年二月二十八日発行）に収録された随筆を参照

野澤節子

われ病めり今宵一匹の蜘蛛も宥さず　（『未明音』）

野澤節子は若くして脊椎カリエスに罹患、二十五年間を病床で過ごすことになる。そうした境涯に照らせば、この句もどこにも行けない自分の苛立ちを表明したものということになるが、どこか芝居がかっている感じもある。とくに「今宵」というところなどは、さながら「トゥーランドット」のアリア「誰も寝てはならぬ」の歌声がはじまりそうなほどの高揚感がある。この句の肝は「一匹の蜘蛛も宥さず」のところにあるはずで、「今宵」の限定は必ずしも必要ではなかったはずだが、この一言があるために、一句は舞台めくのである。

芝居がかっているというのは、野澤節子の俳句の特長といってよく、他にはない迫力で読者の心をつかむ。たとえば同じ病で臥していた正岡子規の病床吟は、

いくたびも雪の深さを尋ねけり　子規（明治二十九年）
蒲団から首出せば年の明けて居る　（明治三十年）
春寒く痰の薬をもらひけり　（明治三十三年）

活きた目をつゝきに来るか蠅の声　（明治三十五年）

など、率直で衒いのないものが多いが、野澤節子の病床吟には、気張りがある。凛として屹立し、ゆるみがない。同時期に作られた「荒涼たる星を見守る息白く」「冬の日や臥して見あぐる琴の丈」「見えてゐる野薔薇のあたりいつ行けむ」「手袋と紙幣使はずして病めり」にも言えることであるが、病んでいる人の暮らしにつきものの、湿っぽさや暗さとは、驚くほどに断ち切れているのだ。

この句は、季語が「蜘蛛」であるというところも面白い。蜘蛛は外見の気味の悪さから嫌われているが、同じく遠ざけられている「蠅」や「蛾」や「油虫」などと比べると、邪悪の権化という意味合いが強い。つまり、蜘蛛は、形而上的な虫なのである。舞台の道具立てとして、これほどふさわしいものもあるまい。この舞台の主役は、ただ臥せっているのではない。邪悪と戦っているのだ。

柘榴見て髪にするどきピンをさす　（『未明音』）

この句もやはり、芝居調だ。どこか俳優風の人物が、十七音の舞台に立っている。「露人ワシコフ叫びて石榴打ち落す　西東三鬼」の著名な句があるが、石榴の色は、人の心をざわつかせるのだろう。迷いに見切りをつけ、決然として出かけていく場面を想像する。野澤節子の句を、病者の句と決めつけていては、もったいない。作者から切り離して、もっと自由に解釈しても良いのではと、こうした句を見ると切に思う。

けもの来て何噛みくだく夜の落葉　（『未明音』）

「けもの」は、さきほどの「蜘蛛」と同様、邪悪という概念に姿を与えたもののようだ。ただ、タヌキやハクビシンが来たというわけでもなさそうで、「噛みくだく」というのがまた、まがまがしい。「何」といって、かみ砕いているものを明らかにしていないのが、読む者の想像をかきたてる。そういえば、ダンテの『神曲』において、地獄の最下層にいる魔王は、ユダとブルートゥスとカシウスの裏切り者トリオを、三つの口で噛み締めていたのだった。この句の「けもの」も、悪魔の面影がある。

これよりの炎ゆる百日セロリ噛む　（『未明音』）

よくぞ「セロリ」が出てきたと、感心する。「これよりの炎ゆる百日」だけ見せられて、さあこの下五をつけてみろといわれても、「セロリ」にはなかなか辿りつけないだろう。精のつく肉だの魚だのを持ってきては、論外。果物や、水っぽい野菜でもいけない。星野立子の「いつの間にがらりと涼しチョコレート」も、下五の「チョコレート」がいかにも的確であったが、野澤節子のこの「セロリ噛む」も、それに匹敵する巧みさである。

セロリを噛み締めたときの香りと歯触りとは、清爽この上なく、いかにも初夏の到来を思わせるのである。セロリは歳時記では冬に分類されているが、夏に収穫されるものもあるから、この句のセロリは旬を迎えたものとみてよい。苦味があって、子供はあまり好まない野菜であることもよい

(若い世代は、SMAPの曲「セロリ」を思い出すだろう。あの歌詞の中でも、癖のある野菜として登場する)。

こういわれると、初夏には生のセロリをパキリと齧るのがかっこいい大人だと思わせられる。

西瓜赤き三角童女の胸隠る　（『雪しろ』）

西瓜を小さな女の子が食べているという他愛のない場面を、このように鮮烈な表現で詠めるものだろうか。西瓜を「赤き三角」と言い換えたのは、個性が際立っている。子供の風景というのはえてして感情が過剰になりがちであるが、ここでは冷静に、醒めた目で見ている。西瓜に隠れてしまうほどに、女の子が小さな体をしているという内容であるが、いたいけだとか、かわいらしいという感想は、ほとんど湧いてこない。切った西瓜というのはつくづく「赤き三角」であるなあと、痛感させられるばかりだ。つまり、西瓜が主役で、童女が脇役になっている。感情を排した世界の安らぎがある。子供のいる風景だからと言って、かわいらしく、愛情たっぷりに書かなくてはならないわけではない。

白桃のうす紙の外《と》の街騒音　（『雪しろ』）

白桃が薄紙に包まれているというくらいなら、誰にもいえるだろう。さらに踏み込んで「外の街騒音」の把握に至ったのが非凡だ。上五中七の「白桃のうす紙の外の」までは、余裕のある詠みぶりだが、下五の「街騒音」に至って、急に転調して、言葉が詰まっている。この言葉の詰まり様が、ごちゃごちゃした建物の密集や、そこに生きる者たちが忙しく活動し、音を撒き散らしていることを暗示している。

赤子涼しきあくびを豹の皮の上　（『花季』）

さきほど取り上げた西瓜の句と同じく、これも子供のいる風景だが、舞台の小道具としての「豹の皮」がすさまじく効いている。捕食する獣である「豹」が、なめされた皮として、いまは赤子を乗せているという絵面が面白い。豹の模様が「涼しき」という季節の実感によく合っているという点も、見逃せない。ターザンはゴリラに育てられたというが、赤子と獣というのは妙に相性が良い。未発達な赤子は、野生の獣に近いからだろう。これもさきほどの童女の句と同様に、あまりかわいらしいという感じがしない。だからこそ、この句は清新だ。赤子という、人間社会に染まっていない存在の、内奥にまで迫っている。

ひとり身の九月草樹は雲《くも》に富み　（『鳳蝶』）

「草樹は雲に富み」が、ビシッと決まっている。歌舞伎でいうところの、見得を切ったようなものだ。飯島晴子は「歌舞伎から見得をとったら、金ランドンスの衣裳の山が残るだけであるように、俳句から機鉾のするどさをとったら、たった十七の音のむくろが残るだけである」（「飯田龍太の近業」、「俳句」昭和四十八年十一月号）といったが、至言である。飯島晴子も野澤節子も、ともに「機鉾のするどさ」を持った俳人であった。

要は、草や木の上の空に、おびただしく雲がかかっているというのであり、その雲はいかにも秋らしく、薄く刷いたような雲なのである。散文で書いてしまえば他愛ないが、「草樹は雲に富み」といわれると、何でもない眺めが一気に輝きだす。

「ひとり身の九月」には、生涯を独身で通した野澤節子の境遇を重ねて読むのが妥当だろうが、「草樹は雲に富み」が、書き割りとしてあまりに見事なので、やはりこの「ひとり身」は劇中の人物のように思えてくる。

剪りて置く紅梅一枝片袖めく　（『鳳蝶』）

はっと目を奪われる句である。「剪りて置く紅梅一枝」は、暮らしの一コマとして珍しくないが、それが「片袖」に見えるというのがぎょっとさせる。片袖は、故人の遺品としてとっておくものだ。私は、能の「善知鳥《うとう》」を思い浮かべた。生前、殺生をしていた猟師が、地獄で苦しい思いをしていることを、妻と子に伝えるというくだりで、猟師の霊は旅の僧侶に自分の片袖を渡すのだ。妻と子は、その片袖を見て、確かに猟師のものだと悟る。

梅の花を剪りとって挿すという典雅なふるまいの中に、一瞬、死の影が走る。読者に忘れがたい印象を残す句だ。

さきみちてさくらあをざめゐたるかな　（『飛泉』）

別に、ライトアップをしているわけではない。その桜のまとう微光が、青ざめて見えるというのである。

満開の桜は、その華やかさでもって、人々の目を楽しませるが、「あをざめゐたる」といわれると、どちらかといえば不気味さを感じてしまう。「視よ、青ざめたる馬あり。之に乗る者の名を死といひ、陰府これに随ふ」という、ヨハネの黙示録の一節を思い出させるからだろうか。「あをざめ」には、死の影が潜んでいる。考えてみれば、桜はきわめて花期の短い花であるから、華やぎの裏に衰えが見て取れても、何の不思議もないのだが、このようにズバリとは言えないものだ。

漢字を交えて書けば「咲き満ちて桜蒼褪めゐたるかな」となるが、これだと物々しい。すべてひらがなで書いているから、現実感が薄れる。作者の幻想に、つきあいたくなる。

華のある作者である。ときに、深淵が口を開けているような、不気味な句も詠む。掘り下げる甲斐のある俳人といえる。

久保田万太郎

一杯のお汁粉。それは、「飲む」ものであろうか、それとも、「食う」ものであろうか？　椀に入っていて水分が多いので「飲む」がふさわしいかもしれない。しかし、中に潜んでいる小豆や餅の歯ごたえが好きだという人は「食う」がしっくりくるのだろう。久保田万太郎は、友人であった芥川龍之介と、熱心にそんなことを討論したそうだ。

うそのやうな話である。いまのやうな、むづかしい、切迫つまつた世の中になつては、喰はうと、飲まうと、どッちだつてい丶ぢやァないか、そんなこと。……さういふより外に手はないのである。……せめて、ものを喰ふときだけでも、それ〴〵のもつてゐる自由を確保したい。……わたくしはさう思ふ気もちで一ぱいである。

（久保田万太郎「味の自由」）

他愛ない話題にも思われるが、お汁粉を飲むというのか食うというのか、表現の細部をおろそかにしなかったからこそ、二人は一流の文学者たりえたのである。

二人の関係が深まったのは、震災後に万太郎が移り住んだ日暮里渡辺町の近くに、龍之介も住んでいて、互いに行き来するようになってからだったという。万太郎は酒好きだが、龍之介は酒を嗜まなかったので、二人は喫茶店で食事することが多かったようだ。お汁粉は、そのテーブルに出て来たものであろう。

万太郎のはじめての句集『道芝』（昭和二年）に序文を書いているのは、龍之介である。そこで万太郎の俳句を「歎かひ」の発句と評している。よき理解者であった。

とはいえ、二人とも文学者として、譲れぬところはあったようだ。今度は、龍之介の随筆をひもといてみれば、こんな逸話がある。

龍之介はあるとき、万太郎に、

うすうすと曇りそめけり星月夜

という自作の句を示した。万太郎は、これはよいと判断した。星が月のように輝いて明るい「星月夜」、それがだんだん曇ってきたという、微妙な変化を捉えて、繊細な一句だ。ところが龍之介はこの句の出来がいまひとつ気に食わなかったのか、

冷えびえと曇り立ちけり星月夜

と直して、ふたたび万太郎に見せる。今度は、万太郎は頭を振って、「いけません」と返し、譲らなかったという（芥川龍之介「久保田万太郎氏」）。

万太郎がこれがよいとした方は、視覚的な印象のみ詠んでいて、すっきりしている。龍之介がこうしたいと見せたほうは、秋らしく冷えてきた感覚も織り交ぜていて、こまやか。どちらがすぐれているというわけではない。万太郎は明瞭な詠みぶりを好み、龍之介は陰翳のある詠みぶりに肩入

れした。それぞれの作家の個性が、一字一句にもあらわれてくるのが俳句だ。

万太郎の推敲に、がらりと内容を変えるものは少なく、ほとんどがささやかな直しだ。語順を入れ替えたり、切字を吟味したり、類語でさしかえたり……といった程度である。たとえば幸田露伴は「着想は逆にするとおもしろいことがある」といって、「反対句」「反想」という方法を説いている（高木卓『露伴の俳話』）。そして、主宰する句会のメンバーの句を、あえて逆にする添削を施している。たとえば、「帆船が揃って沖へ出ていく」という内容の句をあえて「揃っていない」というように。万太郎の場合、こうした直し方は見当たらない。もともとの着想を、より生かすような推敲だ。

元来、万太郎は着想の鮮度で勝負してはいない。誰もが抱くような、ごく平凡な感慨を詠んでいるにすぎない。たとえば万太郎の代表句である「湯豆腐やいのちのはてのうすあかり」にせよ、年を取って淡淡とした境地に安んじているという着想自体はありふれている。老いを詠むのであれば、たとえば飯島晴子の「蛍の夜老い放題に老いんとす」（『寒晴』平成二年刊）とか森澄雄の「齢深みたりいろいろの茸かな」（『餘日』平成四年刊）といったように、老いに逆らうような詠み方の方が、着想としては新鮮だ。だが万太郎は、こうした土俵からははなから降りている。ありふれた感慨を、ふだんづかいの言葉で述べるという、芭蕉の「軽み」にも通じるような、もっとも難しいところで孤軍奮闘している。

小説や戯曲を本職にしていた万太郎が、俳句を「余技」「隠し妻」と呼びならわしていたことは、よく知られている。それにしては、俳句にかける情熱が並々ではないことを、推敲を通して感じ取ることができる。内容が平凡だからこそ、一言一句の吟味が、いっそう求められてくるのだ。万太郎自身の言葉を借りれば、「どッちだつてい、ぢやァないか」というところが、力の入れどころなのである。たとえば、

花待てばはつ筍のとゞきけり　（「春燈」昭和三十二年）

という句は、のちに句集に収められたときに、

花待てとはつ筍のとゞきけり　（『流寓抄』）

と推敲されている。「ば」を「と」に変えただけの、たった一字の修正ながら、前後で大きく印象が変わっている。

筍は、地域によっては桜が咲く前に掘り出されることもあるが、歳時記の上では、夏の季語である。したがって、この「はつ筍」は、季語とはみなされず、「花」が季語となる。

原句では、花、すなわち桜の開花を心待ちにしていたら、はやくも今年の筍が届いた、という。本来は、花→筍の順なので、「花も咲かないうちに、もう筍が届いてしまった」と驚いているのだ。心におもい描く風流な桜のかわりに、目の前にデンとたけのこが転がっているというのがほのかに可笑しい。

推敲後には「花待てと」とある。贈り物のたけのこに、添え状があって、桜が楽しみですがその前にこちらの筍もどうぞ、といったようなことが書いてあったのだろう。筍を贈ってくれた人を、

はっきりと登場させているのだ。原句では、一人の感情で完結していたものが、推敲後の句では、送り手の思いと受け手の思いが、ともに詠みこまれている。風雅の交わりといった体だ。推敲後のほうが、心の交流が感じられる分、句にふくらみが出ている。

このように、万太郎の推敲が見事なことは確かだが、俳句史をひもとけば五七五の錬金術師は珍しくない。以下、万太郎の推敲の特徴を見ていきたい。そこから、万太郎の俳句観の独自性も見えてくるはずだ。

一般に、俳人というと、超然とした人物像が思い浮かぶ。ふらりとどこかに出かけて行って、そこで見かけた市井の人々や野山の景物を、さらっと書き留めるというイメージである。万太郎はまさにそういう面を持った俳人でもあったが、推敲を見ていくと、意外にも傍観者的な表現を、主体的な表現に直している傾向が見て取れる。

筵貸すなりはひみたり花の山　（「春燈」昭和三十五年）

銭とりて花みるむしろ貸しにけり　（『流寓抄』以後）

もとの句では、花見に出かけた先の山で、地面に敷く筵を貸して金をとる商人がいたことへの驚きが詠まれている。「なりはひみたり」というのは、いかにも傍観者的だ。これでもいっぱしの句ではあるが、万太郎は満足しないで、推敲を施している。まるでその商人になりかわったように「貸しにけり」と主体的な表現に直している。現実には、あくまで作者万太郎は「貸される」側であるにもかかわらず、表現の上では「貸している」側に変わっている。いってみれば、ここにわずかな

「虚」が入りこんでいるのであるが、「虚」によって「実」が補われる。つまり、花筵を貸して金をとるという身過ぎ世過ぎの、その刹那的な生きざまが、より実感として読者に迫ってくるのである。文芸に携わる自分自身もまた、こんな空虚な商売をしているようなものだ、という自省のニュアンスも入ってくるだろう。句に深みが出ているのである。

すゝはきのはじまる屛風たゝみけり　（「春燈」昭和二十二年）

煤はきをはじめる屛風たゝみけり　（『春燈抄』）

ここでもやはり、傍観者的表現が、主体的な表現に直されている。原句の「すゝはきのはじまる」だと、年末の大掃除をはじめるというので、家人がまずは屛風をたたんだ、という内容になり、作者自身はそうした風景をただ見ている、ということになる。それが、推敲して「煤掃きをはじめる」とすると、自分もその煤掃きにかかわっていることになる。おそらくは原句のとおり、現実的には万太郎はあくまで傍観者の立場であったのだろう。これも「虚」によって「実」をあらわすという例だ。実際に自分が関わっているとしたほうが、煤掃きの家の中の慌ただしい雰囲気や、屛風をたたんだときの実感が、よりはっきりしてくるのである。

ひつたりと襖しめありほとゝぎす　（「春泥」昭和九年）

ひつたりと襖しめたりほとゝぎす　（『わかれじも』）

閉じた襖ごしにも聞こえてくるほととぎすの鋭い声に興じた句であるが、もとの句では「しめあり」となっていて、だれかが襖を閉めていたことになっているが、改案の「しめたり」では、作者自らが閉めていることになる。原句では、ただぼんやりと襖越しにほととぎすの声を聞いているというだけだが、「虚」の投げ入れによって、一度は遠ざけたほととぎすの声を、襖ごしにかえって趣深く聞いているというように、展開に屈曲が生まれている。

主体的表現の「主体」は、人間に限らない。

ゆふぞらのひかりのこれる師走かな　（「春燈」昭和二十二年）

ゆふぞらのひかりのこせる師走かな　（『春燈抄』）

マジックアワー、つまり日が沈んでからほのかな夕光が残っている時分を切り取っている。あわただしい師走、夕日の残滓に心をひととき慰めているのだ。「のこれる」は事実の記述であり、詩的な余情に乏しい。「のこせる」にすると擬人法的な表現になり、空が主体的に光をとどめているかのようなニュアンスになる。句としての格は、「虚」をまじえた推敲後の方が上だ。

秋風や秩父名物太郎蕎麦　（「春燈」昭和二十八年）

秋風や名物まづき太郎蕎麦　（『流寓抄』）

「九月下旬、〝文藝春秋〟講演旅行——秩父にて」という前書がある。「太郎蕎麦」の実態はわからないが、いわゆる「田舎蕎麦」で、地元の名物だと言って食べさせてもらったのだろう。結社誌に発表した際は、「秩父名物太郎蕎麦」と言葉運びが軽妙で、衒いのない挨拶句となっているが、句集におさめるときには、にべもなく「名物まづき太郎蕎麦」に変えている。実際、口に合わなかったかどうかはわからない。挨拶句ではさすがに「まづき」とはいえないが、一つの作品として見れば、土地の人が自信ありげに出してくれたものに閉口しているというほうが面白い。寂寥や空虚を帯びた「秋風」という季語の斡旋によって、田舎の味になじめない自身を苦々しく思うようなニュアンスも滲み出ている。

このように、万太郎は俳句における「虚」を重視した俳人であることが、推敲からもうかがえるのだ。

和歌や俳句などの日本固有の文芸と、西洋文学との違いについて、比較文学者のハルオ・シラネ氏はこのように述べている。

基本的には、芭蕉以降、日本の俳句においては実際の経験に大きな強調が置かれており、このことは吟行、外に出かけて見たものについて句を詠む、という例に明らかだが、これに劣らず、日本文学がきわめて想像的なものであるというのも事実なのである。（略）事実とフィクションのあいだの厳密な区別は、日本の詩歌にはうまく適応できず、多くの場合不適当で誤解をまねくものとなる。芭蕉や一茶のような俳人にとっての詩的コンテクストとなっているのは、彼らの「生《せい》の物語」であるが、これは最近の研究が示すように、必ずしも事実にもとづいてはいない。

（衣笠正晃訳『芭蕉の風景　文化の記憶』角川書店、平成十三年）

ここでハルオ氏がいう「想像」の力は、芭蕉や一茶にかぎらず、万太郎の俳句にもじゅうぜんに生かされている。戯曲や小説など他の表現方法を持っていた万太郎は、ハルオ氏のいうところの「生の物語」にこだわる必要はなかった。あくまで十七音としての完成度を優先することができたのだ。この点が、専門俳人とは異なる、万太郎の強みであった。

こんな逸話がある。空襲で東京の家を焼かれ、鎌倉に住んでいた昭和二十年、ある句会で万太郎はこんな句を詠んだ。

東京に出なくていゝ日鷦鷯

同じ座にいた人が、「先生、みそさざいが居ましたか」と聞いたところ、万太郎はたちどころに「見なけりゃ作っちゃいけませんか」と切り返し、一同キョトンとしたそうだ。「東京に出なくていゝ日」は、万太郎のまさしく「生の物語」である。だが、リアリズムにこだわってはいない。沢に近いところに棲息する「鷦鷯」は、都会から離れた田舎の情景を想像させる。「東京に出なくていゝ日」の解放感を裏付けるために、「鷦鷯」の季語の効果を期待して、そこに置く。万太郎にとっては表現として効果的であったかどうかが大切であり、実際にいたか、いなかったかは、問題ではない。

万太郎の自信作の一つに「なにがうそでなにがほんとの寒さかな」という句がある。「うそ」と「まこと」は、万太郎にとって背反するものではなかった。十七音の鋳型に、「うそ」も「まこと」もまとめて流し込むのが万太郎のスタイルであった。

もともとは連句という共同制作の文芸から生まれたことや、その場にない題について詠む「席題」

が一般的であったという歴史的な経緯もあり、俳句ではフィクション（虚）の要素が当たり前のように入ってくるが、近代以降に主流となる「写生」の考え方は、あくまで実景・実感尊重であった。万太郎が俳句史において決定的に独自性を持っているのは、「写生」とは一線を画しているからだ。
さらりとして平明な万太郎の句であるが、ときに一句の中に「フック」となるような言葉を仕掛ける。これがないと、読者の目はすっと句の上を滑っていってしまう。奇抜な表現や難解なレトリックは、「フック」ともなるが、嫌みが出てしまう。匙加減に、おのおのの俳人の技が試される。

みじか夜や焼けぬしようこの惣二階　（「春燈」昭和三十年）
みじか夜や焼けぬせうがの惣二階　（『流寓抄』）

「湯島天神町といふところ、震災にも戦災にも逢はず、古き東京のおもかげをとゞむ」と前書がある。湯島に越してきた万太郎は、この惣二階の家に一年余り住んでいた。「せうが」は下町ことばで、万太郎の小説や戯曲にも使われているが、池田彌三郎の見解では「意味はわかるが聞いた経験がない言葉」に入る（「久保田文学と下町ことば」、「言語生活」昭和三十一年十月号）。原句にあるとおり「しようこ」という意味だが、あえて「せうが」という特殊な語を入れて、ここをフックとしている。多くの読者には意味が通じないだろうが、いかにも古めかしい言葉であるから、この「惣二階」の家の古さもおのずから想像できるようにできている。

淋しさはつみ木あそびにつもる雪　（『道芝』昭和二年）

淋しさはつみ木のあそびつもる雪　（『久保田万太郎句集』）

さびしさは木をつむあそびつもる雪　（『草の丈』）

三段階の推敲である。一人息子が、子守の女性と積み木遊びをしている情景を詠んだもの。初案では「つみ木あそび」というごく一般的な語彙が使われていてわかりやすいが、淡い。第二案では「つみ木のあそび」と伸ばして、「に」の助詞を省いたことで、「つみ木のあそび」「つもる雪」の二つの風景を端的に並べたシンプルな表現になった。最終案では、「つみ木のあそび」を「木をつむあそび」と異化して、ここがフックとなっている。木片を一つ一つ積み上げては崩すという遊びの本質的な悲しみが痛切に感じられる表現になった。

芝居に通じ、音曲も嗜んでいた万太郎は、音感の良い人である。したがって、俳句においても、口にしたときのちょっとした差にも敏感だ。

あゆなめのてりやきのかくも青葉濃き　（「春燈」昭和二十五年）

あゆなめのてりやきの照《り》青葉濃き　（『冬三日月』）

「あゆなめ」はアイナメ。上品な味わいの、高級魚である。「青葉濃き」の健やかな季語で、そのうまさがより引き立つ。原句では、「かくも」で照り焼きを前にした感動を訴えているが、推敲後には「てり」を二回繰り返して、リズミカルな調子を作っている。これでじゅうぶん、御馳走を前にしてのはずんだ胸の内が伝わる。「いくらでものめたるころのおでんかな」（昭和十七年）を「飲めるだけのめたるころのおでんかな」（『これやこの』）と直しているように、リフレインは万太郎俳句にたびたび用いられている。

快い韻律ばかりが、韻律ではない。ときに五七五の韻律を乱すような推敲も、万太郎は施している。

四萬六千日の暑さとなりにけり　（「春燈」昭和二十五年）

四萬六千日の暑さとはなりにけり　（昭和二十七年作）

浅草寺で鬼灯市がひらかれる「四万六千日」。この日に参詣すれば四万六千日通ったのと同じ功徳があるとされる。七月十日がその日にあたり、夏の盛りを思わせるような暑さとなったのだろう。盛りに盛った数字が、並外れた暑さを感じさせるのである。もともと字余りだが、推敲後には、「暑さとはなりにけり」として、さらに音数を膨らませた。ものいいをさらに大仰にして、驚くような暑さを表現している。「ふりしきる雨となりけり螢籠」（「鵙の贄」大正六年）を「ふりしきる雨となりにけり螢籠」（『三筋町より』）と直しているのも、同様の理由だろう。雨のすさまじさを再現するための字余りなのである。

切れは俳句の奥儀といってもよい。どこを切るか。切字を置くべきか、否か。置くとすれば、どこになんという切字を置くか。考えることは多い。万太郎も、切れについては苦心していたようだ。

さかんに入れ替えては、最善の句のかたちを吟味している。

帯解きていでしつかれや蛍かご　（「春泥」昭和十年）

蛍狩りから帰り、着物の帯を解いた場面である。それまでは蛍を見た感動で気づかなかった疲労感が、衣を脱いだ瞬間に、どっと押し寄せてきた。谷崎潤一郎の『細雪』の姉妹たちの蛍狩りの場面を思い出させる、艶っぽさがある。この句は、中七の「や」の切字によって切れを生み、下五に五音の季語を置くという、伝統的な型で作られている。のちに、

帯解《と》きてつかれいでたる蛍かな　（『久保田万太郎句集』）

と直している。なぜ推敲したのかについて、小澤實氏は「『蛍かご』の『かご』が取り去られて、幻想の蛍になった」（『万太郎の一句』）と分析する。つまり、幻想性を出すために、下五を「蛍かご」から「蛍」にする必要があり、型を変えたのだ。三音の季語を最後に置き、「かな」の切字で締めくくるという、これもまた伝統的な型である。

「や」「かな」「けり」は代表的な切字で、一句に古格が生まれる。しかし、なんでもかんでも「や」「かな」「けり」を使っていたわけではなく、

すつぽんもふぐもきらひや年の暮　（「春燈」昭和三十五年）

すつぽんもふぐもきらひで年の暮　（『流寓抄』以後）

といったように、「や」を使っていたのを避けた例もある。忘年会で饗された鼈や河豚にうんざりしているという俗っぽい内容には、格調ある「や」切れは似つかわしくない。「で」の濁った音が効いている。ちなみに万太郎はいり玉子やあんかけ豆腐、なすのからし醬油など、庶民的な献立が好みだったそうだ。

以上、万太郎俳句の推敲例をいくつか拾ってみた。おのれを殺して、ひたすら十七音の彫琢に励む姿は、いわゆる芸術家というよりも、職人に近い。とはいえ、現在は芸術を意味する「アート」の語源がラテン語の「職人の技」であったことを鑑みれば、まさに万太郎こそが真のアーティストだといえるのではないだろうか。

あとがき

本書は、近・現代俳人の名句秀句を鑑賞したものである。詩歌の出版社「ふらんす堂」が発行している「ふらんす堂通信」の二〇二二年四月から二〇二二年一〇月まで連載し、ホームページにも掲載していた原稿に、加筆修正を行って一冊とした。末尾の「久保田万太郎」については、「三田文学」二〇二三年秋季号の特集「久保田万太郎と現代」に寄せた評論「十七音のアーティスト」をもとにしている。

俳句は作ることももちろん楽しいのだが、それ以上に読むことに魅力があると私は考えている。社会で使われている決まり文句ではない、ちょっと奇妙で独創的な言葉が躍動していることが、私にとっては楽しくてたまらない。この楽しさが読者の皆さんにも伝わってくれたら、この一書はじゅうぶんに役目を果たしたことになる。願わくば、SNSで「この句はこういうところが面白い」とか「この句はこういうことを言おうとしているのではないか」などと、おのおの好きな俳句の鑑賞が飛び交う世の中になってくれれば嬉しい。名句秀句は、時代の移ろいとともに新しい人に読まれ、新しい解釈を生んでこそ受け継がれる。一つの解釈が定まってしまえば、どんな崇高なことが書いてあったとしても、その句は苔に覆われた石碑に刻まれているのと同じだ。

私自身が実作者として影響を受けた俳人を選んだゆえに、俳句史上の重要な人物を漏らしているが、そのぶん、愛情が深くこもっているので、その熱を感じてもらえれば幸いである。
長く連載を持たせてくださったふらんす堂のみなさんにこの場を借りて感謝を表したい。

令和六年一月

髙柳克弘

著者略歴

髙柳克弘（たかやなぎ・かつひろ）

1980年静岡県浜松市生まれ。

早稲田大学教育学研究科博士前期課程修了。

藤田湘子に師事。第19回俳句研究賞受賞。「鷹」編集長。読売新聞朝刊KODOMO俳句選者。中日俳壇選者。2017年度および2022年度「NHK俳句」選者。早稲田大学講師。

句集に『未踏』（ふらんす堂、第1回田中裕明賞）、『寒林』（同）、『涼しき無』（同、第46回俳人協会新人賞）。評論集に『凜然たる青春　若き俳人たちの肖像』（富士見書房、第22回俳人協会評論新人賞）、『どれがほんと？　万太郎俳句の虚と実』（慶應義塾大学出版会）、『隠された芭蕉』（同）、『究極の俳句』（中公選書）。

鑑賞書に『芭蕉の一句』（ふらんす堂）、『蕉門の一句』（同）、『NHK俳句　添削でつかむ！俳句の極意』（NHK出版）。

児童書に『そらのことばが降ってくる　保健室の俳句会』（ポプラ社、第71回小学館児童出版文化賞）。翻訳絵本にピーター・シス『ロビンソン』（偕成社）。

●初句索引

あ行

た行

な行

現代俳句ノート——名句を味わう　げんだいはいくのーと　めいくをあじわう

二〇二四年六月二四日　初版発行

著　者——髙柳克弘

発行人——山岡喜美子

発行所——ふらんす堂

〒182-0002 東京都調布市仙川町一―一五―三八―二F

電　話——〇三（三三二六）九〇六一　FAX〇三（三三二六）六九一九

ホームページ https://furansudo.com/　E-mail info@furansudo.com

振　替——〇〇一七〇―一―一八四一七三

装　幀——和　兎

印刷所——日本ハイコム㈱

製本所——㈱松岳社

定　価——本体二七〇〇円＋税

ISBN978-4-7814-1627-4 C0095 ¥2700E